本书为国家社科基金项目"东南亚华文诗歌研究"
（10CZW053）结题成果，等级为优秀。

浙江省社科规划项目"东南亚华文诗歌与中国性"
（09HQZZ037）结题成果

浙江越秀外国语学院出版基金资助出版

Dongnanya Huawen Shige
Jiqi Zhongguoxing Yanjiu

东南亚华文诗歌
及其中国性研究

朱 文斌 著

ZHU WENBIN

浙江大学出版社

序

　　中国性问题,曾一度在马华文坛上闹得沸沸扬扬。主要是"去中国性""断奶"等提法,引起了激烈的争论。如今,争论早已平息,而且已经过去很长一段时间了,但是,如何理解中国性与马华文学以及整个东南亚华文文学的关系,如何理顺中国性与本土性的关系,仍然困扰着马华文坛,仍然没有正确的答案,也见不到令人信服的著作。因此,当我读到朱文斌的《东南亚华文诗歌及其中国性研究》的书稿,颇有点惊喜的感觉。

　　朱文斌是我在职时招收的最后一位硕士研究生。毕业后,他又考上南京大学,攻读中国现代文学专业博士学位。次年,他开始为选择学位论文题目做准备了。究竟是选择中国现代文学,还是选择海外华文文学,他有点犹豫。因为,这不仅是选择论文题目问题,同时也是选择今后学术研究的主攻方向问题。为此,他曾打电话征求我的意见。我给他提供的建议是继续研究海外华文文学,理由是:

　　一、中国现代文学只有 30 年历史,为了研究这短暂的 30 年文学史,我国已经有了一支庞大的教学科研队伍,而且每年还不断有现代文学专业的硕士、博士研究生毕业,使这支队伍变得更加庞大臃肿。打个比方,如果有数千名运动员拥挤在一条狭窄的跑道上进行百米赛跑,那么即使不发生踩踏事故,也很难有运动员脱颖而出。海外华文文学研究则不同,虽然也有一些研究人员在写文章,但大多数是票友,真正以海外华文文学研究为专业的,少之

1

又少。物以稀为贵,哪一个领域更有发展前途,不是明摆着吗?

二、对中国现代文学的研究,如果从1952年王瑶在北京大学开设中国新文学史课程算起,已有50年历史了。这50年来,已出版的文学史、专著、论文集、资料、评传、传记、访问记、丛刊、史料,以及发表在各类报刊上的单篇论文,数量十分巨大,要想再产生新的创见和独到见解,不容易了。人云亦云,必然平庸。海外华文文学研究则不同,无论选择什么题目,都是新的。这是一片尚未经过深耕细作的处女地,土壤肥沃,只要努力耕耘,必能收获丰硕的成果。

朱文斌的突出优点就是从善如流。他听从了我的意见,确定以海外华文文学作为他的学术研究的主攻方向。20年来,他在这一研究领域辛勤耕耘,努力拼搏,成绩斐然,已成为海外华文文学研究的名家,在海内外都有较大的影响。这使我感到十分欣慰。

朱文斌的新著《东南亚华文诗歌及其中国性研究》,先是以"东南亚华文诗歌研究"为题申报国家社科基金项目,成功获得立项。经过几年的打磨与修改完善,于2014年提交结项,得到同行专家的高度肯定,以优秀等级结题,最终结项题目定为"东南亚华文诗歌与中国性关系研究"。如今,这部书稿即将由浙江大学出版社出版。

汉语"中国性"一词,是从英语 Chineseness 翻译过来的。Chinese 是中国,ness 是英语后缀,表示性质、状态等。早在 20 世纪七八十年代,Chineseness 就已出现在一些与中国有关的英文著作中,其内涵可因文章的内容不同而有些许差异,但大体上是指中国特色、中国元素、中国风格、中国想象、中国概念,等等。

中国性本应是一个中性词,但当黄锦树、林建国、张光达等一班年轻气盛的马华作家将此词用在有关马华文学的论文的时候,却把它变成了一个贬义词。他们认为,"中国性令马华作品失掉创造性,令马华文学失掉主体性,使马华文学成为在马来西亚的中国文学的附属,成为大中国文学中心的边缘点缀。认清中国性所带来的危机和障碍,迅速做出调整转化,把毒瘤果断的切除,无疑是所有马华作家的重大任务"。在他们的笔下,中国性变成一种十恶不赦的东西,是必须切除的"毒瘤"。因此,他们呼吁,必须"去中国性",必须"断奶"。

早就听说黄锦树的狂妄和自负,但让我能有机会目睹黄锦树的狂妄和自负的,却是1997年到吉隆坡参加马华文学研讨会的时候。会上,黄锦树宣读了题为"马华现实主义的实践困境"的论文,对马华前辈作家方北方进行了严厉批判和彻底否定。

方北方是马华文坛的元老,在马华文学草创时期,他斩辟蒿莱,拓荒播种,为马华文学的发展壮大,做出了不可磨灭的贡献。方北方已经出版的20多部长篇小说、中篇小说和短篇小说集,显示了马华文学的实绩。其代表作《头家门下》,即使与大陆、港台的作品相比,也毫不逊色。正是由于方北方的毫无争议的文学成就,使他荣获第一届马来西亚华文文学奖。不可否认,黄锦树的学历比方北方高,理论素养也可能比方北方强,但这些都不能成为其狂妄自大的资本和否定方北方的理由。一个远古时代的古朴陶罐,放在博物馆里,人们尊称为国宝;在拍卖行里,往往能拍出天价。但是,那些随处能够买到的现代精美瓷器,却连进入拍卖行的资格都没有。因为,没有远古时代的古朴陶罐,就没有现代的精美瓷器。人们在享用现代精美瓷器的同时,总是会对发明制陶技艺的人类祖先心怀敬仰的。

在上面提到的那次研讨会上,黄锦树激情四射,火力全开,不仅针对方北方,也针对整个马华文坛。他挖苦、讽刺坚持现实主义写作的马华文坛是从中国大陆"搬尸",语言十分尖酸刻薄。

在《东南亚华文诗歌及其中国性研究》一书中,朱文斌以东南亚华文诗歌为研究对象,条分缕析地阐释东南亚华文诗歌与中国性的复杂纠葛,揭示中国性是东南亚华文诗歌/东南亚华文文学的内在属性之一,无法亦无须去除。他认为,选择华文(即汉语)作为文学书写的工具和载体,就意味着中国性的不可离弃,这是因为中国性早已深深地内化于华文/文化之中。同时,他又强调,东南亚华文诗歌具有中国性并不妨碍其独立自主的发展,反而强化了其本土性,从而论证了黄锦树等人的"去中国性"和王润华的"后殖民论述"的谬误。全书例证丰富,论证严密,结构合理,行文流畅,理论阐释与文本分析结合较好,是一部既有理论深度又有文采的著作。除此之外,我认为此书还具有下述特色:

一是自成体系,独具一格。整部著作围绕核心概念"中国性"进行论述,从诗歌史的视野出发,将东南亚华文诗歌的发展分成三个时期,即侨民文艺时期(20 世纪 20 年代至 50 年代初)、挣扎求存时期(20 世纪 50 年代至 80 年代初)和新时期(20 世纪 80 年代至今)。通过对不同时期、不同阶段"中国性"的呈现方式的观察和分析,最终得出结论:东南亚华文诗歌的发展不论出于何种需要,都不可能脱离中国性。全书的章节安排是非常合理的,不仅自成体系,且逻辑性很强。

二是研究方法多元,见解独到。整部著作采用共时研究与历时研究相结合的方式,运用比较、归纳、分析、例证等研究方法,将理论阐释与诗歌文本分析结合起来,集文学批评、文化批评、社会批评于一体,重点梳理了东南亚华文诗歌在"中国意识""中国情结""中国经验"等不同发展阶段的"中国性"之表现,从每个阶段的诗歌文本出发,结合社会历史背景,深入论述和阐释了东南亚华文诗歌与中国性之间的复杂关系。观点新颖,见解独到,结论也发人深省。

三是时代性较强,理论联系实际。整部著作都以史料为依据,不但简明扼要地梳理了近百年来的东南亚华文诗歌发展史,而且还结合全球化时代背景,理论联系实际,论述了全球化时代东南亚华文诗歌的现代化问题。作者在全球化背景下考察东南亚华文诗歌的发展,认为东南亚华文诗歌现代化的结果就是迈向全球化,因此必然会遭遇世界性与民族性的冲突、世界性与中国性的冲突以及世界性与本土性的冲突。当然,有冲突也会有融合。这种世界性与民族性、中国性相融合的特质,突出表现在都市题材的书写和"中西合璧"的表现方式两个方面。作者论述深入,能够自圆其说,将东南亚华文诗歌的现代化问题与其中国性表现结合起来,有自己独到的思考。

　　《东南亚华文诗歌及其中国性研究》是第一部系统性较强的东南亚华文诗歌专著,对海外华文文学的学科建设具有重要的意义。它的问世,必能引起读者和同行专家的重视和好评。本书作者朱文斌正值壮年,年富力强,创作力旺盛,相信他必能进一步攀登学术高峰,奉献新的成果。今年6月,朱文斌申报的"中国海外华文文学学术史研究",已成功获得国家社科基金重点项目批准立项。此书完成后,他还将主编四卷本的《新世纪海外华文文学史》。我们期待他有更大的成就,为海外华文文学研究做出新的贡献。

陈贤茂

2017 年 10 月 8 日于汕头大学

目 录
CONTENTS

第一章 绪 论 ……………………………… 1

　一、东南亚华文诗歌发展概述 ……………… 2

　二、中国性与东南亚华文诗歌 ……………… 12

**第二章 中国意识阶段："侨民文艺"时期的东南亚
华文诗歌** ……………………………… 19

　一、民族主义与中国意识的形成 …………… 20

　二、现实主义诗潮的承继与发展 …………… 37

　三、南洋色彩的开掘与文艺独特性的提倡 …… 64

**第三章 中国情结阶段：挣扎求存时期的东南亚
华文诗歌** ……………………………… 80

　一、中国情结与南洋认同 …………………… 81

　二、现代主义诗歌的兴起与论争 …………… 93

　三、天狼星诗社与五月诗社 ………………… 110

1

第四章　中国经验阶段：新时期发展中的东南亚

　　华文诗歌 ……………………………………… 123

　　一、中国经验与多元化格局 ………………… 124

　　二、后现代主义诗歌与多重困境 …………… 133

　　三、"后殖民论述"与"去中国性" …………… 151

　　四、双重文学传统与多元文学中心 ………… 161

第五章　全球化语境下的东南亚华文诗歌 …… 169

　　一、世界性、民族性与中国性 ……………… 170

　　二、东南亚华文诗歌的现代化 ……………… 182

第六章　中国性诗歌典例分析 ……………… 198

　　一、乡　愁 ……………………………… 199

　　二、放　逐 ……………………………… 209

　　三、忧　患 ……………………………… 217

　　四、寻　根 ……………………………… 227

第七章　结　语 …………………………… 237

参考文献 ……………………………………… 243

索　引 ………………………………………… 256

后　记 ………………………………………… 259

第一章
绪　　论

　　近百年来东南亚华文诗歌的发展历经波折,虽与中国现当代诗歌同出一源,但因本土化、现代化、全球化等因素的介入,已经完全不同于中国现当代诗歌了。东南亚华文诗歌自成一体,形成自身的特色,演绎着自己的"传奇",成为世界华文诗坛较为活跃的一分子。如果将欧美澳华文诗歌与东南亚华文诗歌进行比较,可以发现两者所呈现的中国性是不相同的。欧美澳华文诗歌自诞生以来,一直都依赖着中国大陆及港台文学市场,借助于中国的报刊和其他媒体得以发表出来,摇摆于"留学生—移民—新移民文学"之间,至今都无法形成自己的"文学场"。新移民文学作家常常是"墙内开花墙外香",他们的作品必须回到中国才会产生较大的影响。东南亚华文诗歌则不一样,它不但诞生时间早,几乎与五四时期的中国现代诗歌同时起步,而且创作较为繁荣。东南亚华人在居住国创办了各种各样的报纸、杂志以及出版社,使得东南亚华文诗歌拥有自己的文学机制及流通、消费市场,因而独具一格。当然,如果要考察东南亚华文诗歌与中国性的关系,还必须将其放到文学史的框架里才能进行较为深入的探讨,才能得出令人信服的结论。

一、 东南亚华文诗歌发展概述

　　受中国五四新文学运动余波影响而诞生的东南亚华文诗歌[①]已经走过了近百年的风雨历程。如今当我们站在 21 世纪的门槛上蓦然回首,发现东南亚华文诗歌不但创作繁盛,而且佳作纷陈,比之中国大陆、港台地区的汉语现当代诗歌并不逊色。如果再考虑到东南亚华文诗歌所处的非主流位置和边缘的生存环境,这些成绩的取得,尤觉其难能可贵。东南亚华文诗歌虽然与中国现当代诗歌同出一源,但"橘生淮南则为橘,生于淮北则为枳",已经完全不同于中国现当代诗歌了。它们独具一格,自成自律性的"文学场",是世界诗

---

　　① 　东南亚地区位于亚洲与大洋洲、太平洋与印度洋之间,是东西方文明的重要交汇点。东南亚地区与中国山海相连,人文相通,自古以来就和中国有着密切的人员、商贸、政治和文化上的往来。东南亚地区共有 11 国,分别位于中南半岛和马来群岛上。中南半岛有越南、老挝、柬埔寨、缅甸和泰国等 5 国,马来群岛有马来西亚、新加坡、印度尼西亚、菲律宾、文莱和东帝汶等 6 国。华人移民东南亚由来已久,据不完全统计,目前生活在东南亚地区的华人华侨总数约有 3348.6 万(庄国土,2009),绝大多数都已成为所在国的公民,成为所在国的少数民族(新加坡除外)。华人移居东南亚,自然而然地带去了自己的风俗习惯、宗教信仰以及诗歌散文、戏剧小说等艺术表达形式,成为所在国文化不可或缺的一部分。根据学界共识,东南亚华文诗歌是指包括新加坡、马来西亚、泰国、菲律宾、印尼、文莱、越南等国在内的东南亚地区用华文白话创作的新诗(基本上都为华人所创作),不包括用文言文创作的诗歌作品。

坛的一枝奇葩。近百年来东南亚华文诗歌由最初的中国文学支流(侨民文学)逐渐变为独立自主的本土文学(华文文学),留下一串串"足迹",为我们镌刻了清晰可见的"历史","历史"则以其强大的记忆功能,记载下东南亚华文诗歌沉浮的"命运",正如菲华诗人晓阳在《历史》一诗中所形容的那样:"脚底下/走出/足迹//足迹/铸刻着/历史//历史/创造/我们的命运",今天梳理这段"历史"对于东南亚华文诗歌未来发展显得相当重要。

　　东南亚华文文学/诗歌的兴起与当地的华人社团、华文教育以及华文报刊的创办有着莫大的关系,尤其是华文报刊的出版发行,客观上为东南亚华文文学/诗歌的发表提供了阵地。东南亚地区早在 19 世纪就出现了华文报,第一份华文报是英国传教士马礼逊创办的《察世俗每月统记传》,1815 年 8 月 5 日在马六甲印行。比较正规的华文报还有马来亚(包括现在的新加坡和马来西亚)的《叻报》(1881 年)、《槟城新报》(1895 年)、菲律宾的《华报》(1888 年)等。进入 20 世纪后,除了上述两个国家还不断地涌现华文报纸外,泰国、印尼、越南等国,也均有多家华文报纸陆续创办。这些华文报纸创办之后,为了提高读者的阅读兴趣,常在报纸上增设文学副刊,刊登诗、词、小说和散文。根据文学史家方修考证,东南亚第一首华文新诗《原来学生》(作者啸崖)刊登于马来亚的《新国民杂志》(《新国民日报》的副刊)上,时间是 1920 年 2 月 18 日,距离胡适在中国大陆文坛进行第一批白话新诗的创作尝试(《新青年》第 2 卷第 6 号,1917 年 2 月)正好 3 年时间。可见,东南亚地区的华文新诗创作起步较早。后来随着中国大陆政局的变动,大批中国新文学作家南来,使东南亚华文诗歌创作逐渐繁荣起来,如 1923 年的《益群报》上就出现了诗意盎然、韵味隽永的诗篇:"微风引逗着小草漫舞;/小鸟倚在枝头歌唱;/艺术之神看了,/不觉陶醉在'歌声'中;/于是有个孟浪的诗人,/把'舞影'摄在心里,/把'歌声'藏在心里,/轻轻地把艺术之神,自然之神,都/容在心灵中。"①1925 年

---

① 曼娟:《孟浪的诗人》,《益群报·天声人籁》,1923 年 8 月 15 日。

10月3日,《新国民日报》特地开辟了诗歌副刊——《诗歌世界》。这是一个"新旧合璧"的诗刊,当时新诗与旧诗(旧体诗)几乎参半。东南亚第一个真正的新诗刊出现于1927年10月5日,它是马来亚的《南洋时报》所开辟的《诗》副刊。方修曾经比较《诗歌世界》与《诗》说:"《诗》是马华新文学史上的第一个诗刊①。它和早期新加坡《新国民日报》出版的《诗歌世界》不同,它不是那么一个新旧合璧的诗刊,而是一个真正的新诗刊,虽然有时发表几首竹枝词或什么杂咏,但这些作品在这里已完全处于一种附庸的地位,一点也无足轻重了。"②可惜《诗》的出版时间并不长,大约只维持了一年半,中间还因《南洋时报》停刊,停版数月,但其在东南亚华文诗歌史上所做的筚路蓝缕的开拓工作是值得肯定的。东南亚华文诗歌自发轫起,基本上就与中国现代诗坛同步共振。如20世纪20年代后期,中国文坛一直提倡的"革命文学"思想在东南亚地区迅速传播,但"革命文学"在东南亚变成"新兴文学"的提法(为了不引起西方殖民者的注意),实质还是"普罗文学",正如《槟城新报》副刊《椰风》的发刊词中这样写道:"布尔文学既成过去,自有当代的文学继起。目前是一个狂风暴雨的大时代,自然需要适合狂风暴雨时代条件的文学,普罗文学因了社会意识继相的反映,禀赋了历时任务,肩负着时代的使命,而继代着布尔文学时间与空间领域而努力她文化的新工程。"③

进入20世纪30年代之后,尤其是中国爆发全面抗战的前后几年,在中国大陆如火如荼的抗战形势影响下,东南亚各地华人同仇敌忾,纷纷成立各种抗战组织与文艺团体,如马来亚的"吼社"、菲律宾的"黑影文艺社""新潮社"、泰国的"彷徨学社""椒文学社"、印度尼西亚(简称印尼)的"印华文学社"和"椰岛文艺社"等团结了一大批华文诗人;同时,出于政治宣传需要的各种华

---

① 笔者注:《诗》既是马华新文学史上的第一份新诗刊,也是东南亚地区第一份新诗刊。因为在东南亚地区,当时的马来亚华文文学创作起步最早。

② 方修:《马华新文学史稿(修订本)》,新加坡世界书局1975年版,第100页。

③ 见《槟城新报》副刊《椰风》发刊词,1929年4月27日。

文报刊层出不穷地涌现,如马来亚的《星洲日报》《南洋商报》《槟城新报》《光华日报》、菲律宾的《东方日报》《联合日报》《菲华时报》《华侨商报》、泰国的《华暹新报》《中华民报》《天汉公报》、印尼的《朝报》《汇流》《新村》《苏门答腊民报》等相继创设文艺副刊,宣传中国抗战文学口号,呼唤大家起来积极抗日救亡,客观上为华文诗歌创作趋向繁荣提供了阵地。《槟城新报》副刊《曙光》的发刊词中列举日本侵略者的种种罪恶行径,编者大声呼吁青年们赶快负起抗日的任务:"几年来,我们看到了泪和血在祖国横流着。几年来,我们看到敌人们握着屠刀在逍遥。几年来,我们听到敌人们的胜利的狞笑,无时无日。屠杀,被奴隶的同胞的哀叫、呐喊、痛哭。几年来,我们更看到,许多甘心认贼作父、出卖人格、无耻的丑脸。几年来,我们也听到,为了不甘为奴隶,不愿看着一片一片河山被宰割,同胞被压迫,被屠杀,而抗战,而呐喊,而呼号,而牺牲,而灭亡! 这一切的一切,尽使我们北望神州,而伤心,而堕泪,而惆怅,而憎恶。……挚爱的青年们,不要忘记,忘记横在我们面前的一线曙光。我们坚持着,打开了荆棘,便是平坦的大道。"① 由此,东南亚华文诗歌创作进入一个繁盛时期。这个时期活跃着一大批华文诗人,简单罗列如下:马华文坛(马来亚华文文坛简称,包括后来分家的新加坡和马来西亚两国)有拓哥、谭云山、周均、邹子孟、段南奎、胡鉴民、静海、椰青、墨尼、陈炼青、林参天、张楚云、饶百迎、刘思等,菲华文坛有杨静堂、王雨亭、李法西、林健民、蓝天民、许冬桥、施颖洲、鲍事天等,泰华文坛有陈容子、方涛、鲁洪、林蝶衣、许征鸿、鲁心、白露、田江,等等。但1941年随着日本侵略者的铁蹄踏遍了东南亚各地,华人社团、华校、华文报刊均遭取缔或封闭,东南亚华文诗歌创作陷入困境,如新加坡著名诗人骆明曾回忆当时新马本土抗战文艺状况时说:"这个时期是新加坡文艺的黑暗时期,因此没有创作,不能发表,文艺园地是一片空白。只有

---

① 　见《槟城新报》副刊《曙光》发刊词,1936 年 5 月 4 日。

一张替日本人讲话的《昭南日报》。"①这也基本上反映了当时印尼、菲律宾、泰国、越南等东南亚各国华文诗歌创作的状况。

等到1945年日本宣布无条件投降,东南亚各国开始进行艰难的战后重建工作时,华人社会也在脱离苦难后恢复生机。华校、华报的复办和创办,在一定程度上促使华文诗歌创作重新焕发活力。印华作家钟尼迟在《略述印华文坛沧桑》一文中写道:"不仅中国大陆各地的文人雅士,皆有志一同地纷纷南来印尼作客游,各处风景名胜间皆留下雪泥红爪,同时也给印尼社会带来极盛的文风,据传说,当时的诗、词、歌、赋及各式佳作,便如雪片纷飞般蔚为奇观。"②菲华作家施颖洲也形容当时菲华文坛繁盛之状:"犹如'暮春三月,江南草长,杂花生树,群莺乱飞',十分热闹,盛况空前。"③其他各国情况都差不多,华文诗歌迎来了一个新的发展时机。同时,与东南亚各国反对殖民统治、要求独立建国的形势相适应,特别是中国政府周恩来总理在1955年万隆会议上宣布"取消双重国籍"④的政策,更是让东南亚华人在政治身份和文化心态上都发生了重大的转变,反映在文学层面就是东南亚华文诗歌创作的内容也开始发生重大的、质的变化,由以前的根据回忆和遥想中国社会生活转向面向本土现实,华文诗人的心态也由原来的"落叶归根"向"落地生根"转变。泰华作家方思若曾就泰华文坛的状况对这一转变进行了梳理:"进入了(20世纪)50年代,也就是华文文艺开始的年代。……以怀想思绪描绘故国风物为主要

①　骆明:《立足本地放眼海外》,《新加坡当代华文大系·诗歌集》,中国华侨出版公司1991年版,第3页。

②　钟尼迟:《论述印华文坛沧桑》,《亚洲华文作家杂志》第46期,第68页。

③　施颖洲:《六十年来的菲华文学》,《菲华文艺》,菲华文艺协会1992年版,第4页。

④　1955年印尼万隆召开亚非各国会议,周恩来总理代表中国政府在会上表明了中国的立场,取消海外华侨华人的双重国籍政策:一方面欢迎海外华侨早日回国参加新中国的建设,一方面也欢迎海外华人扎根当地,融入本土。中国政府取消双重国籍的政策有以下几个方面的考虑:一是有利于外籍华人融入当地社会,二是有利于他们作为当地少数民族争取民族平等的权利,三是有利于最大限度地清除所在国可能存在的疑虑,四是有利于加强所在国与中国的关系。

题材的侨民文艺已不适时宜,继之而起的是反映此时此地的文艺作品逐渐抬头。……战后初期学习华文风气曾炽盛过相当一段时间,参加学习的这批土生土长的青少年,他们的文艺写作能力在进入 50 年代便告先后成熟,而在泰华文坛上形成主力,这支生力军在思想感情和写作的题材上都倾向当地化,这和以前中国南来文化人怀旧怀乡的华侨文艺有着根本性的差别。"①这非常贴切地说明了当时东南亚华文诗歌的创作开始转向表现对南洋本土的热爱和融入之情。

可惜的是,东南亚各国并不十分信任华人。在狭隘的民族主义情绪支配下,各国政府相继出台同化政策限制和压迫华人社团的发展以及华校、华报的创办。马来西亚、印度尼西亚、菲律宾、泰国、越南、老挝、柬埔寨、缅甸等国从 20 世纪 50 年代中期开始,在不同时期都兴起过排华浪潮。如自古以来和中国关系最为密切的越南,在 1975 年统一以后,和中国关系交恶,导致在越华人纷纷逃离。据不完全统计,1979 年至 1989 年间,约有近百万华人被迫逃离越南,再移民或回归中国。一直到 20 世纪 90 年代,中越关系才逐渐好转。老挝和柬埔寨也在不同阶段实施过排华政策,迫使华人再移民,导致当地华人人口锐减。

"二战"后,泰国和菲律宾政府实施较为温和的同化政策,排华运动时有发生,但大多数华人还是自觉或不自觉地被归化为当地公民。新加坡于 1965 年独立后,成为由华人执政掌权的国家,且华人都以新加坡公民身份自居,华人人口也占了 75% 以上,不存在排华现象,但西化现象逐渐突出。马来西亚在东南亚地区可以说是保存华人社会较为完整的一个国家。马来西亚虽然于 1969 年也曾经发生"5·13"事件,导致排华和流血冲突,并且国家实施同化政策也较为严重,但整体而言,种族关系还比较和谐,由此也形成了马来西亚

---

① 方思若:《泰国华文文艺回顾与前瞻》,载《泰国华文作家协会文集》,泰国华文作家协会 1991 年版。

华人对华文的坚守和对民族传统文化的依恋,这是其他东南亚国家华人难以企及的。印尼的排华运动曾经最为严重,1965年"9·30"事件爆发后,当地政府实行极端的排华政策:"不但所有的华人社团、华校、华报均遭取缔,所有的华文书籍、图书馆,包括个人的藏书也遭焚毁,而且严禁来自任何地域的华文书报刊物进口,更有甚者,连方块字的使用也成为危及当地华侨华人身家性命的违法之举。全国只剩下一份由印尼当局情报部门督办的一半中文一半印尼文的《印度尼西亚日报》。"①直到1998年,印尼政府的政策才有所松动,30多年的时间使印尼成为"全世界唯一不准华文存在的地域",只剩下一份半中文半印尼文的《印度尼西亚日报》,偷偷地维系着华文诗歌创作命脉。以上东南亚各国的这种状况毫无疑问制约了东南亚华文诗歌的发展。

到了20世纪80年代之后,出于经济发展的考虑,东南亚各国与中国交流日益频繁,双方逐渐恢复了正常的邦交关系,各种限华政策开始松动,客观上又使东南亚华文诗歌创作进入了一个新的发展时期,老中青三代诗人齐集一堂,全国性的社团和文联组织得以成立,多元化格局开始形成。这一时期确实是东南亚华文诗坛"莺飞燕舞,百花齐放,争妍斗艳"的时代。可是,困境依然存在。东南亚华文诗歌诗质薄弱、西化严重、艺术性不高以及受市场化和商业化的冲击,这些都成为制约东南亚华文诗歌深层发展的因素。当然,不管怎样,这个时期活跃在诗坛的华文诗人不但逐渐为中国的读者所熟悉,而且也在世界华文诗坛甚至世界诗坛占有了一席之地。新加坡的陈瑞献、王润华、淡莹、周粲、原甸、严思、槐华、潘正镭、贺兰宁、郭永秀、文恺、南子、林也、梁钺、董农政、希尼尔、长谣、喀秋莎、古琴等,马来西亚的吴岸、吴天才、温任平、温瑞安、黄昏星、周清啸、张树林、许友彬、谢川成、田思、李宗舜、叶明、小曼、林幸谦、陈强华、周锦聪、陈大为、钟怡雯、傅承得、游川、何启良、辛金顺、

---

① 转引自饶艾子、杨匡汉主编:《海外华文文学教程》,暨南大学出版社2009年版,第75页。

邱琲钧、黄玮胜等,泰国的岭南人、李少儒、子帆、张望、琴思钢、李经艺、曾心、史青等,菲律宾的云鹤、和权、谢馨、白雁子、楚复生、月曲了、晓阳、王勇等,印尼的柔密欧·郑、黄东平、袁霓、明芳、茜茜丽亚、白放情等,还有文莱的林下风、方竹、晓轩和越南的银发、陈国正等对我们来说并不陌生,毫不夸张地说,他们如闪烁的繁星点缀了东南亚华文诗坛璀璨的天空。

为了论述的需要,我们打算将近百年来的东南亚华文诗歌发展大致分成三个大的阶段:一、20世纪20年代初至50年代初;二、50年代初至80年代初;三、80年代初至今。如此分期,基于两个方面的考虑。

第一,诗歌作为个人抒情言志的文体,社会触须敏感,被称为"时代的感应器和晴雨表"。社会、政治、经济等方面的变动必然引起诗歌表现的变化,因此,以社会局势的变化作为诗歌发展阶段的分界线具有一定的合理性。东南亚华文诗歌诞生于20世纪20年代,当时的东南亚华族社会是个典型的华侨社会(之前也是),除了少数经过几代已与当地民族濡化了的"峇峇"①族之外,大多数华人都抱有中国意识,怀着"叶落归根"的思想。而且经过一些中国作家不断南来从事革命、教育、文化宣传工作,更强化了他们的中国意识,使他们只关心中国事务,身处的"南洋"社会不过是"中国"这个想象共同体的延伸。这时期中国发生的重大政治事件比如济南惨案、九一八事变、抗日战争等对于唤醒东南亚华人的民族意识和民族主义情感起了很大的作用,表现于诗歌上,诗人往往以遥远的东方大国作为自己的"祖国"和他们日夜所思之地。这种心态严重影响了东南亚华人对居住国的关注与自身权益的争取。等到20世纪50年代初中国宣布取消"双重国籍"时,东南亚华人才从迷茫和失落状态中惊醒过来,发现原来"南洋"才是自己安身立命的地方。因此,以20世纪20年代至50年代初为东南亚华文诗歌发展的第一阶段较为合理。

---

① 所谓"峇峇"是指侨生男子,即华人与土著通婚后所生的孩子,基本上已与土著同化。还有"娘惹"是指侨生的女子。"峇峇"和"娘惹"是土生华人的特殊称谓。

这一时期的华文诗歌创作基本上属于"华侨文学"或"侨民文艺"范畴。50 年代以后,东南亚地区民族解放运动兴起,在西方殖民者相继撤出的情况下,各国纷纷宣布脱离殖民统治,独立建制,成为新兴的民族国家。政局的变化,促使那些南来作家纷纷回归中国,与此同时,中国也基本上停止向东南亚移民的势头,本土出生的诗人逐渐占据华文诗坛主流地位。华人作为当地的一个民族而存在,思想观念发生很大变化,已由原来的"叶落归根"转变为现在的"落地生根"。因而这个时期华文诗歌作品明显增强了南洋色彩,"文艺独特性"已成共识。但是,事与愿违,当华人将居住国视为安身立命之所时,东南亚各国由于狭隘民族主义势力抬头,从 20 世纪 50 年代中期至 80 年代,相继掀起了"排华"潮,当地政府对华人社团、华校、华报逐步采取限制甚至禁闭措施,华人"再移民"现象突出,各国华文诗歌的发展在这一时期不同程度地遭受重创。所以,我们将这一时期视为东南亚华文诗歌发展的第二阶段。20 世纪 80 年代以后,中国实行改革开放政策,综合国力有了显著提升。中国重新与东南亚国家建立了外交关系,国内许多科研单位和大学相继成立"海外华文文学"研究机构,出版了一大批海外华文文学作品,东南亚华文诗歌与中国大陆隔绝经年之后又重新受到研究者的关注。出于现实经济发展的需要,东南亚各国自 80 年代之后也相继调整了对华政策,华人社会的三宝即"社团、华校、华报"纷纷复出,华文诗歌发展由此进入了一个新的发展阶段。所以,我们将这一时期视为东南亚华文诗歌发展的第三阶段。

第二,从文学思潮流变的角度来看,这三个阶段的划分也有一定程度的合理性。东南亚华文诗歌自 20 世纪 20 年代诞生起就负载着强烈的社会使命感与责任感,继承了中国"五四"新文学运动的现实主义传统。如前所述,中国政局的变动促使一批作家诗人南来从事革命与文化工作,中国所发生的重大政治事件都对他们的心态产生巨大影响,使他们不由自主地心系故国。在这个中国意识浓厚时期,东南亚华文诗歌几乎与中国大陆的文学运动同步共振,比如中国发生的革命文学运动、文艺大众化运动、两个口号论争、抗战文学运动等在东南亚华文诗坛都获得了遥相呼应的效果,尤其是抗战文学运动在南洋掀起"文化现实化运动",大大强化了东南亚华文诗歌的现实主义传统。"这种现实主义传统在创作内容上根植于自身脚下的现实土壤,在理论思潮上则往往呼应于中国大陆的文学形势。"①即使是那些处于弱势的提倡"南洋色彩"、强调"文艺独特性"的书写者由于本质上也关注社会人生,同样承继了中国"五四"现实主义传统。一直到 20 世纪 50 年代,现实主义都是东南亚华文诗歌的主潮。因而,我们将之视为东南亚华文诗歌发展的第一阶段。1949 年中华人民共和国成立后的一段时期,许多东南亚国家与中国没有建立外交关系。当时除了印度尼西亚继续与中国大陆保持良好关系之外,其他东南亚国家则追随美、英等国的对华政策,与中国台湾地区关系密切。中国台湾地区于 20 世纪 50—60 年代兴起的现代主义文学运动先后波及东南亚各国,被东南亚华文诗歌作为一项资源引进到诗歌创作中。当然,东南亚华文诗歌由以现实主义诗歌为主向现代主义诗歌创作转变还有其深层原因:20世纪 50—60 年代,东南亚各国相继脱离殖民统治而独立,却使狭隘的民族主义势力抬头,国家政府以其绝对的权威性迫使华人接受单一民族政策的同化,从而也使诸如政治、经济、宗教、种族、教育等敏感问题都成为华文诗歌的表现禁区,"在缺乏直面社会人生的创作环境和道德勇气的情况下,一些作家开始探寻别样的创作路径,或者借用暗示、寓意、象征、隐喻等手法曲折地表示对禁区中的社会现实的抗议,或者潜入内心世界以心灵的骚动、压抑、困惑、失落来隐约呈现那个高度压抑的社会现实。"②20 世纪 50 年代至 80 年代,东南亚各国华文诗坛由于现代主义思潮的兴起,不同程度地发生过"现代与现实之争",彻底打破了现实主义诗潮一统天下的局面,因此我们将之视为第二阶段。20 世纪 80 年代中期以后,特别是 90 年代以来,"全球化"观念深入

①　黄万华:《新马百年华文小说史》,山东文艺出版社 1999 年版,第 15 页。
②　黄万华:《新马百年华文小说史》,山东文艺出版社 1999 年版,第 20 页。

人心,现代主义、女权主义、后现代主义、后殖民思潮给人们提供了多重反思过去的视角,多元并存成为时代的主旋律。东南亚华文诗歌在这样一个时代迅速发展起来,自觉与世界诗坛接轨,进入了多元化创作或者说"众声喧哗"的时代,东南亚华文诗歌还出现了许多带有后现代主义色彩的创作。因而将这一时期看成是东南亚华文诗歌发展的第三阶段也是合情合理的。

尽管如此,我们认为,对近百年来的东南亚华文诗歌的发展做出这样的分期还是一个权宜之计,因为任何一种文学史分期都是以牺牲文学自身丰富性为代价的。东南亚华文诗歌整体概貌也许呈现着这样一条曲线,而实际上东南亚各国华文诗歌的发展因政经文化等各个方面的不同却要复杂得多,为了论述方便,我们总是将这些国家的华文诗歌放在一起来分析,当然在具体论述时还必须具体对待。

二、 中国性与东南亚华文诗歌

如果将海外华文诗歌主要分成东南亚和欧美澳两大板块的话,无疑,东南亚华文诗歌更受世人瞩目,它不但诞生时间早,几乎与中国现代诗歌同时起步,且创作繁荣,拥有自己的文学机制及流通、消费市场,因而独具一格。而欧美澳华文诗歌,自 20 世纪 50 年代诞生以来,至今还依赖于中国大陆及港台文学市场,借助于中国的媒体和刊物得以发表出来,摇摆于"留学生—移民—新移民文学"之间,无法形成自己的"文学场"。由于政治格局、社会体制、人文环境都迥然相异,东南亚华文诗歌与欧美澳华文诗歌之间的差异非常明显,但是两者在一定的抽象层次上及一些基础的物质层面上还是互通、对话着的。例如两者都是运用同一语种(华文/汉语)进行创作,在当地处于第二层次或边缘地位,最为重要的是,中国性如"幽灵"般出没于它们的创作中,使两大板块的华文诗歌无法忘却/割断与中国的联系。中国性,英文表达为 Chineseness,也可译为"中华性",简言之,就是中国特性、中国特色和中国特质之义。旅居中国台湾地区的马来西亚学者、作家黄锦树曾言:"'中国性'这个'西而不化'的名词,虽然也可借晚清流行的词语译为'国粹''国性',或译为比较中性的'中国特性',然而前者或失之'古雅',后者却又失之'平庸',在性别论述蔚为主流的当代,读不出'差异'的趣味。"①目前看来,中国性的译法已为学界所接受。中国性有别于中国(实体),是文化想象的产物,其根基是建立在对华族文化认同之上的。它不具有一个固定的本质和意义,并且是流动不居的,跟现代性的流动感十分相似。因此,我们很难给它下个确切的定义。

东南亚华文诗歌与欧美澳华文诗歌都摆脱不了中国性的影子,但中国性在它们当中所呈现的姿态并不一样。对于欧美澳华文诗歌而言,中国性呈现的方式较为单一。迄今为止,欧美澳华文诗歌的书写群体还带有较浓厚的移民色彩,因为这些写作者一般都为第一代移民,第二代华裔往往都被当地民族所同化。第一代移民身在现代化的西方,却固守着中华文化传统,表现出较为纯然的中华民族的思维方式。例如美国学者黄运基(他在美国已生活了五十余年,早已加入了美国籍)曾就自己的亲身经历说:"就国籍法而言,真正称得上'华侨'的,实在已为数不多。但这里之定名'华侨',则是广义的、历史的、感情的",美国华侨文化有两个特定的内涵:一是在美洲这块土地上孕育出来的,但又与源远流长的中华民族文化紧密相连;二是在这块土地上土生土长的华裔,他们受了美国的文化教育的熏陶,可没有也不可能忘记自己是炎黄子孙……他们也在觅祖寻根。"②这说明欧美澳板块的华文书写者并没有

---

① 黄锦树:《马华文学与中国性》,台北元尊文化企业股份有限公司 1998 年版,第 41 页。

② 转引自黄万华:《文化转换中的世界华文文学》,中国社会科学出版社 1999 年版,第 42 页。

为中国性所困惑,他们十分鲜明地意识到中国性作为一种文化认同,体现着一种强大的凝聚力。关于这一点,悉尼大学华裔教授洪美恩曾在一篇题为"中国性的移民"的书评中说:"'中国性'是海外华人'想象社群'(imagined community)的核心,它是一个公开的能指,也是一个共同的所指,它内部的差异性、特殊性和分裂性是无法抹杀的。而它们恰恰也是统一和集体身份的基石所在。""'中国性'可被视为斯皮沃克所说的'策略本质主义'(strategic essentialism)的不同形式,它们不是督促移民'回家',而是希望其他人认识到,他们的所言和所为是出自特定的历史和文化。"①中国性在欧美澳华文诗歌这一板块没有表现出过多的负面效应或者说负面影响,没有被"妖魔化"。反过来,中国性被看成是欧美澳华文诗歌的一大特色,提醒着人们认识"他们的所言和所为是出自特定的历史和文化",即中华文化,发挥着向心力的作用。

对于东南亚华文诗歌来说,中国性的呈现方式则复杂、暧昧得多。对应上述我们给东南亚华文诗歌所做的分期,第一阶段(20 世纪 20 年代至 50 年代初)的东南亚华文诗歌基本上属于"侨民文艺"时期,中国性作为一个特质非常抢眼地呈现于诗歌文本之中。由于这个时期的创作者大多为南来诗人,他们在身份意识上认为自己是不折不扣的中国人,还没有发生身份认同危机。虽然这些中国人有时也含有强烈的在地激情,但在精神指向上无一例外地属于中国迷恋,因而在某种程度上我们已经很难将他们的创作与中国现代诗歌创作严格区分开来,比如谭云山的诗集《海畔》于 1930 年由广州的青野书店出版,却被认为是马华文坛第一部诗集②。由此可见,中国性浮现于这一时期是无可非议的。并且,中国性虽然遭到了本土性的对抗,但这段时期中国所发生的政治事件如第一次国内革命战争、抗日战争很快消弭了本土性微弱的声音,直到抗日战争结束,东南亚各国相继独立,东南亚华人的心态才由

---

① 参见陆杨:《"中国性"的文化认同》,《文艺报·华馨版》,2003 年 8 月 26 日。
② 参见陈应德:《马华诗歌发展简述》,柯金德主编《马华文学七十年的回顾与前瞻:第一届马华文学研讨会论文集》,马来西亚华文作家协会 1991 年版,第 125 页。

"叶落归根"向"落地生根"转变,本土意识/本土性才重新取得与中国性对话的权力。第二阶段(20世纪50年代初至80年代初)是东南亚华文诗歌发展最为艰难、坎坷的时期。如前所述,东南亚各国独立成新兴民族国家之后,由于狭隘的民族主义思想作祟和同化政策的实施,先后掀起了"排华"浪潮,华文诗歌的发展遭受空前重创。其中,1966年印尼苏哈托上台之后,实施排华政策,关闭华文学校、华文报刊以及华文出版社,解散华人社团,并断绝与中国的外交关系,使当时的印尼成为世界上唯一不准华文存在的国家。所以,可以看出,一方面,东南亚华人已经"落地生根",自觉将自己看成新兴国家的一分子;另一方面,新兴国家并不放心他们的存在,以各种名义以及出台各种政策限制他们的言行,试图设法同化他们。这种滑向边缘的生存方式,使得东南亚华人无所适从,华人再移民成为一时之景观。在此背景下,陷入困境中的东南亚华文诗歌向文化母体寻求动力/支撑似乎非常必要。因而,这个时期中国性的呈现带有主动找寻的意味。即使是受中国台湾地区和西方现代主义思潮影响,涌现出的带有现代主义色彩的诗歌也不例外。比如20世纪70年代马华诗坛出现以温任平为代表的天狼星诗社,他们所创作的诗歌就被称为"中国性的现代主义"(黄锦树语),他们在诗歌韵脚、格律、句法、章法、意象等形式与构思方面,皆有相当娴熟的中国性表现。再如20世纪70年代末新华诗坛出现的五月诗社,从其以"五月"(五月初五端午节,纪念伟大诗人屈原的日子)命名就可看出诗人们传承中华文化传统的心志。第三阶段(20世纪80年代初至今)是一个"众声喧哗"的时代,文化上的后现代主义、政治上的后殖民主义拓展了人们的视野,全球化观念开始深入人心。尤其是进入90年代之后,东南亚华文诗歌的多元化格局已成定势,但不论是在现实主义、现代主义还是后现代主义阵营里,依然有相当一部分写作者迷恋中华传统文化,中国性仍然较为突出,只不过呈现的方式更为隐晦、暧昧而已。这与东南亚华文诗坛繁复的面貌与格局是相对应的。然而,不可否认的是,新时期东南亚华文诗歌在诗质、诗艺等方面有待提高的地方还有很多。许多论者已经看到,东南亚华文诗歌不论是追逐西方潮流(现代性),还是跟随中国大陆、港台诗坛(中国性),都很难真正增强自身特质。它所面临的首要问题是如何形成自己的特色,独树一帜,与世界诗坛取得平等对话的权力。说到底,还是回到了第一阶段所强调的"文艺独特性"和建构主体性的问题上。

20世纪90年代初,旅居中国台湾地区的马来西亚华人学者黄锦树、张锦忠、林建国等面对东南亚华文诗歌的发展困境予以反思,率先将矛头直指中国性。在他们的视域里,中国性是强大的"殖民者",中国文化"殖民"了东南亚华文诗歌,换句话说,东南亚华文诗歌发展陷入困境或者说建构主体性出现困难原因就在于无法摆脱中国性的阴影。正如黄锦树批评以温任平为首的马华现代主义文学时所说:"马华文学的现代主义透过中国性而带入文学的现代感性(虽然还谈不上'现代性')有其不可磨灭的积极意义:细致化,提炼了马华文学的艺术质地,重新以中国文化区(中国台湾地区)的现代经典为标杆,一洗现实主义的教条腐败气,然而却也在毫无反省、警觉之下让老中国的庞大鬼影长驱直入,几致让古老的粽叶包裹了南国的'懦弱的米',极易沦为古中国文学的感性注释。"[①]毫无疑问,黄锦树认为正是中国性阻碍了东南亚华文诗歌的发展,从而逆转了当时人们的惯常思维——东南亚华文诗歌以中国文学/文化为资源库并从中汲取营养的思路。和他们的思路极其相近的是新加坡学者王润华的有关论述,他于2001年出版《华文后殖民文学——中国、东南亚的个案研究》一书,引进后殖民主义理论论证中国性成为新马华文文学(东南亚华文文学)的"殖民者",里面有一段话最有代表性:"当五四新文学为中心的文学观成为新马文化的主导思潮,只有被来自中国中心的文学观所认同的生活经验或文学技巧形式,才能被人接受。因此不少新马写作人,从战前到战后,一直到今天,受困于模仿与学习某些五四新文学的经典作品。

---

① 黄锦树:《马华文学与中国性》,台北元尊文化企业股份有限公司1998年版,第131页。

来自中心的真确性（authenticity）拒绝本土作家去寻找新题材、新形式，因此不少被迫去写远离新马的生活经验。"①应该说，这批旅居中国台湾地区的新加坡和马来西亚华人学者挖掘了往常论述中常被人遮蔽的一面，有一定的功劳，但是，他们绝对地将中国性与本土性直接对立起来，忽略东南亚华族的族裔性、东南亚各国政府的权力话语和西方话语在东南亚华文诗歌发展中的干预/压迫作用，偏颇与激进在所难免。按照他们的思路——"去中国性"，只会给东南亚华文诗歌的发展带来灾难而不是出路。正如他们自己所迷糊的那样："中国性是无法去除尽的残余，它仿佛就在文字里头。"②事实上，选择华文/汉语作为文学书写的工具和载体，就意味着中国性的不可离弃，这是因为中国性早已深深地内化于华文/文化之中。尽管林建国曾设想："也惟（唯）其表义活动的可能，中国文字/符表的命运，才是一条或多条不断生产论述和意识形态之旅；中国文字的命运便在它不断远离'源头'，不断指涉和进入与'源头'不相同的历史情境、陌生的历史情境，甚至丧失中华性/中国性的历史情境。"③他试图从语言的源头和开拓方面冲淡中国性，虽有一定的启发性，但事实上任何一个空间的开拓都不能是无限的，拓展汉语/华文的空间如果走到极端，不是故步自封就是自取灭亡，断绝了语言最基本的交流和交际功能。

中国性与东南亚华文诗歌的关系是一个庞大芜杂的场域，不是简单的三言两语就能梳理清晰的，如何深入考察东南亚华文诗歌的中国性问题，我认为必须将其放到文学史的框架里才能有所收获。一部著作的撰写在根本上应该解决遗留在文学史上的问题，尤其是涉及有争议的命题时更应该如此。如果一部著作仅把争议性的概念从"史"的背景中抽象、孤立出来，放到一个

---

①　王润华：《华文后殖民文学——中国、东南亚的个案研究》，学林出版社 2001 年版，第 118—119 页。

②　黄锦树：《马华文学与中国性》，台北元尊文化企业股份有限公司 1998 年版，第 132 页。

③　林建国：《为什么马华文学？》，《中外文学》第 21 卷第 10 期，1993 年 3 月，第 98 页。

既成的理论框架中予以观照,就可能导致对它的误读,这种著作没有强大的生命力是显而易见的。只有把对概念的剖析与观点的建构放在翔实的材料基础上,不脱离史的构架,著作才可能拥有强大的生命力。正是基于以上考虑,我们试图将中国性的呈现与东南亚华文诗歌的上述分期对应起来,根据中国性的不同呈现方式分别对这三个阶段做了如下区分。第一阶段为中国意识阶段;所谓中国意识,是指华人身在异国他乡仍未改变对中国的身份认同,常思"叶落归根"的思想意识。第二阶段为中国情结阶段;所谓中国情结,是指华人在"落地生根"的历史积累中,祖国的观念虽然发生了"位移",但仍视故国的文化为一种精神家园的民族情绪。第三阶段为中国经验阶段;所谓中国经验,是指华人在坦然接受自己是当地一个民族的事实之后,拉开了自身与中国的距离,本着多元共存的目的,视中国/中国文化为一项资源的心态。

　　给这三个阶段命名,只是为了论述的方便,事实情形则要复杂得多。具体展开论述的时候,我们必须将中国性与每个阶段的历史政治背景、社会文化思潮联系起来,具体国别还要具体对待,在大的框架之下,尽可能小心翼翼地解剖中国性与东南亚华文诗歌结合后所产生的肌理,尽可能较为清晰地呈现中国性与东南亚华文诗歌的复杂关系。

第二章

中国意识阶段："侨民文艺"时期的东南亚华文诗歌

　　东南亚华文诗歌发展的第一个阶段(20世纪20年代至50年代初)是中国性急剧膨胀的阶段,华文书写者的中国意识非常浓厚,论者大多把这个阶段的东南亚华文诗歌看成是"侨民文艺"/"华侨文学",或视为中国现代诗歌的一脉支流。这不但缘于华文书写者以中国南来作者居多,而且由于东南亚华文诗歌系统处于发轫期,文库空虚,亟须倚重中国新文学为干预旧文学发展的力量①。东南亚华文诗歌以中国五四运动以来的白话新诗为典律范本，亦步亦趋，模仿创造，并直接承继了中国"五四"新文学的现实主义传统，本着"为社会、为人生"的基本原则而写作，因而，这个时期现实主义思潮占据了东南亚华文诗坛的主流位置。然而，中国性张扬并不代表本土意识趋于消泯，事实上，这个时期东南亚华文诗歌的本土化运动一直处于潜流暗涌的状态，从"南洋色彩"的提倡到"文艺独特性"的论争，虽然声音被激进的时代浪潮掩盖住，但它毕竟构建了东南亚华文诗歌的主体性，并最终使东南亚华文诗歌之独立成为可能。

一、 民族主义与中国意识的形成

　　天上奔来的红鬃烈马哟！/雄雄地，到底要到哪里去？/是不是要找那个骑过你的/你的主人——我们的祖先——黄帝？/……/呵呵！长寿的英雄哟！/跑吧！跑吧！/历史已把中华民族的命运付给你，/向广阔的原野，时间的长途，/英勇地，豪迈地/一直奔驰！

——刘思：《黄河歌》

---

① 这个观点来源于马华学者张锦忠的论述："由于白话文普及，中国的新文学迅速取旧文学而代之，成为中国文学系统的当道主流，同时也是现代化的象征。在马来亚，中国白话新文学不只是一套外来的文本，更是负载新思潮的器具，深具实际效益。华人社会教育不普及，文化阶层结构脆弱，没有条件产生鲁迅这样的作家或胡适这样的学者，却又迫切需要传播新思潮改造社会启蒙民智，而马华文学系统仍处于发轫期，文库空虚，借用他山之石为干预旧文学发展的力量，比本身发动内部革命运动，更能左右系统发展的方向。中国的新文学遂成为马华文学系统求新求变的范例与典律。"见张锦忠：《南洋论述：马华文学与文化属性》，麦田出版社 2003 年版，第 131 页。

　　这是一首写于 20 世纪 30 年代末的诗歌,歌颂中国的母亲河——黄河的伟大品质,诗句间跳跃着诗人澎湃的爱国主义情感,表现出中华民族面对日本帝国主义侵略决不屈服的姿态。如果抹去诗人刘思当时所居住的地方——马来亚,我们很难想象这是海外华人写给中国的赞歌。事实上,华人这种心态——"身在南洋,心系中国"在当时东南亚地区普遍存在。再看当时流落在马来西亚的诗人西玲所写的《吴家村》:

　　　　今天 当东海的敌人/要闯入吴家村/我们吴家村/不能把菜畦/田 禾场/牛栏 果树园/避风雨的茅舍/以及鸡 猪 羊/给敌人的屠刀伸入/让人随便掳掠 杀戮/还有村中的娘儿/更不能任人奸淫/白罗溪边的清流/决不给敌人的战马来饮水/……看我们斗争的精神/要在保卫乡土/总表现在吴家村"。

还有马华诗人张一倩的《秋的怀念》:

　　　　当年,我走在阶前落叶的时候,/是感到一种透背的寒冷。/呵,我怀念你呵——祖国的秋!/是战斗着的祖国的秋!//天是阴沉的寒冷的,像昏夜的风/卷走了人们那快乐的灵魂!/粗野的暴声在我们的周围/像狮子要吞下一只羔羊的暴吼。/铁鞭,黑像毒蛇的铁鞭呵,/——它野蛮地扬在我们的身后……/但是,这些都是驱我们携手地走上同样的路!/我们的心,颗颗都像是打通了的河流,/它冲向同一的目标,它走着共同的路!/用不着回头再望了那过去自家炮火的创伤,/——当头的炮火更加万倍的严重啊!/但是,也该感谢这当头的炮火,/——它是再生了我们啊!

其他的例子也不用举得太多,这是一个耐人寻味的现象,如要弄清当时东南

21

亚华人为什么具有如此浓厚的中国意识,我们必须从近代民族主义思想的形成与民族国家的建立等方面寻找根源。

民族主义被认为是近代以来自由主义和社会主义之外的另一大思潮,它和现代意义上的民族国家的出现息息相关。相对于传统的"历史性国家"(historic nations)而言,民族国家的正式出现大约发生于18世纪末和19世纪初,其标志性事件是北美独立战争①、法国资产阶级革命②。民族国家形成后,所表现出的一个最重要的特点是"要求在固定的疆域内享有至高无上的主权,建立一个可以把政令有效地贯彻至国境内各个角落和社会各个阶层的行政体系,并且要求国民对国家整体必须有忠贞不渝的认同感"③。这种认同感就是民族主义的一种表现。不过,作为民族国家意识变体存在的"民族主义"从来就缺乏系统清晰的思想表述,对于它的定义五花八门,几乎言人人殊。好在它的基本内涵还是明确的:强调对国家的高度忠诚,即把国家的利益置于个人利益或团体利益之上。

美国学者本尼迪克特·安德森认为民族主义"是一种特殊类型的文化人造物(cultural artefacts)","一旦被创造出来,它们就变得'模式化'

---

①　北美独立战争,是指当时大英帝国统治北美十三州殖民地,严重的剥削阻碍了资本主义的发展。对英国经济政策的对抗,导致了北美人民的抗争。1775年4月,发生"莱克星顿枪声";1776年7月4日,大陆会议通过了由托马斯·杰斐逊执笔起草的《独立宣言》,宣告了美国的诞生。后来北美人民经过艰苦抗争,终于在1783年迫使英国承认美国独立。独立战争结束了英国在北美的殖民统治,实现了国家的独立和民族的独立,对于拉丁美洲和法国大革命也起到了推动作用。

②　法国大革命,是指1789年在法国爆发的资产阶级革命,在三年内推翻了统治法国多个世纪的君主封建制。法国在这段时期经历着一个史诗式的转变:过往的封建、贵族和宗教特权不断受到自由主义政治组织及上街抗议的民众的冲击,旧的观念逐渐被全新的天赋人权、三权分立等的民主思想所取代。1794年7月27日,热月政变推翻了雅各宾派的统治,宣告了法国大革命中市民革命的结束。1830年7月,巴黎人民发动七月革命,建立了以路易·菲利浦为首的七月王朝,至此法国大革命才彻底结束。在政变中建立了以热月党人为代表的大资产阶级政权,法国历史进入维护大革命成果时期。

③　李杨:《"救亡压倒启蒙"? ——对八十年代一种历史"元叙事"的解构分析》,载《书屋》2002年第5期。

(modular)，在深浅不一的自觉状态下，它们可以被移植到许多形形色色的社会领域，可以吸纳同样多形形色色的各种政治和意识形态组合，也可以被这些力量吸收"①。正因为民族主义具有这样的特点，所以现代人一般都认为：民族主义想象了原本并不存在的民族。正如英国学者埃里克·霍布斯鲍姆所言："尤其我和盖尔纳都特别强调：在民族建立的过程中人为因素的重要性，比方说，激发民族情操的各类宣传与制度设计等。'将民族视为是天生的，是上帝对人类的分类，这样的说法实则是民族主义神话。民族主义时而利用文化传统作为凝聚民族的手段，时而因应成立新民族的需要而将文化传统加以革新，甚至造成传统文化的失调——这乃是不可否认的历史事实。'简言之，民族主义早于民族的建立。并不是民族创造了国家和民族主义，而是国家和民族主义创造了民族。"②对应于中国的具体历史情境，此观点同样适合。

我们知道，中国虽然早在秦始皇时代就建立了以汉族为主体的统一国家，但并不强调族群对国家无比忠诚，而是希望臣民们服从皇权和一种被称之为"天下"的文化意识。因而，钱穆说："中国人常把民族观念消融在人类观念里，也常把国家观念消融在天下或世界的观念里。他们只把民族和国家当作一个文化机体，并不存有狭义的民族观与狭义的国家观，'民族'与'国家'都只为文化而存在。因此两者常如影随形，有其很亲密的联系。'民族融和'即是'国家凝成'，国家凝成亦正为民族融和。中国文化，便在此两大纲领下，逐步演进。"③而所谓天下观，落实到对不同群体的人的看法上，其实就是所谓"华夏"与"蛮夷"的区别。中国人历来认为中国即是"天下"，是"世界的中心"。中国四周居住的则是"非我族类"的蛮夷之邦，应该附属于"中国"而存

---

① ［美］本尼迪克特·安德森：《想象的共同体——民族主义的起源与散布》，上海人民出版社2003年版，第4页。

② ［英］埃里克·霍布斯鲍姆：《民族与民族主义》，上海人民出版社2000年版，第10页。

③ 钱穆：《中国文化史纲要》，商务印书馆2000年版，第22—23页。

在。这种文化上的优越感一直存续到清代。美国学者列文森据此断定传统中国只是"文化的中国",而非"民族的中国",因为民族国家是竞争的产物。在传统中国知识分子的心目中,中国的文明就是天下的文明。蛮夷可以武力打败中国,但最终会同化于华夏文化。竞争局面既不存在,民族主义亦无由发展出来。① 中国对于民族国家意识的觉醒是在戊戌变法失败之后才发生的。当时,英、法、德、俄、美、日等民族国家入侵中国,迫使中国知识分子开始思考"老大帝国"的问题,以梁启超为代表的思想者流亡到西方之后,终于明白要回应西方的挑战,必须先建立民族国家。因为"英、法两国一旦现代化,建立了官僚制的民族国家,世界的其他国家——如果没有其他的理由——就算只是要自卫,也被迫非跟着改变不可"②,于是,梁启超急切呼吁:"今日吾中国最急者,惟第二之参政问题与第四之民族建国问题而已"。③

英国学者埃里克·霍布斯鲍姆曾说:"民族主义在国家现代化过程中所扮演的角色,已经是近来学者的讨论重点。姑不论民族主义跟 19 世纪的欧洲国家之间到底具有什么关系,在当时,国家都把民族主义视为独立的政治势力。一旦国家能顺利将民族主义融入爱国主义当中,能够使民族主义成为爱国主义的中心情感,那么,它将成为政府最强有力的武器。"④梁启超正是看到了这一点,所以他认为对于"知有天下而不知有国家""知有一己而不知有国家"⑤的中国民众来说,目前亟须解决的问题是尽忠的对象应该由以前的文化

---

① 参见李杨:《"救亡压倒启蒙"? ——对八十年代一种历史"元叙事"的解构分析》,《书屋》2002 年第 5 期。

② [美]艾凯:《世界范围内的反现代化思潮——论文化守成主义》,贵州人民出版社1991 年版,第 29 页。

③ 梁启超:《新民说·论自由》,《饮冰室合集(第六册)·专集之四》,中华书局 1989年版,第 44 页。

④ [英]埃里克·霍布斯鲍姆:《民族与民族主义》,上海人民出版社 2000 年版,第106 页。

⑤ 梁启超:《新民说·论国家思想》,《饮冰室合集(第六册)·专集之四》,中华书局1989 年版,第 21 页。

向现代意义的民族国家转变，唤醒其"爱国主义"意识，以达到"各地同种族、同言语、同宗教、同习俗之人，相视如同胞，务独立自治，组织完备之政府，以谋公益而御他族是也"①。孙中山继梁启超之后发展并完善了民族国家的建构。很多人认为 1911 年辛亥革命成功，具有现代意义的民族国家就已经成立，这是不正确的。因为这时候的孙中山还不是一个真正的民族主义者，他虽然用"五族共和"的口号对"驱除鞑虏，恢复中华"的反清口号予以了修正，但其思想中的"大汉族主义"色彩还是十分浓厚的，更不用说当时中国民众的思想意识了，所以之后发生袁世凯篡位、张勋复辟等闹剧并不是偶然。直到 1919 年他写作《三民主义》的时候，民族国家及相关的民族主义等概念才得以确立。他说："夫汉族光复，满清倾覆，不过只达到民族主义之一消极目的而已。从此当努力猛进，以达民族主义之积极目的也。积极目的为何？即汉族当牺牲其血统、历史与夫自尊自大之名称，而与满、蒙、回、藏之人民相见于诚，合为一炉而治之，以成一中华民族之新主义。"②中华民族这一想象的政治共同体终于取代了文化共同体——华夏民族，标志着孙中山所缔造的中华民国完成了向现代意义的民族国家之转变。中国人从此开始认同这一新兴的民族国家，获得了民族身份认同感与归属感③。通过想象，他们开始从共同的地域、习俗、个性、历史记忆、符号与象征等方面去寻找中华民族这个共同体的通性。

东南亚华人中国意识的产生从根本上讲也是缘于中华民族这一想象共同体的形成。华人移民东南亚的历史已有了数千年，最早可追溯到秦汉时代，当时华人"过番"（这个词蕴含着华人文化上的优越感）主要是为了"讨生活"；到了宋元时期，由于海外贸易的发展，华商与水手开始遍及南洋各地；后

①　梁启超：《新民说·论自由》，《饮冰室合集（第六册）·专集之四》，中华书局 1989 年版，第 4 页。

②　孙中山：《孙中山全集》第 5 卷，中华书局 1985 年版，第 187 页。

③　所谓民族身份认同，其实就是个体要在世界上明确自己的归属和"国籍"，而所谓国籍，不过是个体获得国家庇护和帮助的合法身份证明。

来明清两代政府曾制定海禁法令,禁止民众私自出国,但由于中国政局时常不稳定,农村经济又濒临崩溃,广东、福建、广西、海南等沿海一带的贫困人民为情势所逼,依然偷渡出海,远走南洋谋生。到了1860年,英法两国胁迫清政府签订《北京条约》,打破了海禁条例,至1893年清政府出台法令废除海禁,沿海一带的人民移居南洋逐渐增多起来,再加上当时南洋地区沦为西方殖民地之后,当地的采矿业、种植业等需要大量的劳工,许多贫苦的华人被以"卖猪仔"的方式卖到南洋,扩大了南洋华人移民社会。所以,总体来看,华人在东南亚大多以从商、种植、采矿等为生。随着大批华人涌入以及华人妇女移民的增加,很多华人聚集的地方逐渐形成了自给自足的华人社区。当然,一直以来,绝大部分东南亚华人都不承认自己的这种行为是移民,而认为是侨居,诚如学者颜清湟所指出的那样:他们身为移民,远渡重洋的首要目的是改善经济条件,因种种现实的考量而对政治事务往往持保留的态度。① 他们只关心切身的利害关系,所以真正身份还是侨居海外的中国人,他们被称为华侨②还是近代的事。

　　1881年12月10日,第一份华文报纸《叻报》③在新加坡诞生,为当时华人提供本地和故国的消息,另外还有一些华文报纸陆续诞生。这些华文报纸的创办客观上为华人心系故国,积极参与中国的政治事务和社会变革运动提供

---

① 参见颜清湟:《新马华人社会史》,粟明鲜等译,中国华侨出版社1991年版,第17页。

② 据王赓武考证,"侨"字一开始并非泛指普通老百姓的移居,而是在某种特殊情况下才能使用,具有双重意义——(一)只有那些官方承认的移民,或被派往异乡当官者才称为"侨";(二)只有在中国版图内迁徙的才称为"侨"。至于"侨"字之应用到国外居民,大抵出现于1858年的中法《天津条约》之条款里。介于1895年与1904年间,"侨"字使用已普遍化。1903年,邹容的《革命军》一书出版,内有章炳麟的《给康有为书》及两首打油诗(《逐满歌》和《革命歌》),其中《革命歌》直称海外华人为"华侨",呼吁华侨应把富贵视如浮云,投身到革命的队伍中去,推翻清朝,建立民国。参见王赓武:《华人、华侨与东南亚史》,载《王赓武自选集》,上海教育出版社2002年版,第231—237页。

③ 王慷鼎:《〈叻报〉创刊日期正式确定》,王慷鼎:《新加坡华文报刊史论集》,新加坡新社出版1987年版,第45页。

了方便。19 世纪下半叶,清政府为了拉拢海外华人,寻求海外的经济援助,开始在南洋各地设置领事馆,帮助华人成立中华商会,派遣外交官、官员、皇族以及特使和代表团访问南洋各地,进行卖官鬻爵的活动,使得中国政治影响力在南洋华人社会逐步扩展开来。当然,随着东南亚地区由传统政治向殖民政治再向民族主义政治的转变,东南亚华人发生分化成为可能。学者王赓武据此将 19 世纪以来的东南亚华人分成了三类:甲类——主要关心的是中国的国家政治及其国际后果;乙类——主要关心的是所在地的华人社区政治;丙类——被牵入非华人统治集团的政治(不论其为土著的还是殖民地的抑或民族主义的)。[①] 一般而言,乙类华人在东南亚华人圈内比较容易占据主流地位,因为这类华人能够左右逢源,直接用商业上的成就去向华人社会献殷勤,以巨大财富博得华人的尊敬,但缺乏任何政治忠诚的概念,他们既可以团结丙类华人去迎合本地的统治者和官员,又可以从清政府那里买来官阶和头衔使甲类华人相形见绌。这种人生哲学非常有利于他们在当时东南亚地区(除了泰国,其他地区都已沦为西方列强的殖民地)的生存。到了 19 世纪末 20 世纪初,这种状况开始发生变化。晚清"戊戌变法"失败之后,康有为等人流亡南洋,继续宣扬变法维新思想;几乎与此同时,具有新兴资产阶级思想的孙中山等人也来到南洋,宣传"驱除鞑虏,恢复中华"的革命派思想。两派针锋相对,借助后来被国民党宣传机构称为"侨社三宝"的报纸、会馆和华校,在南洋继续演绎国内的论战。"他们的强有力的宣传活动,使当地华人比过去更加清醒地意识到,中国是一个整体,而不只是一个省或地区。该地区的国语(中文)的引入,则进一步有助于打破这种地方狭隘主义。"[②]打破地方主义是为了强化华人整体性,很显然,不管是维新派也好,还是革命派也好,他们都将南

---

① 王赓武:《中国与海外华人》,天津编译中心译,香港商务印书馆 1994 年版,第156 页。

② 颜清湟:《新马华人社会史》,粟明鲜等译,中国华侨出版社 1991 年版,第 284—285 页。

洋看成是中国版图的自然延伸,东南亚华人被想象成中华民族这个想象共同体中的成员,这种观点通过华文报刊和华文教育的兴办得以强化。如此一来,随着中国南来的文化工作者和当地受华文教育的人数越来越多,甲类华人的人数开始上升,早先同中国稍有某种政治联系的秘密会社已让位于公开支持中国国内反帝反封建运动的新组织。继1911年辛亥革命之后,这些组织先按照国民党的路线,后来又按中国共产党的路线组织成为具有自觉意识的政党。中华民族的复兴事业激励着甲类华人,他们设法把这种激情通过著作、演说和在东南亚公共场所的交谈传达给所有海外华人,使乙类、丙类华人也深受感染。浓厚的中国意识弥漫于华人圈内,热爱祖国、报效祖国成为当时东南亚华人的合理化选择。值得注意的是,如果以前东南亚华人保持的是"对家族的高度特殊化的(particularistic)忠诚和以宗族为基础的村落可能成为远距离联系的基础"①的话,现在他们已经打破了地缘和家族的界限将"家"扩展到了整个中国,中华民族作为一个想象的共同体将他们整合在一起,使他们产生了以民族主义为核心的爱国主义情感,开始越来越多地参与中国的政治事务和社会变革运动。如今我们读到议论"中国发展的计划"和解决"世界纷争的问题"的《也许有这么一天……?》(信然),主张大举"北伐",直捣"幽燕",将拥兵割据北方国土的"丑类""奸灭"的《北伐》(王笑吾),呼吁侨胞"灌溉""拥护"和"发扬"牺牲了无数爱国儿女的热血和国民精神换来的"自由花""五色旗"和"国庆日"的《国庆纪念》(张继清)②等诸如此类的东南亚早期华文诗歌时,并不会对其中所跃动着的一颗颗"中国心"感到惊诧。

　　从1911年辛亥革命一直到1941年日军发动太平洋战争入侵东南亚,

---

　　①　王赓武:《移民及其敌人》,《王赓武自选集》,上海教育出版社2002年版,第168页。

　　②　以上所列举的诗作可参见郭惠芬:《脱茧而出的新蝶:1919年至1924年〈益群报〉的新诗析论》,《回首八十载,走向新世纪——九九马华文学国际学术研讨会论文集》,马来西亚南方大学学院出版社,2001年版,第33—34页。

东南亚华人绝大部分都是关心中国的政治和社会形势的,尤其是在中国处于内忧外患之时,他们对祖国更是心系梦牵。正如学者王赓武所说:"从一开始,海外华人的认同问题就跟中国分不开的。中国怎么样,海外华人就会受到直接或间接的影响,这似乎是避免不了的。所以中国弱的时候,这个爱国的概念非常强,而且非常容易地兴起,尤其在抗日战争的时候,大家知道,东南亚华侨的反应是非常热忱的。可见,中国被欺负的时候,中国弱的时候,这种反应非常强,一直到 1945 年。但那个时候东南亚是特殊的。东南亚那些国家除了泰国之外,都是殖民地。它没有自己的国家主义,没有自己的国家,没有自己的民族主义。在这一个环境里,你可以表达,你用你的中华民族主义来谈政治的话,除非这些殖民地的政府不高兴,本地人没话说,因为他们自己没有自主权。"①东南亚华人社会对中国强烈的认同,以及由此形成的浓厚中国意识不但使早期东南亚华文诗人把自己看成是侨居海外的中国人,而且也使他们的创作自觉追随着中国的文坛,开始与中国文坛同步共振,不同时期的文学思潮都在东南亚华文诗坛得到不同程度的回应和显现。

1919 年的五四文化运动对东南亚华文诗人的感召效应是比较明显的,使他们身在南洋而心系故国,创作自觉与五四新诗接轨,正如郭惠芬所说:"五四运动爆发后,一些较为激进或追求革新的马华报章编辑(如《国民日报》和《益群报》的编辑),在内忧外患煎逼下,立刻迈开大步,急起直追,成为提倡和推广新思潮与新文学的急先锋,使马华新文学在五四运动后不久(6 月)就正式登上马华文坛,开创了马华新文学的历史篇章。"②东南亚华文诗歌具有和五四新文学运动相一致的新内容和时代精神,中国五四新诗的主题在东南亚华文诗人的笔下得到了很好的体现:有些新诗面向社会人生,诅咒黑暗现实,控诉封建礼教,鼓吹婚姻自由;有些新诗张扬个性解放,表现自我,等等——

---

① 王赓武:《再论海外华人的身份认同》,李焯然主编:《汉学纵横》,香港商务印书馆 2002 年版,第 60—61 页。

② 郭惠芬:《战前马华新诗的承传与流变》,云南人民出版社 2004 年版,第 31 页。

无不蕴含着激进的时代精神,表现出强烈的反帝反封建的爱国主义思想和感情。请看胡鉴民的《奋斗》:

> 现在的世界,/有权的作威作福,/有钱的汽车马车,/无产阶级做奴隶做牛马。/阴狠的有福气,/诚直的饿肚子,/情冷着,/心硬着,/鬼脸壳戴着。/世界——悲惨! /社会——黑暗! /哦,人们/奋斗! 奋斗! /鼓起勇气,/表现壮劲,/把障碍——推翻,/把罪恶——扫荡,/向魔王——宣战! //哦,人们/干去! /打开光明的人生之路,实现理想的优美;/无限乐,/无限爱,/无限创造!

这是五四新诗常见的样式,诗作激情有余,韵味不足,还未摆脱咿呀学步时的幼稚病。应该说,发轫期的东南亚华文诗歌基本上可看成是五四新诗的"翻版",从表现内容、结构形式、语言特点到创作方法,无论优点缺点,一概仿效之。这和中国白话新诗的一批实践者和优秀诗人的诗作经常被刊登在东南亚各大华文报纸的副刊上有很大关系,如胡适、刘半农、刘大白、俞平伯、鲁迅、周作人、康白情、曹聚仁、冰心、郭沫若、蒋光慈、闻一多、朱自清等人的诗作,经常出现在《新国民日报》《益群报》《槟城新报》《南洋时报》等东南亚华文报纸的副刊上,为东南亚华文诗人的创作提供了借鉴作用,胡适在五四时期强调的"诗体大解放"①和自由创作的思想在东南亚华文诗坛也得到了体现,

---

① 胡适曾在五四时期强调:"中国近年的新诗运动可算是一种'诗体的大解放'","不拘格律,不拘平仄,不拘长短;有什么题目,就做什么诗;诗该怎样做,就怎样做"。由于这样一番倡导,新诗便突破了一切形式,表现为空前的自由。开始时,还有人脱胎于词,脱胎于曲(包括胡适本人在内),但这被人看作是民装脚、放开裹脚布的缠足,于是后来越走越远,不拘行数,不拘字数,不拘格律,不拘平仄,最后连韵脚也不讲了。像胡适极力推崇的周作人、刘半农、沈尹默、俞平伯、康白情、徐志摩等在诗坛上发挥重大影响的人,都是这样一步步走出来的。参见胡适:《谈新诗——八年来一件大事》,陈思和主编:《中国现代文论选》,上海教育出版社 2010 年版,第 253 页。

说明东南亚华文诗歌从一开始就和中国诗坛保持着步伐上的一致。

1925年中国文坛提倡"革命文学"，马来亚则相应出现"新兴文学运动"。这种亦步亦趋的情形到中国抗日战争爆发时，达到极致。1937年7月7日发生"卢沟桥事变"，标志着日本侵略者全面发起侵华战争，中华民族再次面临着亡国灭种的威胁。在这民族存亡的危急关头，东南亚各地华人并没有置身事外，而是激发了强烈的爱国、救国的民族激情，积极行动起来抵制日货，很多华侨青年纷纷回国加入到中国的抗日洪流之中，而且南洋各地的华商还慷慨解囊，积极捐资筹款，为中国抗日军队提供物资上的支持。这个时期，众多华文诗人以笔为枪，在文字上、精神上支持祖国的抗战，回应祖国同胞的呐喊和呼唤。越南华文诗人陶里曾描写了当时的情形："由于爱国心的驱使，写了诗词歌赋或文章投到当地的报纸去发表，慷慨激昂地谴责日本帝国主义的侵华暴行并号召华侨起来参加救亡工作。"[①]这种如火如荼的民族救亡运动更加强化了东南亚华人的民族主义情结，甲类、乙类、丙类华人空前地团结起来，成立了各种群众性的团体如工友会、互助会、读书会等，与宗亲华社一道，为中国抗战提供各种帮助。于是，东南亚华文诗人同仇敌忾，擂起抗日战鼓，向侵略者发出怒吼与控诉：

　　千里外，/敌骑踏遍了田园。/谁家女儿，/还把脂粉留在面上？/两年了！/两年了！/在弹雨里，多少生命灭亡！/多少灵魂已奔向/猩红的/永生的路上！/……/在漫天的烽火里，/永闭了双眼。/遥望海角，/捏起拳头，/我心中的怒火，/燃上了眉梢。/你他乡的海哟！/在呼喊着我/去复仇！/去复仇！

　　　　　　　　　　　　　　　　　　　　——静海：《海》

---

① 陶里：《越南华文文学的发展、扩散及现状》，《华文文学》1995年第2期。

吹吧,北风/在南洋人的心上!/描画出——/那祖国难民的/饥饿,/流亡;/敌人/践踏着田园!/敌人/毁坏了家屋!/狂暴的敌人哟,/想灭亡我们的国家!……

——憎之徒:《北风,吹吧!》

银灰色的低空,/掠过一条深黑的骑队。/祖父的泪滴在父亲的肩上,/父亲的泪溶在歌声里,/儿子的泪便化成了一注狂流,/平原上强健的子民,/骑在褐色马上是多么英武呵!/听蹄声的密集如海的澎湃,/原野上的战斗又开始了。/唱不尽的哀歌!一万个的仇恨,/问历史,问命运,瞧这野火的炎炎!/扬起反抗的歌声,战斗的信号,/哼,今夜谁敢再流泪?/祖父的恨跳上了父亲的心胸,/父亲的话刻在刀柄上,/儿子的力便揽住了破碎的山河。/茫茫的天,茫茫的野,/风送一支血色的黑骑队。

——林火:《黑骑队》

可以看出,静海、憎之徒、林火等诗人虽然身在南洋,却十分关心祖国的政治局势,对于日本侵略者的行径无比痛恨,复仇之火在诗中燃烧。还有泰华诗人剑奴的《奴隶的怒吼》、关伯标的《向清风祈祷——遥寄前线的战士》、陈陆留的《八一三献诗》等都铺陈心绪,直指抗战,通过激越的歌唱,谱写了一曲又一曲充满爱国主义情感和民族主义气节的诗篇。由于抗战的需要,这个时期东南亚华文诗人南来北归互动频繁,他们的歌唱与中国国内的歌唱已经完全融为了一体,汇成卷向万恶日本侵略者的浪涛。比如当中国诗人田间的鼓点声声震耳的时候,东南亚华文诗坛的椰青、刘思等人也擂起战鼓予以和应:

风,/战争的风,/我们迎接你,/似迎接/久违的/慈亲,/久违的/爱人。/你,/从亚细亚的/原野,/吹过/中国海,/深阔的/太平洋……/要：吹向/弱小民族的/土地，/有正义感的/国家；/吹遍/所有劳苦大众的/土地上。//来！/我们迎接——/战争的风，/从橡树梢……/吹过来了；/似暴风雨，/似瀑布/似海燕。

——椰青：《战争的风》

好，/你就去！/你到南国：/荔枝花应开了。//紧紧吧，/握一握手；/热烈的掌心——/燃烧着一团笑。//笑，/珍重它——/带到战场上/迎接自由的归来吧；//去，/去当兵，/去参加战斗，/跟着我就来呀！

——刘思：《去，去当兵！》

田间，曾被闻一多誉为"时代的鼓手"，他的诗歌独树一帜，力求创新，模仿敲鼓的节奏，以精短有力的诗句来表现战斗的激情，形成独具一格的"鼓点式"风格。这种写作方式是对中国新诗民族化的一种探索，非常契合当时抗战的时代精神，在读者中产生了强烈的共鸣。可以看到，椰青的《战争的风》和刘思的《去，去当兵！》这两首诗很明显受到田间诗歌的影响，每行诗句都比较短小、简洁，有时候一行甚至只有一个字，如"风，/战争的风""去，/去当兵"，形成一种带有跳跃性的、急促而强烈的节奏，在"鼓点"中折射出诗人强烈的爱憎情感，即使诗人还身在南洋，但在精神上却与中国抗战时期那种慷慨激昂的时代氛围融合在一起，在东南亚华文诗坛留下了不灭的痕迹。

1945 年抗日战争结束，东南亚地区也从沦陷中解放，英、美、法等西方大国重新恢复对东南亚地区的殖民统治。但随着东南亚地区民族主义思潮的兴起，西方列强已经认识到它们的殖民统治不可能再继续下去，于是它们开始物色民族国家的接班人。一般情况下，它们都倾向于将政权移交给土著政府。土著政府一旦建立新兴的民族国家，必然要求各个族群对国家绝对地忠诚。在这种情况下,东南亚华人作为新兴国家的一个族群,如果还抱有强烈的中国意识的话,将被视为一种威胁,即被看成是为中国服务的潜在敌人。特别是 1949 年中华人民共和国成立,意识形态的对立在一定程度上影响了东南亚各国与中国的正常关系的确立,华人在当地的处境可想而知。因而,甲类华人的进取精神和热情渐见销蚀,除了一部分北归和躲入山林从事国际共产主义运动工作的华人如"马共"①之外,大部分甲类华人转向乙类华人阵营,采取小心翼翼、抱成一团的做法,以求明哲保身。丙类华人早已认识到华人指望不上中国的帮助,极力认同居住国(战后由对西方殖民者的忠诚转向对民族主义的反殖民事业的拥护),最受国家政府欢迎,但他们毕竟是华人中的少数分子。从总的趋势看,乙类华人在这些国家中还是占据大多数,他们对东南亚的未来有自己的看法,一方面希望中国扩大在这一地区的影响力,另一方面也希望这些新兴国家真正独立。他们看出了东南亚新的合法国家的现状将维持下去,他们唯一能做的乃是尽可能使自己适应这些国家的国体。同时,他们也不打算像丙类华人那样走得很远,甘愿儿女被同化,华人社会被解体。他们尽管看起来安于现状,或多或少地脱离中国历史的主流,但是仍然希望保持他们的中国文化和中国语言,不仅保住他们的生命、家庭和财产,而且在某种程度上维护住他们作为一个经济群体和文化群体的存在。② 1955年,周恩来总理代表中华人民共和国政府与印尼政府订立《中华人民共和国和印度尼西亚共和国关于双重国籍问题的条约》,解决了华人传统的双重国

---

①　"马共"是马来亚共产党的简称,成立于 1930 年 4 月 30 日。"二战"期间,马共在马来亚建立人民抗日军,进行抗日游击战,成为抗战的主力。1945 年 8—9 月间,英国重占马来亚,与马共交恶,于 1948 年 6 月 20 日颁布了"特别紧急条例",开始镇压马共及其他进步人士。对此,马共决定进行武装斗争,并于 1949 年 2 月 1 日建立了马来亚民族解放军,一直与英殖民政府和后来的马来政府对抗。1960 年,马共在围剿中退至马泰边境的丛林中打游击战,直到 1989 年迫于形势宣布解散。

②　关于"三类华人不同的表现"参见王赓武:《中国与海外华人》,天津编译中心译,香港商务印书馆 1994 年版,第 166—169 页。

籍问题,希望华人加入居住国国籍,这正是迎合了大部分乙类华人的想法。至此,中国意识开始从东南亚华人思想深处淡出,甲类华人肯定还保存下来了一个小小的核心,但其理据已不再指着现在,而是朝向未来。除了这一部分还勉强可以称为"华侨"的甲类华人之外,大部分华人开始对以前卷入当地政治活动的犹豫态度重新加以考虑,争取公民权、民族平等和语言问题等被提上了历史日程。

这种情形反映到东南亚华文诗歌创作中,一个很明显的特征是这些诗作开始脱出与中国新诗坛相呼应的格局,表现本土生活经验以及南洋风土人情的诗篇日渐增多。如随着反殖运动的兴起,诗人丁家瑞写道:

> 这是庄严的沉默,/这是无比的喊叫,/这是人民团结的力量,/这是人民一致的号召!/……/……/拿最巨大/最强烈的行动/……为了合理的要求/向伦敦宣告:/敬爱的艾德里先生!/你得撤消(销)修正书,/你得实行民主宪法!
>
> ——《向伦敦宣告》

华文诗人不但记录下了东南亚各地反对恢复殖民统治、争取民族独立自主的现实,而且还从时代与社会生活的不同侧面寻觅题材以表现现实和理想,这与从前他们身在东南亚却写中国的事情有很大的不同。请看逸人的《黎明之唱》:

> 当清晨的钟声,/划破长街的宁静,/孩子们跳着来了,/带了幸福的憧憬来。/我看见了/绿的嫩芽/从泥土里探出头来,/骄傲地遥望/蔚蓝的天空。//他们说着他们要说的话:/骂飓风的猖狂,/笑流水的凄怆。/这里有百十只生命之舟,/在旅程的起点,/飘起赶路的白帆。//看见甜蜜的果儿,/他们留着馋涎,/没有遮掩/没有隐讳/

没有罩上那/伪饰的脸相。/他们底心地/是清水一样明洁,/像那椰树梢头,/高挂着的和煦的朝阳。//来吧!/明洁的灵魂,/让我陪你们,/拥抱着未来的世界,/唱一首黎明的歌。

这里诗人以"黎明"为诗眼,歌颂当地孩子们的可爱和天真烂漫,寄托着对未来理想世界追寻的情怀,全诗显得富有南洋生活气息,朝气蓬勃,催人奋进。
再如米军的《跳珑玲》:

在星光闪闪的天幕底下
在静静的海滨的绿地上
我和一群马来少男少女们
无所顾忌地跳起"珑玲"来了

　　"碰碰空"
　　"碰碰空"

别笑我像醉汉一般跳得摇脚摇手呀
别笑我如同小孩子一般叫呀唱呀
你知道当这大地属于我们底时候
我们原就是一个信仰里的姊妹兄弟呀

　　"碰碰空"
　　"碰碰空"

　　……

你知道当这大地属于我们底时候

我们原就是一个信仰里的姊妹兄弟

因此我们才这么狂热哟

向马来亚底椰树、胶林和山丘

唱出我们底恋歌

全诗声光交融，人景互动，"跳珑玲"（一种马来族土风舞蹈）的鼓乐声"碰碰空"动人心魄，令人着迷的南洋风情画中蕴含着诗人对华巫两大民族团结的向往。从更高层次来理解，这首诗还表现了一种时代情绪，一种当地少数民族（华族）追求和平、自由、平等和幸福的时代精神。

由此可见，中国意识的淡出直接导致华文诗人书写发生变化，由从前"手执报纸，眼望天外"想象中国转向表现身边的现实生活，这是东南亚华文诗歌走向成熟自立的一次历史性转折。然而，有一点我们必须明白，那就是东南亚华文诗歌的中国性并未因此而减弱。因为东南亚华文诗歌转向表现本土现实时仍然承继了五四新诗的现实主义传统，表现内容变化了，但表现形式、创作手法并未发生质的改变。这是下一节我们将要重点讨论的内容。

二、 现实主义诗潮的承继与发展

郭惠芬曾在《中国南来作者与新马华文文学》一书中说："从 1919 年到 1949 年，在新马文坛上创作过文学作品的华文作者中，能够确认南来身份的作者至少有 159 位。在这 30 年的新马华文文学历程中，如果没有这批南来作者在新马文艺园地里辛勤拓荒和努力耕耘，新马华文文学就不可能发展成蔚为大观的局面；如果没有这批南来作者支撑着新马文坛，新马华文文学也不可能有各个时期的文学成就。"①事实的确如此，如果没有林独步、拓哥、冯蕉衣、邹子孟、连啸鸥、刘思、谭云山、罗依夫、桃木、铁戈、絮絮、曾玉羊、张楚琨、张曙生等这些南来诗人的创作，当时的马来亚（东南亚）华文诗坛一定显得寂寥而沉寂。因而，东南亚华文诗歌在 20 世纪 20 年代诞生后，首先面临着"文库空虚"的局面，必须要借"他山之石"——中国新文学作为自身发展的动力和资源。正如著名马华文学史家方修所指出的那样："马华新文学的发展的过程中，始终受到中国新文学的深刻影响。不但马华新文学的诞生，是渊源于中国新文学运动，其后的发皇滋长，也与中国新文学的发展有着不可分割的关系。例如 1925 年以后的文学团体的繁兴，1928 年以后的新兴文学运动，1934—1935 年间的大众语运动，1937 年以后的抗战文艺运动，以及由此派生出来的救亡戏剧运动、通俗文学运动、文艺通讯运动，等等，就都是各该时期的中国现代文艺思潮振荡辐射的余波。在作者作品方面，中国作家的创作风格、文学技巧，等等，也常常成为马华作者吸取滋养的对象，如鲁迅的小说、杂文，郭沫若、艾青、臧克家、田间等人的诗，就都有许多人在模仿学习……"②方修虽然指的是马华文学，实际上其他东南亚国家的华文文学大致情形也和马华文学差不多，这个时期东南亚华文诗歌的创作者基本上以中国南来作者居多，再加上华人圈内中国意识渐趋浓厚，向中国新诗取经学习显然是顺理成章之事。

这里，我们有必要回顾一下中国新诗的发展之路。"在中国现代 30 年间，新诗经过草创——奠基——拓展——普及与深化四个发展阶段和分别以郭沫若、戴望舒、艾青为代表的三次整合过程，真正完成了它的第一个自律运动期。'五四'前期以胡适为代表的白话诗作为中国诗歌转型的开端，乃是传统与现代之间的历史联结点。之后，写实诗派、浪漫诗派、湖畔诗派和小诗派

---

①　郭惠芬：《中国南来作者与新马华文文学》，厦门大学出版社 1999 年版，第 12 页。
②　方修：《新马文学史论集》，三联书店香港分店、新加坡文学书屋 1986 年版，第 19 页。

等,乃是在白话诗的基础上进一步实行对旧诗的扬弃和对新诗的重建,从而
奠下了中国新诗的第一块基石。郭沫若的诗歌是中国新诗诞生的标志。此
后新诗进一步拓展,以闻一多为代表的格律诗、以李金发为代表的象征诗、以
戴望舒为代表的现代诗,以及先后以普罗诗派、中国诗歌会和'密云期'新诗
人为代表的革命现实主义诗歌,乃是中国新诗进入建设时期的多种诗歌形态
的交错演进,然而又在总体上形成两种并立、对峙的发展趋势。最后,诗坛又
由对峙转入历史的大汇合,新诗的发展进入普及与深化阶段。新诗的主要流
向——朗诵化运动、民间化运动、散文化运动、形象化运动和意象化运动;新
诗的重要流派——延安诗派、七月诗派和九叶诗派,以及本时期代表诗人艾
青的诗歌创作,都呈现出艺术创新精神与历史使命感的统一,民族化与现代
化的融合的总趋势。"①龙泉明的线性梳理相对清晰,也非常有概括性,从中我
们不难看出五四白话新诗诞生后,中国新诗坛一直交错涌动着现实主义、浪
漫主义和现代主义三大诗潮,那么其中哪一种诗潮是主流呢? 答案是现实主
义诗潮。这已经是文坛的共识,正如李标晶所说:"当'五四'文学运动发生,
新诗以战斗的姿态冲击旧诗的时候,世界文学中汹涌着三股诗潮:现实主义、
浪漫主义、现代主义。其中,现代主义占主导地位。而中国当时缺乏现代主
义生长的土壤。所以,中国现代诗歌流派,始终贯穿着现实主义和浪漫主义
的创作思潮,并成为诗歌流派的主流。在现实主义与浪漫主义之中又以现实
主义更具生命力。中国现代新诗的许多诗派,都可以涵盖在现实主义思潮
之下。"②

　　确实,五四白话新诗发轫时就与现实主义(当时称为写实主义)结下不解
之缘,正如茅盾所说:"初期白话诗一贯和最坚定的方向,是写实主义。"③康白

---

① 　龙泉明:《中国新诗流变论》,人民文学出版社 1999 年版,第 2 页。
② 　李标晶:《现实主义文学思潮与中国现代诗歌》,《杭州师范学院学报》(人文社会科学版),2001 年第 3 期。
③ 　茅盾:《论初期的白话诗》,《文学》第 8 卷第 1 号,1937 年。

情也说:"原来宇宙只是一个真,不管人间底美不美。但人间要把他看作美或看作不美,他却没有法子拒绝的。情绪是主观的;而引起或寄托情绪的是客观的。我们要对于宇宙绝对的有同情,再让他绝对的同情于我,浓厚的情绪就不愁不有了。"[①]这也体现了康白情的现实主义诗歌主张。还有陈独秀提倡"写实文学",周作人主张"平民文学",刘半农用血泪写诗,刘大白用诗歌表现工农生存境遇,等等,无不体现了现实(写实)主义精神。当然,白话新诗初期的"非诗化"倾向,以及书写题材狭窄、反映现实肤浅等毛病在一定程度上制约了新诗的发展,这和白话新诗初期未能完全摆脱旧体诗词的束缚有很大关系。1921年1月,文学研究会成立,中国新诗面貌开始发生根本性的变化。文学研究会成员茅盾、郑振铎、俞平伯、刘延陵、叶绍钧、周作人等以深重的忧患意识结合俄国文学中的"为人生"精神,形成以强调文艺社会功利性为特点的现实主义美学原则,在"为人生"艺术大旗之下,把描写社会现实、表现人生悲苦作为新诗的方向,认为"诗人的天职不在歌吟以往的死的故事,而在于歌吟现在的活的人生"[②],使现实主义诗风得以高扬。文学研究诗人大多饱尝人生波折之苦,对黑暗现实有着痛切的感受,因而揭露社会的黑暗和弊端、表现各种压迫和悲哀的心理、真实反映血泪人生成为他们笔下常见的题材。同时,文学研究会诗歌的艺术表现力相比初期的白话新诗得到了较大的提升,现实主义精神也得到了深化。

1921年7月创造社在日本东京宣告成立,以郭沫若、郁达夫、成仿吾为代表的一批留日学生高擎"为艺术而艺术"的浪漫主义旗帜,为五四新诗开创了另一番风景线。创造社汇聚了一大批诗人,除了开一代风气的郭沫若之外,还有田汉、成仿吾、郁达夫、郑伯奇、洪为法、倪贻德、冯至、楼建南以及后期创造社成员王独清、冯乃超、穆木天、柯仲平等。他们先后在《创造》季刊、《创造

---

① 康白情:《新诗底我见》,《中国现代诗论》(上编),花城出版社1985年版,第33—34页。

② 刘延陵:《美国的新诗运动》,《诗》第1卷第2号,1922年。

日》《创造周报》《创造月刊》等期刊上发表大量的诗作,显示了五四狂飙突进的精神和浪漫主义的创作实绩。茅盾认为:"热情奔放的天才的灵感主义的中国浪漫主义文学,由创造社发动,而且成为'五四'时期的最主要的文学现象。"①创造社诗歌的"破坏"和"创造"的精神,对于白话新诗内容单调、诗味单薄以及想象贫弱起到了很大的调适作用,把中国新诗的革新和解放推向了一个新的高度,在五四那种特殊的环境里,起到了积极的战斗作用。但是,五四落潮后的感伤情绪也比较多地体现在了创造社诗人身上,感伤主义与创造社结下了不解之缘,成为创造社诗人的创作特色。郭沫若的诗集《女神》在积极创造中也夹杂着孤寂和悲哀的情绪,诗集《星空》和《瓶》则进一步表现了苦闷的情绪,寄寓着诗人愁闷、感伤、失望、痛苦的人生情怀。创造社诗人这种自我失落的感伤,实际上是对现实的不满和失望的情感宣泄,感伤的吟咏和浪漫的情调往往交织在一起。1925 年五卅运动发生后,随着革命形势发生重大转折,创造社诗人的创作也发生了转换,自觉不自觉地开始向现实主义归依,成仿吾就要求"恢复我们的社会意识",在"血肉横飞的攘扰"形势下,去拥抱革命现实。② 从后期创造社的刊物《洪水》所发表的诗作来看,创造社诗人的创作开始从抒写个人天地转向了表现社会现实,诗歌的政治性、社会性、革命性增强了很多,革命现实主义诗歌兴起了。

文学研究会和创造社的诗歌虽然进一步完善了新诗的诗质和诗形,但在一定程度上还是缺少"余香和回味",分别存在着自由散漫和情感过于直白袒露的毛病。于是,1921 年左右,跨越文学社团和流派的小诗应运而生,这是一种短小精炼、清新隽永、富于诗味的诗体,能够满足人们抒情言志的需要。文学研究会的朱自清、冰心、王统照、郑振铎、周作人、徐玉诺、刘大白,创造社的郭沫若、邓均吾,湖畔诗社的汪静之、潘漠华、应修人、冯雪峰以及宗白华、康

---

① 茅盾:《关于创作》,《北斗》创刊号,1931 年 9 月。
② 参见成仿吾:《艺术之社会的意义》,《创造周报》第 41 号,1924 年 2 月 24 日。

白情、俞平伯等人都是小诗作者。其中，以冰心和宗白华的小诗成就最高。周作人曾高度评价小诗的兴起："如果我们'怀着爱惜这在忙碌的生活之中浮到心头又复随即消失的刹那的感觉之心'，想将它表现出来，那么数行的小诗便是最好的工具了。"①小诗活泼自由、灵动开放以及富有哲理性的特点吸引着这些新诗人进行创作，虽然它受到了中国古典诗词的影响，但最重要的影响还是来自日本的短歌、俳句和印度泰戈尔的小诗。小诗以短小的篇幅捕捉刹那间的内心感受和哲理思考，虽然不适于表现壮阔的时代生活和丰富复杂的思想情感，但由于这些哲理和灵感均来自人生感悟和自然万物，因此具有一定的现实意义。1922 年 4 月，湖畔诗社在杭州成立，四位年轻的诗人，汪静之、冯雪峰、潘漠华、应修人出版了诗歌合集《湖畔》，标志着"专心致志做情诗"的流派诞生。湖畔诗人追求自由恋爱和个性解放，敢于敞开心扉，敢于表达情感，挣脱封建羁绊，理直气壮地写情诗，没有追踪时代步伐和展现"血和泪"的众生世态，在对弱者痛惜悲悯之中和爱的歌吟里，还是能够让我们体会到浓厚的现实主义因素和激越的五四时代精神。另外，这个时期，李金发的象征主义诗歌和以徐志摩、闻一多为代表的新月派诗人的格律诗也在文坛引起了相当的反响，在艺术上也是对新诗"非诗化"的一种反拨。

　　进入 20 世纪 20 年代中期以后，最引人注目的革命诗歌产生了。随着世界无产阶级革命运动的发展，早期共产党人和一批进步人士提出了"革命文学"的口号。1925 年五卅运动发生后，中国人民开始了民族的觉醒和阶级的觉醒，许多诗人在文学选择上进行了一次思想大转换，就连吟咏爱情的湖畔诗人应修人、冯雪峰、潘漠华等都投入了革命阵营，开始为革命工作，郭沫若、成仿吾、蒋光慈等则明确强调"革命文学"的重要性。1927 年"四一二"反革命政变发生，致使大革命转入低谷，可民间反抗并未停止，文坛上关于无产阶级革命文学理论的倡导与论争掀起了高潮。后期创造社诗人郭沫若、段可情、

---

① 仲密（周作人）：《论小诗》，《觉悟》1922 年 6 月 29 日。

黄药眠,太阳社诗人蒋光慈、钱杏邨、任均、洪灵菲、殷夫等纷纷发表革命诗歌或出版革命诗集,兴起"普罗(proletariat 的音译缩写)"诗歌运动。普罗诗人服从政治斗争需要,大量抒写政治抒情诗,这种诗歌发扬了郭沫若的诗风,充满浓厚的浪漫主义色彩,但却表现出了直面现实的强烈战斗精神,贴近时代风云,事实上汇入了现实主义诗潮当中。当然,普罗诗歌把革命宣传作为主要任务,认为"诗歌的标语化、口号化是必然的事实","对于革命的前途是比任何种种革命的文艺更有力量的"[①]。"写标语口号"无疑成了普罗诗歌的一种普遍倾向,增强了诗的鼓动性和煽动力,但在某种程度上偏离了"诗"的轨道,牺牲了诗歌的审美价值,也是一种"非诗化"的表现。

　　1930 年左联成立后,普罗诗歌逐渐消失。1932 年 9 月,中国诗歌会[②]成立,革命诗歌才再度兴起。中国诗歌会正是在中华民族危机达到空前严重的地步之下而成立的。当时国共两党处于"围剿"和"反围剿"的对峙状态,九一八事变、一二八事变相继发生,一部分受中国共产党影响和领导的知识分子没有躲入艺术"象牙塔",而是直面现实,倡导诗歌大众化,大量采用民间歌谣、小调、鼓词和儿歌等,使得诗歌不管在抒情方式上还是在表现方式上都具有通俗性和大众性。中国诗歌会诗人将"工人、农民的生活"作为自己创作的主要内容,密切关注民族的前途与命运,诗歌情调高亢激越、乐观进取,对于矫正当时新月派、象征派和现代派诗歌的那种逃避现实和咀嚼个人悲欢的诗风具有重大意义。当然中国诗歌会诗人从廓清诗坛那股"唯美的""颓废的"诗风入手,扩大了诗歌表现领域,使诗歌与大众的现实生活结合起来,加强了诗歌的现实性和战斗性,在一定程度上是直接承续和发展了普罗诗歌,但为

---

　　① 钱杏邨:《幻灭动摇的时代推动论》,《海风周报》第 14、15 期合刊,1929 年 4 月 21 日。

　　② 中国诗歌会是在左联领导下成立的诗歌团体,于 1932 年 9 月在上海成立,聚集了一批有影响的诗人如蒲风、任均、穆木天、杨骚、王亚平、陈残云、袁勃、卢焚、石灵等。中国诗歌会是在沉重的历史使命感驱使下开展新诗运动的。

了革命宣传而忽视诗歌的艺术性即"非诗化"倾向却也成了中国诗歌会诗歌的弊端之一。另外,值得一提的是,这个时期,以徐志摩、陈梦家为代表的后期新月派和以戴望舒为代表的现代派诗人群与中国诗歌会诗人群形成相互竞争的局面,他们在诗艺上有了更高的追求。

　　进入20世纪30年代中后期,臧克家、田间、艾青等现实主义诗人的出现,在一定程度上矫正了中国诗坛的种种弊端。他们虽然不属同一个流派,但都服膺于现实主义创作原则,各自以独特的方式为现实主义运动注入活力和动力,他们创作的诗歌比同时代的中国诗歌会的诗歌更清晰、更迷人、更有艺术感染力。提倡"坚忍主义"的诗人臧克家"不肯粉饰现实,也不肯逃避现实"①,虽深受新月派诗人的影响,却又背离了新月派的轨道,以精练的语言、严谨的形式和写实的笔触,写出了农村生活的真味和"泥土之歌",将诗歌从缥缈拽回到苦难深重的现实,博采众长,走出了一条属于自己的新诗之路。深受苏联诗人马雅可夫斯基"未来主义"影响的诗人田间,为诗坛吹进了一股清新的风。"这些充满了战争气息的、在独创的风格里表现着感觉的新鲜和印象的泛滥的诗,是那个十七八岁的眼神温顺的少年人写出的么?"②胡风对于田间的诗歌评价非常高,尤其是抗日战争全面爆发以后,田间全面投入抗战,发动街头诗运动,把诗篇和战斗任务直接联系起来,以真挚的情感和艺术的力量燃起沸腾的生命之火,在中国诗坛大放光芒,所以闻一多称誉田间为"时代的鼓手",称其"简短的坚实的句子,就是一声声鼓点,响亮而沉重,打入你耳中,打在你心上"③。"鼓点诗人"田间以其独特的抒情方式抒写时代主流和时代情绪,激发人们的爱国热情,具有强烈的鼓动效应。"吹芦笛的诗人"艾青也是热情的爱国诗人,他的诗"明显地看得出来他受了西方近代诗人魏尔哈伦、

---

①　茅盾:《一个青年诗人的"烙印"》,《文学》第1卷第5期,1933年11月。
②　胡风:《田间底诗》,《胡风评论集》(上),人民文学出版社1984年版,第405页。
③　闻一多:《时代的鼓手》,《闻一多全集》(第2卷),湖北人民出版社1993年版,第201页。

波特莱尔、李金发等诗人的影响"①,不同的是,少了魏尔伦、波特莱尔、李金发等人的感伤颓废气息,他将诗歌与多灾多难的土地和民族联系起来,写出了整个国家和民族的悲苦,充满忧郁,但不消沉,他的诗中始终有着"自我"意识的存在,洋溢着爱国的激情。"从艾青的诗中,我们能够感到来自历史的深厚的力量,只有多年被凌辱欺压的民族才懂得哀伤,忧郁与愤感也能成为号召和力量,能把苦难喊出来是最幸福的事。"②应该可以看到,艾青诗歌的长处在于不但遵循了现实主义创作原则,还将现代派、象征派、浪漫派的诗歌艺术手法和技巧化入自己的创作中,提高了现实主义诗歌的艺术表现力,使现实主义诗歌创作跃上了一个新的台阶。到了 20 世纪 40 年代,艾青的创作愈加成熟,成为诗坛标杆,他是一位真正实现了中西结合并获得巨大成就的诗坛巨星,使得现实主义诗歌创作得到了更加壮阔的发展。

　　20 世纪 40 年代的中国诗坛呈现多样化格局,现实主义诗歌、浪漫主义诗歌、现代主义诗歌都得到了不同程度的发展,然而,真正能够占据主流地位的仍然是现实主义诗歌,这可以说是时代的必然。1937 年,日本帝国主义全面发动侵华战争,中国大片国土沦丧,民族的生死存亡成为诗人不得不面对的问题,"中国现在正在展开神圣的民族解放的抗战,诗人们的笔都集中在抗战的旗帜下了,都被战争激动着,为祖国唱着进行曲"③。因而,到了 20 世纪 40 年代,诗人们直面血与火、刀与剑的社会现实,思考国家与民族的未来、个人的生存与发展自然成为诗人的核心表现内容,现实主义也就成为其不可回避的选择。正如艾青所说:"中国新诗已经走上了可以稳定地发展下去的道路:现实的内容和艺术上的技巧已慢慢结合在一起,新诗已在进行着向幼稚的叫

---

①　胡风:《吹芦笛的诗人》,《胡风评论集》(上),人民文学出版社 1984 年版,第 422 页。

②　胡风:《吹芦笛的诗人》,《胡风评论集》(上),人民文学出版社 1984 年版,第 417 页。

③　李育中:《马耶阔夫斯基八年忌》,《文艺阵地》创刊号,1938 年 4 月。

喊与庸俗的艺术至上主义可以雄辩地取得胜利的斗争。而取得胜利的最大条件,却是由于它能保持中国新文学之忠实于现实的战斗的传统的缘故。"①抗战生活为诗人们充分发挥现实主义战斗力提供了一片天地,此前的现实主义诗人如穆木天、蒲风、杨骚、任均、田间、艾青、臧克家、王亚平等愈加笃行现实主义,在文坛推动现实主义诗潮;即使从前不属于现实主义阵营的浪漫派和现代派诗人,此时也加入了关注现实的行列,不再写那些风花雪月之事,不逃避严酷的现实,写出大量的现实主义诗篇,服从时代最紧迫和最实际的问题。这个时期,在胡风的"主观战斗精神"②影响下,现实主义诗派新生代——七月诗派③诞生了,掀起了现实主义创作高潮,同时,具有现代主义色彩的诗派——九叶诗派④也有了归依现实主义的倾向,解放区的延安诗派在毛泽东的《在延安文艺座谈会上的讲话》的精神指引下,进一步推动了革命现实主义

---

① 艾青:《北方·序》,《艾青全集》(第3卷),花山文艺出版社1994年版,第62页。

② 胡风认为"主观战斗精神"是现实主义的本质:"所谓主观精神作用底燃烧,是作为对于现实生活的反应的主观精神作用底燃烧……要不然,现实主义也就不可能成为现实主义了。"(胡风:《一个要点备忘录》,《胡风评论集》(中),人民文学出版社1984年版,第134页)胡风所主张的现实主义不仅包括客观现实部分,还包含主观的非现实的一面,这是把浪漫主义的理想、情感内容和浪漫主义的想象能力都包含其中的一种观念,是受了当时苏联革命现实主义与革命浪漫主义的创作原则和方法影响的结果。所以,表现在七月诗派身上,他们的诗歌既深深扎根于现实人生的土壤,又有丰富的想象力、内在激情以及浓厚的理想成分。

③ 七月诗派由一批年轻的诗人如绿原、阿垅、鲁藜、孙钿、彭燕郊、邹荻帆、徐放、方然、鲁沙、冀汸、曾卓、牛汉、杜谷等组成,活跃于20世纪40年代的国统区,因他们的作品主要发表在胡风主编的《七月》杂志上而得名。这个诗派的大多数成员的创作都受到了艾青和田间的影响,胡风是这个流派的理论家和组织者。七月派诗人的活动贯穿于整个抗日战争和解放战争期间,他们继承和发扬了鲁迅所开创的战斗的现实主义精神,带着战斗的人格、灼人的诗情,为祖国而歌,为解放而战,谱写了大量的政治抒情诗。

④ 九叶诗派当时并没有明确的流派称谓,1981年《九叶集》出版之后,人们才冠之为"九叶诗派",主要诗人有辛笛、陈敬容、唐湜、唐祈、穆旦、郑敏、杜运燮、袁可嘉和杭约赫等。九叶诗人大部分当时都在西南联大读书,是在20世纪30年代现代派诗人的影响下走上创作之路的。九叶诗派受20世纪40年代社会环境和文学思潮的影响,形成了独特的美学理想,寻求诗歌与现实的平衡、时代与自我的平衡、知性与感性的平衡以及中西诗艺的交汇,探索中国新诗现代化之路。

的诗歌创作。整个 20 世纪 40 年代的现实主义诗歌把"真实"当作诗歌的生命,强调诗歌来源于生活,强调诗歌与政治的关系。不过,相比之前 20 年的新诗,40 年代的现实主义诗歌质量有了明显的提升,这是因为现实主义的综合表现力增强了,很多现实主义诗人如艾青、阿垅、何其芳、柯仲平、李广田、穆木天等广收博取多种文艺思潮的长处,将现代主义、浪漫主义、象征主义、表现主义等创作方法以"拿来主义"的方式纳入到现实主义框架内,进一步丰富和提升了现实主义诗歌表现力。1949 年中华人民共和国成立至"文革"时期的中国新诗,基本上都是沿着解放区延安诗派的路线向前推进,革命现实主义诗歌得到了进一步发展,其间,出现了较为成熟的以郭小川、贺敬之、邵燕祥等为代表的政治抒情诗。

对应中国新诗的现实主义之路,受其影响的东南亚华文诗歌当然也表现出了以现实主义为主潮的特征。东南亚华文诗人作为中国南来移民,背井离乡、远渡重洋来到东南亚地区谋生,大多表现出"身在南洋,心系故国"的心态,对故国和故乡怀着强烈的感情,因而他们最早创作的新诗主要是以揭露社会黑暗、同情平民困苦、反帝反封建以及主张个性解放为主要内容,与中国五四新诗的表现内容基本一致,而且秉承"为人生而艺术"的宗旨,深受白话新诗创作者和文学研究会诗人的影响。请看诗人冶襄的《怀疑》:

> 世间一部分人,/洋楼天天住着,/汽车天天坐着,/妻妾天天拥着,/麻雀天天搓着,/大烟天天抽着。//咳! 失业的人们,/可怜失业的人们,/穷、愁、病、饿、死着。/同是人类,/一在天堂,/一在地狱,/人间的苦乐为何这样不平均呢?

这首诗明显模仿五四诗人刘半农的诗作《相隔一层纸》,以"坐汽车住洋楼"的富人生活对比忍受"穷愁病饿"的穷人生活,这是"天堂"和"地狱"的对比,有力地控诉了社会贫富不均、人与人之间极其不平等的现实,最后发出了批判

性的质问——"人间的苦乐为何这样不平均呢?"再如雪野子农的《雨里的人力车》:

> 轰隆隆的雷 细霏霏的雨/被风穿雨的人力车/同着光闪闪的电/出没爆(暴)烈真是令人寒栗的东西/怎样他们也不怕呢/啊啊我知道了我知道了/就是因为几角钱的纸币

这首诗以白描朴素的手法描绘人力车夫的辛苦和地位的低下,诗人同情平民疾苦之心跃然纸上,和胡适的诗歌《人力车夫》有得一比。还有学贤的《人生》、护花的《平民泪》、金枝的《不怕死的人》、胡景潘的《节烈牌坊》、失钧的《旅客》等华文诗歌也都表现了对黑暗社会现实的憎恨和对底层劳动人民生存境遇的同情,反对封建礼教压抑人性,主张妇女解放,感时忧国,关怀苍生,充满忧患意识和人道主义精神,受文学研究会诗歌影响较大。

东南亚华文诗坛在初期也出现了一些饱含爱国主义深情和追求理想的浪漫主义诗作,这是接受了以郭沫若为代表的创造社诗歌影响的缘故。请看党天的《留别》:

> 人生得志的是什么? /咦,乘长风破万里浪,这是人生的快事。/那么,我就挂帆去了,我就挂帆去了。/但是黑苍苍的白云山,偏会撩人情绪,/害得我眼巴巴不断的掉头回望。/但是碧溶溶的珠江水,偏会催人肝肺。/害得我眼汪汪的滴下了清泪。/咳! 这凄恻的离情别绪,教我怎挨? 教我怎挨? /但愿知人生那个不离别。/莫相思,去的只管去,留的只管留。/只要去的学鲲拨天池水,留的学豹隐南山雾。/待他年鲲化鹏飞,雾晴豹变,莽莽神州,自有相逢处。/那时间,珠江十里,渔艇双篙,/你我再把铁扳(板)铜琶唱大江东去。

诗人明写惜别,实为抒怀,表达了要远离贫穷和苦难,就必须有"挂帆去"的远大理想,志当存高远,因为只有"乘长风破万里浪",才能化作庄子笔下的"大鲲"和"大鹏"。全诗在悲凉中透着豪迈之气,诗人娴熟地化用中国历史典故,诗境阔大,展现了浪漫情怀。再如邹子孟的《毁灭与沉沦》:

> 他是创造者呀！/那鲜红的火花,/是他的热血;/那怒汹汹的高潮,/是他的泪涛。/他的热血,是为我们才迸发;/他的泪涛,是为我们才高涌。/迸呀,我们也得尽力的迸呀;/涌呀,我们也得尽力的涌呀！/毁灭这宇宙,沉沦这地球,/创出新的宇宙,造出新的地球。

可以明显看出诗人在模仿郭沫若的诗风,突出了"创造"和"破坏"的时代主题。其他还如谭云山的《献诗》、赤光的《创造》、林独步的《理想》等诗作注重表现主观自我,大胆地诅咒黑暗污浊的社会现实,追求理想和自由,富有强烈的反帝反封建的革命精神和积极浪漫主义的鲜明特色。

我们知道,前期的创造社诗人受到五四精神的感召,写下了大量的抒发强烈的爱国主义思想感情的诗篇,火山喷发式地倾吐"个人的郁积,民族的郁积"(郭沫若语),独树一帜。但到了后期,他们开始重视与强调文艺的社会使命,与文学研究会诗人"为人生而艺术"的主张隐然有相合之势:诗人必须肩负起反映时代精神、鞭挞社会黑暗和赢取光明的社会职责。特别是1925年五卅运动以及1927年"四一二"政变发生之后,后期的创造社诗人包括郭沫若都同前期那种唯美主义的艺术观告别,与太阳社同仁一道提出了"革命文学"的主张,提倡"到兵间去,到民间去,工厂间去,革命的旋涡中去",书写"表同情于无产阶级的社会主义的写实主义的文学"[1]。后期,创造社和太阳社提出的"革命文学"主张对东南亚华文诗坛的影响非常大,如马华诗坛相应出现了一

----

[1] 郭沫若:《革命与文学》,《创造月刊》第1卷第3期,1926年5月。

场精神和内容与"革命文学"运动相一致的文学运动——新兴文学运动①。新兴文学运动的倡导者尽管在许多问题上囿于时代的局限而未能获得详尽和完善的解决,但他们所触及的文学与社会的关系问题、文学作品与作家立场的关系问题、作家要跟上时代变动的思想问题以及文学的内容和形式之间的关系问题都是文学必须面对的敏感问题。与中国新诗坛一样,马华诗坛也经过了一段时间关于"新兴文学"的讨论与争鸣,确定了为社会和大众服务的方向,提升了诗人们的理论水准,开始倡导"普罗诗歌"。新兴诗人们已经不再满足于让诗歌仅仅停留在批判现实的层面上,而纷纷将笔触伸向底层民众的苦难生活,表现了"同情"的色彩和"反抗"的主题。请看连啸鸥的《火车驰过铁桥》:

> 火车驰过铁桥,/铁桥下发出雷鸣吼声。/这吼声有如火山的愤怒,/这吼声有如狂涛的不平。//搭客们只感到旅行的舒适,/何曾想到当日建路的工人?/他们用枯骨把铁轨架起,/他们用尸体把海面填平。//这是东方伟大工程之一,/这是文明国度下的产品;/人们只知道向殖民者歌功颂德,/但是呀无数的工人在这里牺牲!//死在鞭答下的工人说是命该注定!/饿倒在路旁的何曾有人过问一声?/这冷酷的社会根本就该捣毁!/这人类的缺陷根本就该肃清!

火车呼啸通过铁桥,展现了现代文明的便利,然而诗人想到的却是架桥铺铁轨的工人命运。在恶劣的环境和建筑条件下,工人们用生命的代价构筑了通向文明的铁轨,可是有谁同情和怜惜他们呢?所以,诗人发出了怒吼:"这冷酷的社

---

① 所谓"新兴文学运动",乃是直接受到中国创造社、太阳社作家提倡的"无产阶级革命文学"的影响而产生的。由于当时马来亚处于英殖民政府统治下,"革命文学"口号比较敏感,为了不引起英殖民政府的注意,因此用"新兴文学"代替了"革命文学"。当时马华文坛提倡新兴文学运动的多为南来作家,如许杰、罗依夫、杨实夫、衣虹等。

会根本就该捣毁! /这人类的缺陷根本就该肃清!",向殖民者表示了强烈的抗议。再如江集中的《我们的方向》:

> 黑暗的宇宙已燃起了炬炽的火光,/被压迫的群众! 同志们! /如今呀,不是前途渺渺,也不是后顾茫茫,/看吧,所谓世界的霸者的阵营已渐渐地,渐渐地摇动! /被蹂躏的弱者,奴隶,下贱的人们也竖起了大逆不道的鲜红旗帜地反抗……冲锋: /朋友,不要怀疑,不要失望,/这样,这样就昭示我们新生活的方向;/同志,奴隶,下贱的人们,/黑暗的世间已燃起了炬炽的火光,/如今呀,不是前途茫茫,也不是后顾茫茫,/看吧,世界残杀人类的霸者已日趋其所掘成的坟冢跄踉! /沉迷在昏暗里的奴隶群众已经找出了新生的方向;/朋友,我们的力量已到处伸张,我们的理论也到处飞扬,/这样,这样就是我们最后的伟大的预象!

通篇都洋溢着革命的激情,充满反抗的色彩,这是比较典型的普罗诗歌样式,存在概念化、散文化和议论化的弊端,是一种"非诗化"的表现,缺乏诗歌应有的诗情和韵味。其他还有东草的《风雨之天》、丘山的《现在是时候了!》、饶一萍的《悼我们的战士》、浪人的《梦里的监牢》等新兴诗作也都表现了强烈的反抗色彩和同情被压迫阶级的特色,但同样存在"非诗化"倾向,所以马华作家美樵曾撰文批评:"我觉得'南洋文坛'还不能和'艺术'二字联做一起。然则更无论于所谓革命文学了。……那么,如其我们想读那些叫喊式的革命诗时,我们倒不如去读宣传部的通告来得直截了当。如其文艺只是除了叫喊而外便无什么这样简单方式时,那文艺自身简直无立足地而该没落的了"[①],表示了自己的担忧。

　　针对非诗化现象,1922 年至 1924 年中国新诗坛兴起小诗和爱情诗创作

---

① 美樵:《不谐和之微笑》,《南洋时报·野马》,1928 年 11 月 5 日。

热的时候,东南亚华文诗坛相应也出现了小诗和爱情诗,以达到提高诗艺的目的。小诗的形式相当自由灵活,少则一行,多则六行,一般以三四行为主,以蕴含哲理而见长。东南亚华文小诗是在中国小诗的直接影响下兴起的,当时东南亚地区许多华文报章副刊都刊登了中国诗人如冰心、宗白华、刘大白、刘半农、郑振铎、徐玉诺、王统照等的一些小诗作品,还有一些由中国作者译介之后被东南亚报章副刊转载了的日本短歌、俳句和印度泰戈尔的小诗,一起影响了东南亚华文小诗的创作。东南亚华文小诗中,不乏生动形象、哲理意味浓厚的佳作,请看翁慈星的《告花匠》:

要人生开遍美丽的花;
要人生结满自由的果;
爱情和血泪,
是灌溉培植的肥料啊!

这首诗富有深刻的哲理性,告诉人们:如果要获得美丽的人生,必须要有爱情来滋润;如果要获得自由的人生,必须要有血泪的奋斗。虽然只有短短的四句话,却道尽了作者对社会人生的深邃思考。再比如启麟的《心声》:

我由光明的路上走去,/黑暗的影子总是紧紧的(地)站在/我的
面前!

这首小诗辩证地告诉我们,在追求光明的道路上一定会遇到黑暗的阻力,发人深省,促人深思。其他还有赤光的《小诗十首》、幽野山松的《偶成》、相机的《进化底代价》、刚果的《小诗》,等等,或清新典雅,或短小精炼、或韵味悠长,蕴含着深刻的人生哲理。当然,这些人生哲理来源于对现实生活、社会人生的细致观察和深刻体验。

1922 年湖畔诗社的崛起,对东南亚华文诗坛的影响也是非同一般的。爱情是人类生命的重要元素,是一种天然需求。东南亚华文诗人漂泊不定,面临着各种各样的压力和痛苦,更加渴望爱情的到来,以慰藉他们孤寂的生命和漂泊的灵魂。请看邹政坚的《一刹那》:

> 好甜蜜的一瞥呵,
>
> 只一刹那呀!
>
> 一刹那,
>
> 愿你更反复地接续着,绵延着罢。
>
> 再不然,我愿我这无味的生命,
>
> 缩成这一刹那罢!

诗人只要爱人的"一刹那的一瞥",就觉得人生甜蜜、生命甘美,反之则觉得人生了无趣味,凸显了爱情能够给生命带来光彩和希望的意义。再如荫齐的《我和伊》:

> 我和伊是一对好伴侣,/我觉得伊很美丽而可爱啊! /秋波的眼儿;/杨柳的腰儿;/有时伊向我嫣然一笑,/哎哟! 我心里的灵魂已是碎了! //我和伊亲爱甜密(蜜)底时候,/忽地里——来了一个金钱的恶魔! /他露出一副狰狞面孔对我说:/'你们俩不要这样吧!'/他立刻就赶我去了,/唉! 金钱的恶魔啊! /你就是我们爱神的仇敌了。

诗的前一节描绘了两情相悦的浪漫和甜蜜,后一节则表达了对金钱至上主义阻挠婚恋自由的愤恨。还有邱志伟的《深思》、何心冷的《难怪伊》、毓才的《寄素瑛君》、倪恋芬的《迷失的心灵》、天任的《打破形式上婚姻》,等等诗作继承和发扬了湖畔诗社的风格,追求恋爱自由和人性解放,希望冲决一切封建束缚,塑造了新型的爱情观,具有鲜明的时代精神和现实意义。

东南亚华文诗歌发展到 20 世纪 20 年代末和 30 年代初,还出现了另外一股诗潮,强调诗人要描写本地社会生活,倡导南洋色彩入诗和增强诗歌的本土性,这与中国新诗的发展之路相异(关于这一点将在下一节详细论述)。除此之外,受中国诗坛新月派的影响,东南亚华文诗坛也出现了新格律诗创作。我们知道,以闻一多、徐志摩、饶孟侃为代表的新月派诗人针对当时白话新诗散漫无度、诗质薄弱的弊病,开始探索一种不同于传统格律诗的新格律诗形式。其中,闻一多提出了著名的"三美"主张(音乐的美、绘画的美和建筑的美),饶孟侃发表了《新诗的音节》《再论新诗的音节》等文章,奠定了现代新格律诗的理论基础。东南亚华文诗歌受新月派诗歌影响,从音韵和形式上对新诗进行探索,一时间许多华文报章的副刊如《八月》《椰林》《海丝》《诗歌世界》《南洋的文艺》等纷纷刊登新格律诗。这些新格律诗形式上呈现出诗节均匀和诗行整齐的"豆腐干"或"方块"式及其变体,音韵和谐,保持一种在视觉和听觉上的美感。请看衣虹(潘受)的《三等舱客》:

　　……

　　猪猡,莫再怨叹着我们的运命糟,
　　试想想:这现社会那一件不颠倒?
　　用榨取手段,会占领高位与财富;
　　汗血换来的,却只有贫苦和疲劳。

　　莫再怨叹着我们的运命糟,猪猡!
　　光明的彼岸,已展开在前面等候。
　　你听,机轮在唱着伟大的进行曲,
　　你看,炭火在亮着希望的新花朵。

全诗描绘了华人被贩卖到东南亚历尽艰辛的悲惨生活,但并没有丧失对生活的希望,每行字数大致相同,显得整饬均齐,当中又有标点符号进行断开,使诗句灵活多变,各个诗句的尾字基本上都能押上韵脚,显得较为和谐。再如杨实君的《月夜歌声》:

> 在这月明如水的夜里,
> 何处传来凄咽的歌声,
> 哀怨而凄咽的歌声呀!
> 使天涯浪人不忍谛听。
>
> 当这更深人静的月夜,
> 我独在月下翘首云天,
> 点点疏星在天际闪烁,
> 白云片片在空中纡缦。
>
> 歌声只是频频地传来,
> 似诉她心有无限悲哀,
> 想不到在此寂寥之夜,
> 竟也有伤心的人同在。

这首诗表达了月明之夜遇到"天涯沦落人"的悲情,实践了闻一多所强调的"三美"主张,是典型的"豆腐干"式格律诗,显得整齐、匀称、和谐,同时较好地渲染了悲哀寂寥的气氛。其他如刘思的《战士》、澄君的《无题曲》、黑鹰的《流浪人》、曼华的《新生——赠曼弦》、戴淮君的《遗洪度》等诗作,为了更好地表达自己的内心情感和思绪,在形式上刻意追求均齐和匀称,注重诗歌的内在节奏和韵律,体现出与中国新格律诗的千丝万缕的联系。这些格律诗虽然以均齐形式与音韵之美匡正了某些自由体诗的散漫无度,但由于其自身形式上的束缚和局限,也带来了呆板僵硬的弊端,不利于表达真情实感。

在中国新诗史上,现实主义和浪漫主义诗潮之外的现代主义诗潮,如 20 世纪 20 年代的以李金发、王独清等为代表的"象征派"和 30 年代以戴望舒、杜衡等为代表的"现代派"诗歌是否对东南亚华文诗歌产生过影响呢? 答案是肯定的。"《槟城新报》副刊《诗草》的编辑温梓川,就曾经在 20 世纪 20 年代下半期和 30 年代初期在中国上海求学期间与当时的中国象征派和现代派诗歌有过近距离的接触,并对戴望舒其人其诗十分心仪。而且相信他也在此期间接触到西方现代派诗歌。"[①]确实,当时南洋各大华文报章的副刊也多有刊登中国现代派诗人的诗歌以及西方象征派、现代派诗人的译作,但由于其意象的奇特和暗示、象征手法的运用,使得读者难以理解,感到晦涩难懂,因而遭到了许多华文诗歌评论者和研究者如方修等人的批评。方修在自己编选的《马华新文学大系(六)·诗集》导言中明确指出现实主义诗歌才是新马华文诗坛的主流,把 20 世纪 20 年代末新马华文诗人曾华丁等人创作的"唯美派"诗文、20 世纪 30 年代初一些新马华文诗人受李金发影响创作的象征诗等都视为"形式主义"和"文学逆流",认为形式主义作品"感情消极颓废,文辞刻意雕琢,和马来亚或南洋的现实,可说一点关系也没有"。[②] 当然,正如有些论者所说,由于方修排斥现实主义之外的流派,未将很多现代主义诗作收录进文学大系,导致后来研究者因方修的史料关系无法接触到现实主义之外的作品,以致难以窥见当时新马华文现代主义诗歌的真正面目,留下诸多遗憾。不过,方修的坚持至少说明两点:(一)从方修发掘的众多史料来看,现实主义作品确实是新马华文文学的主流,因为现实主义作品多且受到读者的欢迎;(二)由于新马华文文学接受了中国新文学的影响,而中国新文学以现实

---

① 郭惠芬:《战前马华新诗的承传与流变》,云南人民出版社 2004 年版,第 288 页。

② 方修:《马华新文学史稿(中)》,新加坡世界书局 1963 年版,第 41 页。

主义为主潮,所以新马华文文学同中国新文学一样呈现出以现实主义为主的特色。

东南亚华文现代主义诗歌的兴起除了受到中国新诗的影响之外,也有其历史的必然性。因为进入20世纪30年代,世界范围内发生了波及面广泛的经济危机,西方殖民者则将经济危机转嫁到东南亚,造成东南亚国家的工厂纷纷倒闭,小园主、小厂主破产的事件此起彼继,工人失业成为社会的重大问题。在工人失业、工厂倒闭的情况下,社会治安也成为重大的问题。盗窃案、绑票案、抢劫案,都是社会缺乏安宁的产物。在这种社会环境和生活条件下生存,任何人的情绪都是低落的。受现代主义思潮影响,于是有些诗人借助艺术"逋逃"现实,躲进"象牙塔"内,请看受到方修批评的诗作《夏天》(作者傅尚皋):

> 夏天在广东姑娘赤着的小腿上/在肥胖病患者的汽水瓶上/不,水沟畔的苍蝇是日渐消瘦着的/然而夏天却在它美丽的红帽子上//夏天在被蚯蚓翻松着的泥土上/在每一根滋长着的小草上/一朵白兰花是在白相人嫂嫂的发际/夏天却在那迷人的香味上

诗人的想象力无疑是丰富的,诗人连续用了几个意象来暗示夏天来临、天气变热的情状,意象跳跃,从"广东姑娘赤着的小腿"到"肥胖病患者的汽水",再到"水沟畔的苍蝇",甚至还以丑为美,形容苍蝇"美丽",可惜他笔下的炎热"夏天"只是一种感觉和情绪,使人在神奇和幻美中陷入百思不得其解的泥沼,与李金发"食洋不化"的象征诗颇有几分相似之处。再如傅尚皋的《下午》:

> 黑水缸渴得要死,/闹钟也打着磕了。//只要有一些许风,/时间是美丽的。让疲倦的叶子懒躺在树枝上,/蝉声飞起来了。

诗人这是在描写夏天午后的炎热,黑水缸渴死,闹钟打起了"磕(瞌)睡",这两组拟人意象的使用,加上最后的"蝉声飞起来"等通感手法的运用,将"炎热"形象地描绘出来,但读者如果不能接受其中的跳跃,很难理解诗人的诗意。还有温志良的《恋痕》、温梓川的《自供》、白燕的 The Sorrows of Love 等诗作,主题都和青春、恋爱相关,其中的忧伤、悲痛和胆怯等都用较为含蓄的意象进行表达,使人产生丰富的联想。现代主义诗人之所以选择暗示、象征等表现手法和艺术技巧,是因为它们能够比较好地表达自己面对压抑的生存环境所生发的颓废、彷徨、苦闷的心态,但正如马华诗人原甸所分析的那样:"这些流派尽管在文学史上都做过一定的艺术的探索,但是在激变的时代里,他们都显露了一个共同的缺点,即未能酣畅淋漓地表现时代的重要精神。在特定的时期,他们的艺术又往往容易被少数文人用来做对现实'逋逃的渊薮'。"①

20 世纪 30 年代之后,中国的抗日救亡运动波及东南亚,华人华侨民族主义情绪空前高涨,救亡主题冲淡了忧伤、低沉的时代小调,这种排山倒海的时代风暴使得诗人不可能也不允许长期躲在艺术之宫里咀嚼个人的"小小的悲哀、忧伤和苦闷"。现代主义诗歌的语境不适合救亡的社会情境,因此,逃避现实的诗人大都离开现代主义阵营而趋向于现实主义流派,开始直面黑暗的现实和残酷的人生。于是,东南亚华文诗人擂起抗日战鼓,与中国"左翼"文学中普罗诗歌震耳的鼓声遥相呼应。从诗的艺术来看,这时期的华文诗歌成为宣传抗战救亡的工具,追求诗的大众化与通俗化,正如叶尼所说:"战时文艺作品必须成为一种救亡的武器","完成宣传和鼓励的任务","使救亡的意识像铁一样地生长在每一个人的心中"②,明显接受了"中国诗歌会"诗风的影响。我们先看中国诗歌会主将穆木天的《全民族总动员》:

① 原甸:《马华新诗史初稿(1920—1965)》,三联书店香港分店、新加坡文学书屋 1987 年版,第 24 页。
② 叶尼:《论战时文艺》,《星中日报·新年特刊》,1938 年 1 月 1 日。

兄弟们，大地上已经震响起民族抗战的号角，/现在，到了我们总动员的时候，/你们听，敌人的军马在啼，/敌人的大炮在那里轰击，/天空上，在翱翔着敌人的飞机，/大地上，已经洒满了被屠杀的民众的血迹，/现在，没有地方让我们去苟安逃避，/是退让，还是抵抗，是生还是死！/兄弟们！大家要武装起来，/我们要保卫我们的上海，/托起我们的刀枪，向强盗冲去，/我们要使黄浦江成为敌人的血海！

再对比马华诗人墨尼的《播下了的种子》：

"爱国团来啦！"/谁这么地叫了一声，/观众里起了一阵骚乱！/爬上了台，马上：/福建话，/广东话，/潮州话，/⋯⋯/灌落了观众的耳鼓：/"⋯⋯⋯⋯为了国家，/我们不惜一切的牺牲，/我们不妥协，/我们不讲和。/在前方，/有着我们杀敌的同胞；/在后方，/我们应当加紧我们的工作；/国债，/月捐，/宣传，还有：/我们要肃清汉奸。"群众响应：/"对，肃清汉奸！"/热烈的血，/涌上他们的胸膛。

可见，华文诗人在追求诗歌大众化和通俗化方面，已经颇得"中国诗歌会"诗歌的精髓。他们认识到追求诗歌大众化和通俗化最关键的就是要使诗歌具有人民大众的情感，语言尽量通俗化和口语化，力求通俗易懂以增强感染力。在这一方面以马华诗人刘思、白荻、蕴郎、桃木等于1939年初成立的诗歌团体"吼社"以及"澎湃社"实践得最为彻底。请看刘思的《吼社〈诗歌专叶〉献诗》：

你！年轻的歌者，/不要徘徊！/向现实，把嗓子打开。//勇敢地诅咒,叱(斥)退/这腐朽的时代。/在大众面前,/说出你的恨与爱。//抓住神奇的一忽,/给历史划一条分界。/阻力吗?就跟着普式庚一道走呵,/将生命掷向前人比赛! //吼,伙伴呵,/咱们的歌声要同海潮澎湃。/看明儿朝日,/怎样从怒涛下奔来!

诗句简短而有力,明白如话,宣泄了向黑暗现实抗争的大众激情。再如火焕的《我的故乡》:

　　……//呵! 我记起我的故乡! /在三年前的一天,/铁鸟在碧空纵横,/接连的炸弹;/烧毁了我的可爱家乡/父母失散;/兄姊踏上流亡途上……/唉! 倭寇把我的家分散/我的愁恨辗转到南荒……//呵! 我记起我的故乡! /故乡遍散着豺狼。/国仇家恨何日报? /黄帝的子孙们,/显好身手,共踏上光荣的疆场,/牺牲了头颅,热血,/争取中华民族的生存! /青天白日的旌旗,/它将永远在万里长空飘扬!

诗人感情奔放,以口语式的表达描述了日寇入侵所带来的国仇家恨,呼吁"黄帝的子孙"应团结起来共同保家卫国,争取中华民族的独立和生存,诗句读来令人亢奋。

　　以上将两个诗坛对应起来分析似有简单化之嫌,但我们确实可以从中看出,中国五四以来的新诗,从20世纪20年代以现实主义和浪漫主义诗潮双峰并峙,到30年代汇合为"左翼"文学的新诗歌派即普罗诗潮(现实主义诗潮的一种表现),终于借抗战的语境,消解了现代主义诗潮,这些转变在东南亚华文诗坛都能一一找到对应点。东南亚华文诗坛从一开始就与中国新诗坛保持高度一致的步伐,或者说东南亚华文诗坛"沦为"了中国新诗坛的支流,主要是因为东南亚地区与中国的社会情境极为相似①，以及东南亚甲类华人逐渐增多从而其中国意识渐趋浓厚。当时现实主义诗潮由于自觉适应了乡土、战时、民间的传统语境，成为中国新诗坛的主潮，必然也成了东南亚华文诗坛的盟主。

1945年抗战胜利后，受中国具体的社会情境制约（解放战争时期），现实主义诗潮仍然占据中国新诗坛的主导地位，颇具现代色彩的九叶诗派虽然曾经以新生代的姿态进行过诗歌现代化的尝试，但很快被淹没于时代的大浪潮之中。为了配合当时的政治宣传和批判现实，诗歌还是以反映现实为主。尤其到了中华人民共和国成立以后的20世纪50年代，现实主义诗潮更是一统天下。东南亚地区抗战胜利后完全进入了另外的社会情境，它们将反对殖民统治、独立建国提上了历史日程，而且东南亚华人的中国意识开始逐渐淡出。这样，就出现了如王赓武在《马华文学简论》里所分析的情形，战后五年里有许多关于反法西斯主义战争、反殖民统治的诗作发表。因为这些诗作以政治挂帅，所以诗歌的艺术性荡然无存。不过有两桩不相关的事件，即马来亚政府实施紧急法令和中华人民共和国成立，客观的种种限制诸如当地中国书刊的被禁止和对政治的敏感，使得创作者们冷静下来。他们于是停止了盲目地跟着中国诗坛走，不再为政治而狂热，最后逼得只好向自我寻找才华，用自己的独创性去发展自己。这样，他们突然发现了一种对创作很宝贵的自由，他们不必为千万里外的中国读者而写，不必追随中国的文风和读者的需求，他

---

① 从16世纪开始，东南亚各国相继沦为西方列强的殖民地，华人生活在这片土地上，遭遇了腐朽的封建主义和外来殖民者的帝国主义的双重压迫。这与近代以来中国沦为半殖民地半封建社会以后人们所遭遇到的压迫是同样的。这样的境遇使人们容易接受革命和启蒙思想，因而辛亥革命、五四运动同样在南洋掀起浪潮。后来，日本侵略者搞大东亚共荣圈，利爪伸向中国乃至整个亚洲和太平洋区域，华人不管生活在何处，都会感觉到救亡的迫切，中华民族这一想象的政治共同体又无限扩展，促使南洋华侨和中国民众结成抗日统一战线。这些共同的反封建、反帝、反殖民的政治形势使东南亚华文诗人很容易认同中国新诗的直面社会人生、关怀平民疾苦、同情劳苦大众、暴露时代黑暗的现实主义精神。

们完全自由地写自己熟悉的生活,完全自由地写自己喜欢写的题材,试验自己喜欢的诗。[①] 也就是说,东南亚华文诗坛逐渐脱离了与中国新诗坛相呼应的格局,诗人开始考虑在地情境,开始自由地歌唱,请看米军的《夜车》:

> 当火车抛弃了都市底黑夜的时候,/我就有了欢乐和安静,/明
> 天太阳将以最热情之手,/伸给我这一个远道而来的旅人! //我以
> 歌颂的眼光凝视伸展在黑夜的无边的原野,/和原野上的胶树,椰林
> 和山丘,/因此我底心里就发出了一个历史上将要解决的问题:/这
> 里将是谁的土地和土地上的主人? //当我大声地朗诵着惠特曼的
> 《大路之歌》的时候,/我底生命生长了新的行动,新的思想! /那披
> 垂着粗厚的胡子的民主诗人呵,/给予我道路,给予我生之爱情的勇
> 敢! //你听哟,而且举起脚步来呀,/"走呀,无论你们中谁都和我同
> 行吧! /和我同行你们将永远不会感到疲倦。"/把一切从苦难里伸
> 出来的手结合起来吧,/为了向一个共同的目标出发!

诗人开篇道出自己是一个"远道而来的旅人",坐着夜车、怀着希望迎接明天的太阳,现在抗战结束了,光明即将重临这里"原野上的胶树,椰林和山丘"。这时,诗人抛出了一个必须要解决的问题,那就是"这里将是谁的土地和土地上的主人"。毫无疑问,在诗人心中,这里不属于日本,也不属于重新回来统治的大英帝国主义者,而是应该属于英勇的马来亚人民。于是,诗人借用了大诗人惠特曼的诗作,歌颂自由和平等,要用实际行动带领人民走向自由民主之路,认为这是"一个共同的目标"。诗人大义凛然,发出争取独立的声音,成为那个时代的代言人,这是诗人从现实出发的一种思虑。其他还有逸人的

---

① 参见王赓武:《马华文学简论》,方修主编:《马华新文学大系·理论卷》,新加坡世界书局 1979 年版。

《黎明之唱》、凌佐的《海洋》、洪阳的《荒村》等，或以乐观的心态迎接黎明的到来，或以汹涌澎湃的大海喻指无法抗拒的反殖浪潮，或以富有诗意的语言描绘山村的荒凉景象，都是现实意味极浓的诗作。令人欣喜的是，这批现实主义诗歌相对而言艺术性都比较高，隐喻、象征、抽象、间接表述等带有现代主义特征的手法都得到了很好的运用，现实主义表现力增强了许多，应该说，或多或少受到了田间、臧克家、艾青等诗人的影响。由此可见，东南亚华文诗人的自由歌唱仍然未脱离现实主义诗潮的窠臼。这就告诉我们，东南亚华文诗歌脱离了与中国新诗保持步伐高度一致的格局，但其中国性并未有实质的改变。这种五四以来所形成的现实主义诗歌传统已经根深蒂固，并没有随着东南亚华文诗歌趋向独立自主而改变。即使在中华人民共和国成立之后的一段时期，许多东南亚国家与中国没有建立外交关系，但中国大陆诗坛的现实主义诗潮以其强大的辐射力对东南亚华文诗歌造成了一定的影响。东南亚华文诗坛一直以现实主义为主潮，这样的局面直到 20 世纪 50 年代末受中国台湾地区"现代派诗歌运动"影响才有所改变。

为什么现实主义诗潮成为东南亚华文诗坛的主流呢？我们认为原因有三。第一，现实主义诗歌的政治宣传功能适合东南亚华文诗人介入现实、抒发情感。如前所述，东南亚地区与中国一直有着极为相似的社会背景，反封建、反帝国主义这一共同的政治形势很容易使东南亚华文诗人认同五四现实主义诗歌的政治宣传功能。抗战胜利后，东南亚地区的反殖民和独立建国的任务也需要现实主义诗歌的宣传功能来协助完成。这种强大的政治宣传功能有令人诟病的地方，但却是时代的产物。我们无法亦不可能脱离时代因素孤立地指责现实主义诗歌的这种功能。第二，现实主义诗歌的写实方法有利于东南亚华文诗人直面社会人生、关心民生疾苦、同情劳苦大众、暴露时代黑暗，从而形成东南亚华文诗歌批判现实的优良传统。这与五四以来的现实主义诗歌传统一脉相承。第三，现实主义诗歌不断吸收和借鉴现代主义的表现技巧，成为新现实主义诗歌，具有丰富的表现力，也能够拓展东南亚华文诗歌

63

的视野和艺术性,适应了东南亚华人社会的变迁。不过,东南亚华文诗歌由此逐渐形成看重主题的时代性、进步性和题材的典型性、真实性的思维定式,难免造成诗歌艺术性的缺失,概念化、散文化的诗歌作品较多。

应该说,东南亚华文诗歌与中国新诗遥相呼应几乎都是在现实主义层面上发生的,中国新诗中一度涌动的浪漫主义与现代主义思潮虽在东南亚华文诗歌中激起回应,但很快被抗战情境所消解。因而,就东南亚华文诗歌形成以现实主义为主潮的局面而言,东南亚华文诗歌无法摆脱中国诗歌的影响,中国性是其最好的身份护照。

三、 南洋色彩的开掘与文艺独特性的提倡

从以上分析可以发现,东南亚华文诗歌发展至 20 世纪 40 年代末 50 年代初,随着中国意识从华人思想深处逐渐淡出和现实主义诗歌转向关注本土现实,其也逐渐停止与中国新诗保持高度一致的步伐,开始尝试建构自身的主体性和具有自律性的“文学场”。这种本土化过程似乎一蹴而就、一举成功。事实上,这个过程并非表面上那么顺理成章,它的发展历尽艰辛,只是由于中国意识的浓厚和现实主义诗潮过于强大,掩盖了东南亚华文诗歌的本土化运动,从而造成这种假象。

东南亚华文诗歌的本土化运动是自发的、与生俱来的,但由于它一开始处于潜流暗涌状态,因而极易被人忽视。早期东南亚华文诗歌绝大部分都是一些南来诗人所作,要么抒发流落异乡的乡情愁思,要么书写记忆中的中国城乡生活,更多的则是呼应五四新诗的反帝反封建主题,如具有强烈的社会忧患意识、歌颂劳工神圣、追求恋爱自由和婚姻自主以及张扬个性等。因而,从诗作本身来看,无论是表现内容,还是表达形式,都与五四白话新诗保持着

高度的同质性。所以,五四新诗的优缺点都可以在东南亚华文诗歌身上找到,郭惠芬曾在《新马华文文学的现代与当代》一书中专门谈到这个问题,她认为马华新诗存在的散文化、议论化(说教)以及粗浅直露的毛病就和五四白话新诗一样,还未走出传统诗歌影响的窠臼;当然也不乏一些意境深邃、富有韵味的诗作,这是受到中国新诗佳作影响的缘故。①

　　早期东南亚华文诗歌以中国新诗海外支流的面目出现,并不代表东南亚华文诗人一直心系故土而不思考当地社会和生活问题。随着这些南来作家和诗人在南洋生活的时间越来越久,他们对南洋这片土地的感情日益深厚起来,使得他们在创作时自觉将文学视角从中国转移至南洋本土,开始关心起本地社会,描写与南洋有关的事情,南洋特有风情开始进入作品。以新马诗坛为例,正如《叻报》副刊《星光》的编者也是南来诗人的谭云山所说:"我们既到了这里,不论是黄金世界,还是黑金世界,我们暂时居于斯,立于斯,衣食于斯了,我们就不能不尽点小小的暂时的责任,对于斯不能不有点暂时的小小贡献,也可说是报酬。"②他希望作家和诗人描写身边的现实和生活,而明确提出"南洋色彩"的是《荒岛》的编者黄振彝和张金燕这两位本土出生的作家。黄振彝在筹办《荒岛》时,曾明确表示"打算去把南洋的色彩,放入文艺里去"③。张金燕则在《南洋与文艺》一文中说:"南洋非是不可描写的肉泥,南洋是洪水后巴勒斯坦的民族所仰止的乐园,……唉!多么难得的实地描写的背景和人生,我们要看上它吗?努力地描写,大胆地描写,那南洋的文艺必在文艺界放出异彩……胜过描写不常见空洞的背景。"④张金燕还身体力行,以自己的小说和诗歌创作来实践这一主张,如他的小说《阿凤的歪史》和诗歌《不

---

　　① 参见郭惠芬:《新马华文文学的现代与当代》,厦门大学出版社 2002 年版,第 67—80 页。

　　② 谭云山:《这是什么? ——〈星光〉发刊辞》,《星光》第 1 期,《叻报·星光》1925 年10 月 9 日。

　　③ 撕狮:《浪漫南洋一年的荒岛》,《新国民日报·荒岛》1928 年 2 月 2 日。

　　④ 张金燕:《南洋与文艺》,《荒岛》第 10 期,《新国民日报·荒岛》1927 年 4 月 1 日。

要拗碎的梦心》等就与当时盛行的描写中国的写法有很大不同,富有南洋色彩。《荒岛》的其他编者如化夷、L.S.女士等在本土化的主张上也和张金燕他们是一致的,这些编者本打算将《荒岛》变成马华文艺史上第一个有意识地提倡具有南洋色彩的文艺副刊,可惜《荒岛》维系时间不长,发行一年半就寿终正寝了。①

虽然《荒岛》没有了,但嗣后马来亚各大报纸的副刊如《椰林》《枯岛》《南洋的文艺》《文艺周刊》《南国的雨声》等上面还是有人相继发表文章声援"南洋色彩"的倡导。1929 年,编者颂鲁在《南洋商报》新年增刊的刊首语中直接表达了对南洋色彩的重视:"我们不能以为南洋气候酷热,文化开启的落后,便不思勇往直前,任这荒凉的南洋,永无改进的希望。应得尽我们的力量,兴奋的灌溉这荒炎的南洋,使他渐渐有文化的孕育,以期将来开放鲜艳的玫瑰花朵。"②十四岁随父南来的作家陈炼青则发表了《南洋的文艺批评》《文艺与地方色彩》《文艺批评在南洋社会的需要》等文章,进一步呼应了这一主张,如他在《南洋的文艺批评》一文里提出:

> 我们南洋这个地域,自有它的特殊的位置,兼之华侨南来拓殖,已经有历过数世的悠远的历史,与马来民族杂处而居,平日呼吸着马来文化(谁敢否认马来没有文化——文化只有高下之分,无有无之别)的气息,加以处在热带下的生活,情性之潜移默化,自和中国的有些差异,文艺原是表现人生和创造人生,受其影响,当然不言而喻。所以,南洋因环境的特殊,有另辟新途径,建树南洋文学的必要。③

---

① 参见苗秀:《马华文学史话》,新加坡青年书局 1968 年版,第 111—122 页。
② 见《南洋商报》1929 年 1 月 1 日。
③ 陈炼青:《南洋的文艺批评》,《叻报·椰林》1930 年 9 月 15 日。

不管是培育南洋"鲜艳的玫瑰花朵"，还是倡导"建树南洋文学"，都是要让人们意识到在当地提倡南洋色彩文艺的重要性，可惜这样的声音还比较弱小，并未在南洋诗坛引起足够的重视，反而是受中国"革命文学"主张影响而出现的对"新兴文学"的讨论一浪高过一浪。

20 世纪 20 年代末 30 年代初在南洋兴起的"新兴文学"是由南来作家许杰、罗依夫、杨实夫、衣虹（潘受）等人极力倡导推动的，它是直接受中国创造社、太阳社作家如郭沫若、蒋光慈等人提倡的"无产阶级革命文学"影响而诞生的，实质上与"革命文学"并无二致。因为当时南洋地区处于欧洲殖民者统治之下，"革命文学"的口号过于敏感，所以用"新兴文学"代替了这一称呼。衣虹（潘受）在《新兴文学的意义》中指出，"新兴文学就是普罗列塔利亚文学"①，即无产阶级革命文学，是普罗大众（无产阶级）力量壮大之后，需要的一种为自己服务的文学。倡导新兴文学可以提高大众意识，负起文艺大众化的使命，从而达到改造社会、推动社会进步的目的。令人欣喜的是，南洋的新兴文学并未一味照搬中国革命文学理论而脱离所处的具体环境，而是扎根于南洋现实，推动文学为社会和大众服务。

由于新兴文学确定了为社会和大众服务的方向，自然重在描写本地社会生活，这就与当时文坛倡导的"南洋色彩文艺"有相融合的地方。在注重地方色彩、重视文学与时代的关系上，南洋色彩与新兴文学找到了结合点，出现互相融合的现象。正如滔滔在《我们所需要的文艺》中说的："我们不要忽略这儿的地方色彩，更不要忘掉时代的方向。假使忘掉时代的篇章，便是没有生命的枯体，忽略地方的色彩，也只是过广的牡丹。……总之，我们需要的文艺是穿上地方色彩的衣裳而向着伟大潮流的普罗文艺。"②南来编辑《枯岛》副刊的许杰表达更直接："南洋有南洋的历史、风俗、人情、风景……都是绝好的文

---

① 衣虹：《新兴文学的意义》，《叻报·椰林》1930 年 4 月 16 日。
② 滔滔：《我们所需要的文艺》，《星洲日报·垦荒》1930 年 5 月 10 日。

学题材"，"文学是要有地方色彩，譬如我们一说到南洋，便觉有椰林、高树、旷野、草屋、牛车等徊现在我们的脑际，如果作者能够把这种地方色彩捉住，表现在文艺里，那便是绝好的文艺了"①。新兴文学与南洋色彩融合之后，涌现了一批新兴诗歌运动的作品。这些作品开始关注本地劳苦大众的艰辛生活，为他们的悲惨命运鸣不平，地方/南洋色彩入诗。请看冷笑的《"萍影集"叙诗》：

> ……我孤冷飘上人海的渡头，/经过疏落的椰林穿入青翠的胶树，/许多赤足裸身者一刀一刀在那里取树乳，/听说是做人牛马的两脚走兽。//我孤冷踏上热闹的人间，/迎面来了许多黄包车车夫瞪着青黄的两眼，/一样的人类何以他们独忍受了牛马的苦难，/人道云泥有说不出的浩旷！//我孤冷走入偌大的矿场，/地窖中挣扎着数不清的群众，/焦头烂额——谁非父母所生，/岂命运支配他应为工钱劳动。//我孤冷踟蹰在青黄满目的田畴，/几个赤裸裸的农夫正在低头除草，/口里不住的（地）呻吟着苦命一条，/岂生也不辰陷他于无形监牢？……

诗人在此较为细致地描绘了南洋的割胶工人形象、黄包车夫形象、矿工以及农夫形象，寥寥几笔，就将他们辛劳而痛苦的形象特征勾勒出来。虽然诗质较为单薄，语言质朴平白，整体缺少余韵，但却较好地实践了南洋色彩与新兴文学的融合。再看罗依夫的《憔悴了的橡树》：

> 赤道之下是我们的家，/我们的家是在赤道下。//当我们达到可以替人生产的时分，/每天早上，都受着刀伤，/除了下雨的晨

---

① 转引自黄万华：《新马百年华文小说史》，山东文艺出版社1999年版，第54—55页。

光。//每次我们都毫无吝啬的输出,/输出我们辛苦培养的液汁,/供养贪食的人们。//人们老是欺凌着我们,/每月在我们身上割去一寸几分,/割完一道又一道。//有的每次在我们身上割一刀,/有的每次割两刀,/无论是怎样,/我们都毫无停止输出我们的乳浆。//我们的创口起了黑点,/人们依旧举刀再割,/当他仍认为未曾满足的时分。//直至我们全身满布剥削的创痕,/皮上呈着凹凸的不平,/人们才肯罢手。//人们不是从此罢手甘心,/我们一治好伤痕,/便又遭受昔日的苦刑。//苦刑我们也得忍受,/因为我们要求的是生命的保存。//我们永远拖着不幸,/到了我们的液汁已枯,/就消失我们底生存……

在这里,诗人以赤道上常见的橡胶树形象比喻当时生存艰难的底层劳动者,明着写生产乳胶的橡胶树,实际上反映了底层劳苦大众被剥削和压迫的生活。确实,当时这些贫苦劳工们,一天到晚地辛苦工作,默默奉献,忍受着"宰割"和"苦刑",和橡胶树一样,直到"液汁已枯",消失了"生存"。诗人的比喻是形象的,但是在诗艺上还是存在着一些粗糙和概念化的倾向,有点观念先行的味道。其他诸如残痕的《怀槟城》一诗直抒胸臆,抒发自己对客居之地——槟城的热爱之情;张楚云在《春天》一诗里描绘一个罗厘司机在春天里的阴暗心境;连啸鸥的《都市和荒郊》一诗则将高厦林立、车水马龙的都市与荒郊进行对比,指出都市的繁荣正是掠夺了荒郊资源的结果。这些诗作从诗艺上来讲都不精致,经常出现口号式的表达,有说教的成分在里面,这是因为革命文学/新兴文学过分强调"反抗"和"批判"而忽视作品的艺术技巧所致,但却都符合"新兴文学运动"所规定的文学走向——要求文学作品须有南洋色彩以及须有南洋色彩以完成时代的使命。

"南洋色彩"和"新兴文学"的倡导和融合,透露了这样的信息:即使是在中国意识异常浓厚的时期,东南亚华文诗歌也没有放弃建构自身、确立主体性的努力。这些尝试虽刚起步,却为后来东南亚华文诗歌摆脱中国新诗的附庸地位而走向成熟奠定了最初的基础。

20世纪30年代初,世界性的经济危机使东南亚华文诗坛陷入相对沉寂的状态。即使在这种情况下,东南亚华文诗歌也没有停止本土化的步伐。我们再以新马诗坛为例,1934年,马来亚的诗人废名(丘士珍)在《南洋商报》副刊《狮声》上发表了《地方作家》一文,引发了一场关于"马来亚地方文艺"的论战。这篇文章以肯定的语气指出马来亚有其本身的文艺,就是居留或侨生于马来亚作家们所发生的文艺,因此,他呼吁应该抓紧了"地方作家"这个含义来承认马来亚的文艺,而坚决反对只有上海才有文艺的论调。他强烈指出,"马来亚的文艺作家应该除去趋附上海文坛去登龙的谬见!马来亚的文艺作家应该老实地坚决地在马来亚地方组织团结起来共同担负推进与提高马来亚文艺的社会任务"①,并且推荐了十四个当时的写作人为马来亚地方文艺作家,希望这些作家一起建立一个严谨的马华文坛——"马来亚的文艺作家应该老实地坚决地在马来亚地方有组织地团结起来共同担负推进与提高马来亚文艺的社会任务,例如出版单行本的文艺刊物,除努力创作地方文艺外,应该严谨地介绍与批评国内国外的文艺创作和理论,以及国外国内的文坛要训等"。② 这个观点立即遭到南来作家们如C君(梁志生)、则余、长江等人的批判,他们否定了丘士珍所推举的那些所谓的马来亚地方文艺作家,对于"马来亚文艺"的存在不以为然,以长江为笔名的作家则说:"南洋有没有作家……很教人不容易看出"。③ 这场论争虽有一些意气的因素,但其意义是值得肯定的,因为论争的结果使原来笼统的南洋色彩被"马来亚文学"所代替,这可能是南来作家们始料未及的。

"马来亚文学"这个名称本身就肯定了它有独立于中国新文学以外的个

---

① 废名:《地方作家谈》,《南洋商报·狮声》1934年3月1日。

② 废名:《地方作家谈》,《南洋商报·狮声》1934年3月1日。

③ 转引自苗秀:《马华文学史话》,新加坡青年书局1968年版,第267页。

性,这无疑是一个突破,因为论争双方最终都肯定了马来亚地方文艺的存在。丘士珍也以诗歌创作来实践自己的主张,请看他的《子夜歌》:

> 这儿是四季常青,/但却没有丝儿春意;/只有怅惘的心情,/反映着死灭的范围! //这儿是四时皆夏,/可是瞧不见出水的芙蓉,/只是沙漠的境地,/响彻着不景的丧钟! //没有潇洒的秋风,/却有萧条的景象;/呵,遍地的落英飞絮,/唉,成群的怨女旷男! //没有冰天和雪地,/却有死灭与衰残;/这黑漫漫的长夜呵,/几时可以望得到新生的太阳。

这是一首地道的以南洋为题材的诗作,全诗弥漫着感伤情绪,散发着人生的怅惘与无奈,"死灭""丧钟""萧条""衰残"等词汇充分显露了诗人的绝望心境。

之后,仍有一些新人继续马来亚地方文艺的创作,相关作品如德露的《谁不希望来一个变动》、大保的《织女的诅咒》、陶公白的《海岸线》等,但并未形成一股潮流,甚至这些声音几乎都被淹没在南来作家中国意识浓厚的创作之中。1936 年,作家曾艾狄在《出版界》上发表了《马来亚文艺界漫画》一文,讽刺马来亚文坛喜欢搬用中国文艺理论的现象,强调马来亚应该有马来亚自己的文艺,马来亚文艺界不应该实行"搬尸的公式主义的理论"①。这在一定意义上可以看作是废名观点的延伸,并且同样遭到南来作家的反对和批判。马达(张天白)在《一九三六年马来亚文坛》中指出:"曾君还因此,忽视眼前的杂文家关于'地方性创作'。其实,像刘郎君的时事小品,林棘君的文艺时谈,谛克君的文艺批判,都有他们特别的风格,为着偏重'地方性的创作',正当的介绍工作也认为是'搬尸',这不能不说是失言。"②可见,批判者不满的只是曾艾

---

① 曾艾狄:《马来亚文艺界漫画》,《南洋商报·出版界》1936 年 9 月 2 日。
② 马达:《一九三六年马来亚文坛》,《星洲日报·新年特刊》1937 年 1 月 1 日。

狄持论的偏激态度,对他所提出的"文学是时代的产物,同时代的文学还有它的地方的特殊性"还是比较赞同的,其中豫观的观点比较有代表性:"我们可以介绍中国以及世界各地的新兴文学理论,不过如果完全抹杀了马来亚的地方特殊性,一味地抄袭其他地区的看法,甚至不管三七二十一,看见旁的地方实践了,怕给人家说落后,也张冠李戴,那是需要纠正的。"①

从这两次关于"地方文艺"的论争,可以清楚地看出,当时有些知识分子本土意识与情感已经觉醒,一部分东南亚华文诗歌反映本地现实、表达当下情感成了一种自觉。请看细胡的《地球一角的忧愁》:

> ……辉煌的商店,/依然在张开他们的牙门,/然而静静地、静静地,/已无人影的纷纷,/大拍卖的垂旌在飞舞,/招盘招租的吉帖,/贴遍了店首街唇。//……/要是你走到市郊,/幢幢的工厂,/夕阳的残照,/悄悄,悄悄,/低落了火力的狂烧。//厂主和老板们的心中,/生长着黑影重重,/穷无所归的罪人哟,/更受着饥寒的苦痛!//……/广场和僻巷,/满是卖肉的姑娘;/白的、黄的、棕的,/一例沦为私娼……

诗人抓住经济危机下的困窘,为马来亚社会速描了一幅愁云惨淡、民不聊生的生活图画。

1937 年中国掀起全面抗战使东南亚华人社会的中国意识空前浓厚,致使东南亚华文诗歌的本土化步伐受到一定程度的阻挠,但并未完全停止。还是以新马诗坛为例,1938 年,一位署名小红的作者在《南洋商报》副刊《今日文学》上发表了一篇《关于南洋的战时文学》的文章,提出中国的抗战环境与南

---

① 转引自杨松年:《独立前华文文学》,林水檺、何启良、何国忠、赖观福:《马来西亚华人史新编》(第三册),马来西亚中华大会堂总会 1998 年版,第 221 页。

洋不同,因此中国的战时文学口号不适合南洋的实际情况,建议采用"华侨救亡文学"的口号。随后,《今日文学》又发表了遄骋的《战时文学与救亡文学的探讨》和谛克的《关于南洋的战时文学说几句话:就商于小红先生》两篇文章。这两位作者基本上赞同小红的观点,也认为中国抗战环境与南洋不同,但却分别提出了"战时华侨救亡文学"和"华侨救亡反日的大众文学"的口号,以补充和限制小红的"华侨救亡文学"口号的含义。很显然,这仍然是"马来亚地方文艺"观点的延伸,说明东南亚华文诗歌在政治情绪高涨的年代,也没有放弃建构自身的努力。

尤其是1941年,日军进一步南下,东南亚地区面临沦陷的时候,有一部分华文诗人开始关注本土现实,呼唤各民族、各阶层的人民团结起来,共同抵御外敌。请看刘思的《致马来亚住民们》:

> 战争的一天/就到来了/马来亚的住民呀/准备战斗吧//'东亚共荣圈'/你听过这个口号吗/谁说的/东洋人啦//那是个什么家伙呀/是壁虎,是蜥蜴,是毒虫/蓝天下那一片美丽的秋海棠叶/不是给它啃去了一半吗//我们要做人/可不愿当牛马/谁要来压迫、奴役/就击退它,消灭它//四海为家/我们是大地的主人呀/这儿出世的,外方移来的/一样——/拿出力量,巩固马来亚/拿出热血,保护马来亚//起来/马来亚的住民呀/和着邻国抗战的旋律/奏出一阕东亚弱小民族新生之歌吧

在这里,诗人擂响了战鼓,吹起了冲锋号,号召马来亚的各族人民起来共同抵御日本帝国主义的侵略,诗句短促有力,充满积极向上的精神。再如呢喃的《南洋风》:

> ……那开掘不尽的肥沃土地,/埋藏着无量数的白骨啊!/那汹

涌的深绿的海水，/是流尽多少碧血堆汇成啊！/一向使人留恋的胶
树椰林，/疯狂的侵略魔鬼，/威胁着整个的/长夏国里的微弱生
命！/如今可不管这里是人家/'殖民能率非常之高'的地带，/但是，
那灿烂的文化啊，/是谁涂尽脑浆，绞尽心血，/用尽几多精神体力的
结晶！/如今可不管这里是人家的/'铁之生命线'抑或'铜之生命
线'，/如今懦弱无能的人们，/团结成一个英勇的心。/什么力量使
他们/汇成一条奔腾怒吼的巨流？/这世界真变得不像样了，/一向
被称为'平静''安稳'的地方，/也似万马狂奔一样的，/向着光明的
坦途猛闯……

诗人在此控诉了日本侵略的暴行，赞扬了南洋人民的伟大，认为南洋人民并
没有被日军的烧杀抢掠所吓倒，反而产生了强烈的反抗意识，显示出了不屈
不挠的抗击侵略的精神。

可见，团结抗战的反侵略精神成了南洋文坛抗战文学的一大重要内容，
诚如铁抗（郑卓群）在《论马华文艺》一文中所言："如果我们将反帝反封建这
些骨髓从马华文艺中抽出，则她是会立即死亡的。"①这个时期的华文诗人在
共同抗战的主题上找到了双重认同的依据，既关心中国时局，又关注本土现
实，而对本土现实的关注却在不经意间推进了诗歌的本土化进程。

在日本占领南洋之后，东南亚华人不只为中国而战，也掀起了保卫南洋
之战。南洋沦陷的三年零八个月，是东南亚华人的中国意识和本土意识消长
的分水岭，"其间种种的变化包括了他们发现作为殖民地政府的英国人并没
有办法保护马来亚，他们对马来亚的感情，也在三年八个月里经过了一个很
好的培育过程"②。"二战"结束后，西方殖民者重新回到南洋统治，在政策方

---

① 铁抗：《论马华文艺》，《南洋商报·今日文学》1940 年 8 月 31 日。
② 何国忠：《马来西亚华人：身份认同、文化与族群政治》，马来西亚华社研究中心
2002 年版，第 31 页。

面做了一定程度的调整。如英国殖民者回到马来亚之后，针对非马来人对马来亚的归属感不强的事实，为了凝聚人心，开始大力授予非马来人公民权，希望华人一旦成为公民，享有平等的政治和经济权利以后，可以加强本地意识，效忠马来亚。[①]

西方殖民者的政策变化，促使南洋华人不得不正视自己在南洋的处境和前途，围绕中国意识和本土意识的讨论在这个层面上展开了。在新马文坛，1947 年 1 月，新加坡后觉公学举办了一个写作人座谈会，其间，谈到了"马华文艺独特性"问题。其中，作家凌佐的话令人深思：

> 马华文艺，在抗日反法西斯斗争的过程上，……被推到了（进展）一个新的阶段。……战争带给了马华社会新的认识，即本身的命运和马来亚各民族人民的命运是利害一致的新的认识。同时，战争也确定了马华文艺运动，应该和马来亚民族解放运动结合在一起。马华文艺的新的阶段开始，在性质上是否定了失去现实意义的"侨民文艺"，从抗日卫马的壮烈的流血斗争获取了基点起程，而以实现马来亚民主自由独立这一历史任务的斗争，作为马华文艺的新的实际的具体的内容的。[②]

当然，当时与会人员对于"马华文艺独特性"的看法并不一致。1947 年 11 月，星洲华人文艺协会又召开了"马华文艺独特性"的座谈会，秋枫、凌佐、吴楚、普洛、杜边、刘思等人参加，大家在文艺独特性方面达成了一致意见，希望中国南来作家深入马华社会，写出反映马来亚现实的作品。

---

① 参见崔贵强：《新马华人国家认同的转向 1945—1959》，新加坡南洋学会 1990 年版，第 154—155 页。

② 凌佐：《马华文艺的独特性及其他》，新社编：《新马华文文学大系》（第 1 集），新加坡教育出版社 1971 年版，第 201 页。

1948 年 1 月 1 日,南来作家周容(陈树英)在吉隆坡《战友报·新年特刊》上发表了《谈马华文艺》一文,大力支持马华文艺独特性的提倡,强调马华文艺必须反映"此时此地"的马来亚现实,认为那些"手执报纸而眼望天外"的侨民作家的写作态度是违反现实主义的,必须及时加以纠正;而且,讥讽那些"身处马来亚而等待中国人民大翻身"的人连侨民作家都够不上,只好做"逃难作家"了。接着,他还在第二篇文章《也谈侨民文学》里,号召人们起来清算侨民作家。[①] 由于文章的语气过于尖刻,引起了其他南来作家的不满,从而引起了一场声势浩大的论争。沙平(胡愈之)对此发表《朋友,你钻进牛角尖里去了》一文,就"独特性"问题谈了他与周容不同的观点。他认为:"就文艺的内容来说,很难指出某一国家某一民族的独特性,而只能说是某种社会,有某种的独特性。……马来亚是殖民地的社会,所以凡是反映殖民地半殖民地的封建性剥削制度与奴役制度的文艺,都是反映马来亚此时此地的现实的文艺。反映马来亚现实的文艺,不一定要以 1948 年的马来亚为题材,也不一定限定在马来亚这个地方,当然更不一定要限制只有马来亚当地作家才能写作。"[②]李玄发表《论侨民文艺》一文予以附和。随后,西樵(赵戎)和闻人俊(苗秀)则分别发表《问题的开脱》和《论"侨民意识"与"马华文艺独特性"》,对沙平等人的观点进行辩驳。在论争激烈的时候,远在香港的郭沫若与夏衍也在香港的《文艺生活》杂志上发表文章,阐明自己的观点,认为马华文艺对马来亚的现实和中国的现实同样都应该表现,如果只局限于"此时此地"的话会将问题弄得更加纷繁复杂。

让马华文艺负起双重任务是一副调和的姿态,很难介入问题的本质,再加上论争双方并不是在同一层面上就事论事,而是将本属于文艺领域的问题与华人政治上的认同感纠缠起来,沉浸于究竟华人应该效忠中国还是效忠马来亚,应该关心中国的政治斗争还是关心马来亚的政治斗争的情绪里,当然

---

① 参见苗秀:《新马华文文学大系(第 1 集)》,新加坡教育出版社 1971 年版,第 13 页。
② 沙平:《朋友,你钻进牛角尖里去了》,新社编:《新马华文文学大系》(第 1 集),新加坡教育出版社 1971 年版,第 210 页。

会夹杂不清。因而,到论争结束为止,"马华文艺独特性"都没有真正落实。不过,正如何国忠所言:"在 1947 年的本土或中国的论争中有一些值得注意的现象,所谓论争,不是在书写中国和马来亚之间任选其一。书写本地是一个共识,它并没有受到支持侨民意识的人的责难,反倒是该不该关心中国本土才是这次争论的重点,换句话说,支持侨民意识的文人基本上是处在守势,提倡本地化的文人则处在攻势,侨民意识是否仍然可以存在才是这次论争的症结所在,支持侨民文学的李玄自己就有这样的话,'侨民文艺的存在,也并不妨碍马华文艺的发展'。这个论争清楚说明了一个趋势,马来亚华人开始寻找自己新的身份,虽然许多文人或作家本身可能并没有察觉到这个变化。"①

事实上,随着东南亚各地反殖民运动的兴起和中华人民共和国的成立,"文艺独特性"逐渐不证自明了,再加上"爱国主义文学"的提倡,"侨民文艺"逐渐淡出了人们的视野,东南亚华文诗人开始了自由歌唱,争取自由和独立成为诗歌主旋律:

> 在昏昏欲睡的大海上/谁撒下了一串光莹的夜明珠?//那点点摇曳着的火把/分明是一行胜利的火炬游行//这串光莹的夜明珠呵/悬挂在/献身祖国独立运动底儿女的颈上吧//胜利的火炬游行呵/骄傲地/伴着独立底歌声步向黎明吧
>
> ——蓝文溪:《渔火》

> 我在马来亚的原野奔驰/我的车在宽广的,平滑的/公路上疾驰/前面平铺着无边的绿野/头顶是更广大/更辽阔的苍穹/赤道的

---

① 何国忠:《马来西亚华人:身份认同、文化与族群政治》,(马来西亚)华社研究中心2002 年版,第 34—35 页。

阳光到处/镀金泻银/轻快的白云/正如我轻快的心/我笑着,唱着/

眸子发亮——/为了那更光明/更美丽的远景

——常夫:《我在马来亚的原野奔驰》

这样的诗作不胜枚举,表达了东南亚华文诗人对于居住地的热爱之情,相关诗人的心态开始由"叶落归根"向"落地生根"转变。现在看来,这场关于"文艺独特性"和"侨民文艺"之论争的发生绝对不是偶然。它是东南亚华文诗歌本土化运动发展到一定阶段的必然产物。也就是说,到这个时候,该是东南亚华文诗歌本土性由水底浮出水面的时间了。泰华作家方思若在《泰国华文文艺回顾与前瞻》中也说:

……进入 50 年代,也就是华文文艺开始的年代。

这个新的开始,自有它的历史条件和背景。最主要一项,是新中国宣告成立,以美国为首的西方集团对中国进行了经济军事的封锁,而中国也开始了闭关锁国的时期,再没有中国的新移民到泰国或其他地区。而这时期,泰国也已投入西方阵营,反左派政策日渐雷厉风行。以怀乡思绪描绘故国风物为主要题材的侨民文艺已不适时宜,继之而起的是反映此时此地的文艺作品逐渐抬头。

……战后初期学习华文风气曾炽盛过相当一段时间,参加学习的这批土生土长的青少年,他们的文艺写作能力在进入 50 年代便告先后成熟,而在泰华文坛上形成了主力。这支生力军在思想感情上和写作的题材上都倾向当地化,这和以前中国南来文化人怀旧怀乡的华侨文艺有着根本性的差别。[1]

---

① 方思若:《泰国华文文艺回顾与前瞻》,《泰国华文作家协会文集》,泰国华文作家协会 1991 年版,第 56—57 页。

从"南洋色彩"的开掘到"文艺独特性"的提倡,东南亚华文诗歌一直尝试着建构自身的主体性和独立性,不断地和强大的中国性做斗争,最终脱离了与中国新诗坛相呼应的格局。但是,由于东南亚华文诗歌本土化即意味着反映本土现实,和描写中国题材的"侨民文艺"之不同仅仅表现于反映的对象改变了,两者在反映现实这个层面还是重合的,都是采用现实主义创作方法。因此,东南亚华文诗歌本土化本身为了对抗中国性,借以摆脱附庸于中国文学的支流地位,但其在运作过程中,又不得不借助五四新诗的现实主义传统,因而难以摆脱中国性的符咒。

从这一章的分析可以看出,在东南亚华文诗歌发展的第一个阶段,早期东南亚华文诗人经历了中国意识从张扬到弱化的过程,伴随着中国意识的张扬的是早期东南亚华文诗歌与中国新诗形成相呼应的格局,伴随着其弱化的则是脱出相呼应的格局。一般而言,东南亚华文诗歌呼应中国新诗都是在现实主义层面上发生的,这使得现实主义诗潮占据了东南亚华文诗坛的主流位置,而且并不随着脱离与中国新诗相呼应的格局而改变。不可忽视的是,东南亚华文诗歌的本土化运动一直与其呼应中国新诗的格局相对抗,由潜流暗涌到蔚然成风,虽然不可避免地受时代、政治、社会发展等因素的制约,但这一过程最终还是在现实主义层面上完成。所以,不管东南亚华文诗歌与中国新诗形成相呼应的格局还是脱出相呼应的格局,中国性一直都是东南亚华文诗歌的最重要特征。

第三章
中国情结阶段：挣扎求存时期的东南亚华文诗歌

　　"二战"结束后，西方列强恢复了对东南亚地区的殖民统治，却不同程度地遭到当地居民的反抗，这种反殖民运动一直持续到20世纪50年代以后。当东南亚各国相继脱离殖民统治、建立新兴的民族国家之后，由于意识形态的不同，许多东南亚国家与中华人民共和国没有建立外交关系，还对自己国内的华人（已经内化为当地的一大民族）心存怀疑。这种对华人是否效忠国家的怀疑直接导致"排华"浪潮的兴起，东南亚各国政府对华人社团、华校、华报等采取限制甚至禁闭政策，有的国家还发生大规模的针对华人的骚乱，造成种族大冲突的流血事件，使东南亚地区出现华人"再移民"现象。这样一种不安定的生存状态一直到 20 世纪 80 年代为止都伴随着东南亚华人，令他们处于十分尴尬的境地。一方面，他们的中国意识已经淡出，代之而起的是中国情结，其思想心态由"叶落归根"转变为"落地生根"；另一方面，国家政府不信任他们，使之边缘化，同时采取各种方法同化他们。在这种情况下，东南亚华文诗歌的命运可想而知。挣扎求存时期的东南亚华文诗歌把诸如政治、宗教、种族、教育等敏感问题视为表现禁区，必然使其现实主义表现功能大打折扣。中国大陆虽然"隔绝"，但中国台湾地区则成为"中国"的替代，因而中国台湾地区 20 世纪 50—60 年代兴起的"现代派"诗歌运动自然波及东南亚各国，"现代派"诗歌乘机抢占诗坛有利位置，成为东南亚华文诗歌现代化最重要的资源。由此引发的"现实主义与现代主义之争"也成为东南亚华文诗坛的新景观，结果是现代主义诗歌及其表现手法逐渐深入人心。然而，在东南亚华文诗人强大的中国情结支配下，即使是现代主义诗歌也充满中国性特质，这是东南亚华文诗歌无法摆脱的宿命。

一、　中国情结与南洋认同

中国情结是指东南亚华人在"落地生根"的历史积累中，祖国的观念虽然发生了"位移"，即开始认同居住国为祖国，但仍视故国的文化为一种精神家园的心理情绪。中国情结完全不同于中国意识，它是乙类华人特有的心态。前面我们已经说过，战后东南亚三类华人开始重新归类，甲类华人（即中国意识浓厚的华人）逐渐减少，大部分转入乙类华人圈；丙类华人（即已被同化的华人）虽受统治者重视，但毕竟还是华人的极少部分；乙类华人本是华人主体，再加上甲类华人加盟，更是占了华人的绝大多数。这个时期，乙类华人一改过去讳谈本地政治、明哲保身的做法，开始积极介入反殖运动和民族国家建立过程。对于中国，他们还怀有深深的爱恋之情，但少了那份民族主义情绪。因而，中华民族作为想象的共同体已经脱出政治层面而转向文化范畴。也就是说，乙类华人逐渐认识到自己不是中国人，而是当地的一大民族——华族，其国家认同发生了转向；他们习惯于称自己为华人，而不同于丙类华人的是，他们坚守着中国的文化习俗和道德礼仪。对于中国，他们有的只是文化认同和历史认同，而非政治认同或国家认同，即只是一种中国情结。可是，东南亚华人的中国情结却导致了东南亚新兴的民族国家及其政府不信任他们的事实。究其原因主要有三个方面：

一是极端民族主义情绪作祟。东南亚地区脱离西方殖民统治建立民族国家之后，政权基本上都由原来的土著控制（于 1965 年独立的新加坡除外）。在民族主义思想支配下，这些民族国家必然要求每个公民都对其怀有至高无上的忠诚。它们希望国内各民族只有一个普遍的民族认同，即以执政民族的民族认同为旨归。这是东南亚各执政民族致力于推动民族与国家重合的一种努力，因为"民族主义的主要观点包括，世界是分成不同民族的，民族是一切政治力量的源泉，认为个人的最高忠诚是对民族的忠诚，信奉在一个多民族的世界里，各民族必须有最大限度的自治权以保持其权威。但是，正如我们所见，民族主义意识形态关注的是民族，而不是国家，所以实际上我们发现，有这样的情况，即最大限度的自治权缺乏国家地位，而该民族共同体似乎对特殊的或联邦的政治地位十分满意，苏格兰和加泰罗尼亚就是这样（到目前为止）。这两种观察紧密相连。民族必须被扶植、保护、并使之发挥效力，任何能提供这种保护并赋予这种效能的框架都被认为是适合的框架。地域性国家是扮演这种保护角色最明显、最合适的候选者，但不是唯一的候选对象。因此，对国家与民族两者重合一致的推动是民族主义的一种经常性的、强有力的、但绝不是不可避免的成分"①。这就是说，如果其他民族想要取得

---

① ［英］安东尼·D. 史密斯：《全球化时代的民族与民族主义》，中央编译出版社2002 年版，第 131 页。

公民身份与利益，必须放弃他们的族裔共同体和族裔的特性，与执政民族融合并同化。这是其他民族难以接受的。正如马克斯·韦伯所说的："对于操共同语言的人，'民族的'共同属性也可能被拒绝，……民族的属性并非必然建立在现实的血缘共同体的基础之中，这尤其是不言而喻的；恰似是特别激进的'民族主义者'，常常是外族出身。某一种特殊的人类学类型的共同性虽然不能简单地认为无所谓，但是它不足于说明是一个'民族'，说明一个民族，对此也不是必要的。虽然'民族'的思想乐于包含共同出身和（无特定内容的）本质相似的观念，但是——正如我们已经看到过的那样——它与同样由不同源泉吸取养分的'人种的'共同感相一致。然而，只有人种的共同感还不能成为'民族'。"①可惜，当时的东南亚土著政府并不理解这一点，在极端民族主义情绪支配下，强调民族单一化对国家的重要性。事实上，华人移民到东南亚以后，经过长时间的居住和融合，已经成为所在国的多元民族中的一员，形成新的族群，即华族。华族已经不同于生活在中国的中华民族，无论是语言、文化、价值观，还是民族性格、民族心理等都有了较大不同。华族在政治上开始认同居住国并效忠于居住国，在文化上除了汲取中华民族母体的营养之外，还大量地接受本地文化滋养，正如民族学学者阮西湖所说："海外不同国家的华人，应该说是中华民族的不同分支（民族学意义）。因为海外华人文化已经有了变异。如在华人的祖籍国，华语是官方语言，然而在海外（除新加坡外），华语则为家庭用语。在风俗、衣着方面也存在差异。因此，从民族学来讲，海外华人不能说是中华民族的一个部分。而只能说是中华民族的分支。"②学者何启拔曾以马来西亚华族为例，表达了类似的观点："马来亚华族虽源自汉族，在历史渊源上虽同汉族有联系，在民族性格上也必然反映了这种联系的烙印。但是，民族性格是社会经济生活、文化生活和周围环境等条

---

① ［德］马克斯·韦伯：《经济与社会》（下），林远荣译，商务印书馆 1998 年版，第242 页。

② 阮西湖：《海外华族的形成与发展》，载《华侨华人历史研究》1992 年第 1 期。

件的反映。而且它是随着生活条件的变化而变化的。生活条件对华族移民来说，一般还不是固有民族性格的丧失，而是在保全固有的民族性格的基础上增添了新的内容，以便与新的环境和新的生活条件相适应。此外，马来亚华族的组成成分也由于生活条件的不同和我汉族有所不同。马来亚华族除以汉族移民为其主要成分外，还通过通婚的渠道吸收或同化了当地其他民族如马来人、定居在北部的泰人、移民马来亚的巴厘人等。总之，马来亚华族和我汉族是一个既有'同'，也有'异'的民族，本质上，它是属于马来民族的组成部分，而不是属我中华民族组成部分，这是不言而喻的。"①对于东南亚华族而言，他们最大的愿望就是居住国政府把他们视为当地一个少数民族并能够允许他们保存与使用华人文化和华人语言，以维持族裔特性。然而，当地的土著政府并不这样来看待华族，于是矛盾与纠纷甚至种族冲突由此而生。正如安东尼·D.史密斯所说："消灭少数群体的文化和少数群体共同体本身，必然产生现今民族国家内部危机。"②

　　二是文化上的隔膜的影响。华人移民到东南亚，由于其母国拥有悠久灿烂的历史文化，使得他们自然产生一种文化上和心理上的优越感，而且华人心中总是有"华夏"和"蛮夷"之分，又使得他们视东南亚土著为未开化的"蛮夷"，在心理上比较轻视土著，也不愿意和土著发生交集。一个很有特色的例证就是"唐人街"的形成。不管是东南亚，还是欧美等其他地区，华人移民到当地后，很容易聚集在一起，形成颇具特色的唐人街，顽强地在异国他乡保留着故乡的印记。唐人街作为海外华人的社区，是一个自治的家园。华人在此凭借着记忆、符号、神话、遗产以及方言文化构成一个想象的共同体，一种类国家意识形态的机构，为满足自身被保护、被承认和归属的需要。所以，这样

①　何启拔：《马来亚华族形成问题初探》，福建华侨历史学会编：《华侨历史论丛》（第一辑），1984年5月，第31—33页。
②　[英]安东尼·D.史密斯：《全球化时代的民族与民族主义》，中央编译出版社2002年版，第120页。

一种自给自足的生活使华人与未开化的"蛮夷"交往甚少，这必然造成双方在文化上的隔膜。正如美国著名人类学家克利福德·吉尔兹所说：人们经常以"地方性知识"来填平文化之间的鸿沟，产生"近经验"的东西，以至产生偏见和误差。当土著掌握了政权之后，反过来观察华族文化时，这种距离感也存在，也就是说，"某种民族文化与其他民族文化接触、交锋时，其会以自己所认同的文化标识作为价值尺度，当这些富有特殊意义的文化标识面临威胁时，往往就会引起民族之间的矛盾对抗，乃至民族冲突的爆发"①。比如在马来西亚，当马来民族上升为统治民族之后，在民族意识觉醒并且不断高涨的情形下，便与华族、印度族等产生了冲突。作为统治阶级的马来族绝对不能容忍华人的民族优越感，于是，在他们眼中，华人保持中国文化、传统习俗与中国语言就决定了有效忠于中国的意识，是一种潜在的威胁。这显然是两个民族由于存在隔膜，从而产生不信任所导致的一种历史性误解。事实上，东南亚地区一直是东西方文化的交汇处，据史学家考证，东南亚文化至少吸收了传统的中国文化、印度文化、阿拉伯文化和西方文化等，成为各种不同文化的熔炉，并淬炼产生了独具特色的混合文化。所以，东南亚文化本质上和中国文化并不冲突，而且还在不断地容纳与吸收现代的中国文化，只是由于一些西方学者强化华人文化的政治性以及有些土著极端民族主义知识分子经常将华人文化放在一种狭隘的政治视角里去过分渲染，才导致了文化冲突的发生。

三是华人经济上的成就加剧了冲突的程度。我们知道，在东南亚地区，华人在居住国虽然是少数民族（新加坡除外），但在经济上却往往占据十分重要的地位。华人以其特殊的商业才能和勤劳肯干的精神，在工商业方面取得比较突出的成就，为居住国经济社会发展做出了巨大贡献。然而，华人在经

---

① 余建华：《民族主义：历史遗产与时代风云的交汇》，学林出版社 1999 年版，第256 页。

济上的巨大成功却为其带来了厄运,逐渐招致其他民族的嫉妒和不满,尤其是占统治地位的土著,他们认为华人是在剥削和压迫其他民族。随着东南亚各国的土著掌握国家政权,华人主导经济的状况便使他们更加无法容忍了,于是他们开始运用手中的权力来改变这种不对等的情况,东南亚各国政府都相继出台了限制华人在经济上发展的民族政策,这自然加剧了与华族冲突的可能性。以马来西亚为例,1957 年马来西亚独立建国之后,由本地马来人主导的政府推出独尊马来人的各种政策,并出台许多在政、商、文、教等领域保护马来民族特权的措施,无形中将其他族群如华族、印度族等共享国家社会资源的权利排除在外,人为地形成种族隔离。1969 年,在吉隆坡发生了令人心痛的"5·13"流血冲突事件①,将华人与马来人之间的矛盾冲突扩展到极致,使得华人充分感受到来自文化、教育、经济政策等方面的压力。1970 年,马来政府出台新经济政策,保护马来人在经济上的权力,并禁止华人在公开场合表演中国传统文化活动(如戏剧、舞蹈、音乐、绘画、书法、雕刻,等等),将华人的语言及文化边缘化,说到底,这是马来政府极端不信任华人的表现,而华人也由此陷入了非常尴尬的境地。一方面,他们必须不断表示效忠于马来西亚,但另一方面,他们又对中华传统文化有着天然的亲近和认同,不可能也不愿就此放弃。正如马华著名作家方北方所言:"今天有关国家的事务,固然是以国家语文处理,但是集中将近国家一半人口的华人来讨论如何献身国家

---

　　① 　发生于 1969 年 5 月 13 日的"5·13 事件",马来西亚官方解释此事件主要是马来人与华人之间的种族冲突,实际上主要原因还是各族间政治及经济能力的不平等。此次冲突使马来西亚政府开始执行马来西亚新经济政策以消灭种族及经济差异,同时减低贫民率。这次血腥的种族冲突导致了多人死亡和负伤,冲突之后,马来西亚政府实行了新经济政策,以加强马来人在马来西亚的经济主导地位。确实,新经济政策的实质,是从国家政策和法律上保护在人口方面居于多数,但在经济上和文化上又处于弱势地位的马来民族,通过国家的强制力量,剥夺华人在经济上和文化上的优势,使马来民族在各个方面得到保护。因此,可以这样说,马来西亚的新经济政策,是迫使华人让步的政策,华人让出一部分权利和利益,与占人口多数的马来民族共同分享。

和效忠政府问题时,华人还是要用中华语文的。"①在印度尼西亚,华人的命运更加悲惨。华人定居印度尼西由来已久,人口当时也急速增长到600万,从华人人口绝对数来说是东南亚国家中最多的,但是若与印尼2亿人口相比,华人也仅仅占了3%左右,是典型的少数民族。"二战"结束后,印尼与中国建立了良好的外交关系,但国内的排华运动断断续续也发生过好几次。独立建国后的印尼政府也同样实施了强制的同化或歧视政策,使得华人如惊弓之鸟,大多采取远离政治的态度。然而,由于华人在经济上占有绝对的优势,因而一旦印尼内部发生政治摩擦与矛盾时,华人往往就会被别有用心的人陷害,成为开刀的对象。1966年,苏哈托总统上台之后,对印尼共产党大开杀戒,同时迁怒于华人,断绝与中国的外交关系,将华人作为打击的对象,不允许华人成立社团,关闭所有华文学校、华文报社与出版社等,使得印尼成为当时世界上唯一不准华文存在的国度。这种状况一直延续到1998年苏哈托下台为止,持续了30多年。

　　可见,在狭隘民族主义思想、文化隔膜以及华人经济上占主导地位引起误解的情况下,只要东南亚华人一天不放弃中国情结,东南亚各国政府就一天不信任华人。反过来,只要政府一天不信任华人,对华人进行压制,华人就一天不会放弃中国情结。他们向母体文化寻求动力,为日趋边缘的漂泊心灵寻求精神上的慰藉。李亦园将这种行为称为拯救民族文化的"本土运动",所谓"本土运动,是指两个文化接触之时,某一文化的部分成员(因感于外来文化的压力)企图保存或恢复其传统文化的若干形相之有意的及有组织的行动"②。20世纪50年代至80年代初,一方面是东南亚各国政府采取各种措施限制或禁止华人社团、华文教育、华文报刊的发展,积极推行各种政策试图同

①　方北方:《马华文学及其他》,三联书店香港分店、新加坡文学书屋1987年版,第23—24页。
②　李亦园:《东南亚华侨的本土运动》,《东南亚华人社会研究》(上),中正书局1963年版。

化华人;另一方面是东南亚华人对这种同化政策极为不满,为民族平等、语文、教育以及文化传承等问题同当权者作抗争。华人社团、华文教育、华文报刊等在东南亚各国生生不息,屡禁不止,便是这种"本土运动"的有力表现。诗歌是社会时代的晴雨表,敏感于社会时代的东南亚华文诗歌对此必然有所反应。请看诗人古辛、白丁、炎羊三人合作创作的《南大颂》(第三部):

> ……/为她高喊:"谁也摧毁不了/民族文化的存在/谁也阻挡不了/民族文化的向前/一定要维护华文教育/一定要建立南大!"/……//它燃烧着/华人/印度人/马来人/它燃烧着/每个热爱民族文化的人/每个热爱真理正义的人/……//呵,最亲爱的国际友人/马来人、印度人/不同种族的人民/你们也跑进南大的队伍来了/你们说:"华文教育的发展/就是马来亚文化的发展/华文教育的胜利/就是人民的胜利!/来呀/建立南大!"/……/不同种族的/牵起手来了/这是觉醒/这是力量/这是南大的队伍/这是维护民族文化/最坚决的战士!//赤道上的日子啊/是一首唱不完的歌/华文教育经过一个灾难又一个灾难/华文教育在水深火热中不断地壮大!/……//南大呵/你是华文教育的堡垒/你是华文教育的前哨/你是我们无穷的力量……

这是一首集体创作的颂诗,表达了南洋大学创办后华人由衷的喜悦之情,难能可贵的是,诗中还描述了马来人、印度人等不同种族的人民也很支持南洋大学的创办。全诗质朴浅白,其口号式的呐喊在某种意义上是一种激情的宣誓,道出南洋大学的创办对于华人社会的重要性。我们知道,在"二战"前的英殖民地时期,马来亚(马来西亚及新加坡)华文教育,并不为英殖民政府所关心,基本上都由已形成气候的华人社会所承担,所以,当时马来亚的华文学校都沿袭了中国的教育体制,在马来亚接受了华文教育的学生可以回到中国继续深造,华文教育从小学到中学再到大学就具有了完整的体系。可是,到了 1949 年中华人民共和国成立之后,由于许多东南亚国家与中国没有建立外交关系,华校的毕业生回到中国升学的途径遂告断绝。然而,当时的英殖民政府对于这些华校的中学毕业生并不关心,也没有深刻认识到这些学生因无法深造所产生的问题的广泛性与严重性。因此,筹设一间华文高等学府,以解决南洋地区华人社会每年从华校毕业的青年学生的深造问题的呼声越来越高。1953 年 5 月,新加坡著名华商陈六使先生发起成立筹备委员会,与众多有志者一起筹划创设一间以华语为主要教学语言的大学。这一倡议发出以后,得到东南亚各国华人社会的各个阶层人士的热烈响应,大家有钱的出钱,有力的出力,筹募基金运动很快完成了计划,募得巨款,新加坡福建会馆慷慨捐献了位于新加坡西端裕廊地区广达五百余亩的土地作为校舍,南洋大学建设就这样进入了全面实施阶段。英殖民当局刚开始对筹设华文大学的计划并不赞同,但因华人社会的呼声太高,他们也不敢太过阻挠,最后拒绝赋予南洋大学以大学地位,南洋大学只好以公司方式注册。不管怎样,南洋大学的成立,对于东南亚地区的华文教育起到了相当大的促进作用。无疑,这首集体创作的《南大颂》正是千千万万华人的集体心声。当然,"南大"(即南洋大学)的建立,在某种程度上只能说是华人争取华文教育权的阶段性胜利。因为事实上,在以后的斗争中,华人节节败退。马来亚联合邦宣布独立后,争取华文成为官方语言之一和保持华文教育体制的完整一直是华人共同努力的方向。在华人看来,文化是一个民族的根本,没有文化,就没有华人,而华文教育正是文化传承的关键,所以从马来西亚国家独立伊始,就有许多华人为华文教育问题日夜操劳。1965 年,新加坡因为种族关系从马来西亚联邦退出,独立成一个国家,虽然新加坡华人占据人口的绝大多数,政府却规定英语为国家第一语言,尤其令人震惊的是,新加坡于 20 世纪 80 年代中期关闭了华人引以为豪的"南洋大学"。相比而言,马来西亚在保持华人的传统和文化方面,反而比新加坡更具完整性,虽然 1969 年马来西亚发生"5·13"事件,政府为了政局安定,强制推行国家文化政策,彻底打破了华人试图保持华文教育体制完整的美梦,只准许华文小学和独立中学的存在,还留下随时可以改制的危险,但必须指出的是,20世纪90年代后马来西亚政策已有所松动,现在这个国家的华文教育已走出低谷,甚至出现了以华文为教学媒介的大学,如南方大学学院、新纪元学院、韩江学院等。

东南亚华人的中国情结与其说是天生的情感需要,不如说是东南亚各国执政者威逼同化的反弹结果。当然,东南亚华人拥有中国情结并不妨碍他们对南洋/本土的认同,可惜东南亚各国的执政者无视这一点,继续推行各种政策逼迫华人就范。诗人一乐的《树朦胧》一诗写尽了华人的辛酸和无奈之状:

　　朦胧中,电闪劈出/山前曲折、歪斜的/小径,像辗转钻进的根//既然要接受/洗尘,频频敬来的/异乡雨,苦也好,辣/也罢。为枝叶们豪饮/即使醉/如脚下的烂泥,认了/根,已扎在这里//犹有风相逼,拉拉/扯扯挣扎得枝节横生/躯干,忠贞般固执/固执得把满头茂盛的/思恋,倾向源处/尽管/根,已扎在这里。

是的,即使华人的"根"已深深地扎在了居住地,可是"犹有风相逼",犹有雷电相加,各种同化政策相继出台,华人只好"倾向源处",倾向中华文化,去寻找精神依托。这是东南亚各国的执政者无法理解的,所以他们也无法难理解诗人吴岸在《盾上的诗篇》中的歌唱:

　　沙捞越是个美丽的盾,/斜斜挂在赤道上。/年青的诗人,请问/你要在盾上写下什么诗篇?//让人们在你的诗句中/听见拉让江的激流声,/听见它在高山、平原和海洋/所发出的各种美妙的语言。//一支笔,一个伟大的理想,/太阳和星星照在你的头上,/在生活、书本和伟大的先师/的光辉中寻求你的思想和力量。//写吧!

诗人，在这原始的盾上，/添上新时代的图案。/写吧，诗人，在祖国的土地上，/以生命写下最壮丽的诗篇。

诗人以沙捞越人自居，把马来西亚看成祖国，赞美沙捞越是个"斜斜挂在赤道上"的"美丽的盾"，表示要在祖国的土地上"以生命写下最壮丽的诗篇"，可是执政者们无动于衷。也许在东南亚执政者看来，只有华人接受了国家文化政策，承认土著/马来人的特权以及回教作为国家宗教才是他们所需要的。不然，即像诗人原甸那样哭泣：

我只要求——/你看我一眼/你给我一个抚摸/你给我一个爱！/（像妈妈爱她的孩子）/但，祖国/你为什么如此冷酷呢？/我因哀号而沙哑的哀音/难道不能引起你丝毫的怜悯么？/你看，我满腔的热情/几乎被你阴惨的脸而冷结了呀！/……呵，祖国祖国/工作的热情使我不能再等待/青春的炽热使我不能再等待/如果你不接受/我火的青春，我青春的火/而我也决不，决不/让苦闷遗留给我们的第二代……

——《青春的哭泣》

诗人多么希望"祖国母亲"给予自己一点点温情，可"满腔的热情"迎来的却是"你阴惨的脸"，让人冷入骨髓。诗人的愿望是美好的，不希望这种苦闷再延续，延续到"第二代"，然而，这种状况至今也还没有得到很好的改变。东南亚华人认同南洋这块土地，就必须放弃自己的文化传统与族裔特性，这显然不符合现代民族国家的建构理念。

学者吴冠军曾在《多元的现代性》一书中认为：在一个多元共存的时代，现代公民身份本质上由争取自由与正义的斗争来实现，它是一种政治性认同，而不是一种基于共同的语言、文化、种族、宗教信仰等的前政治认同，它是公民团结和结合的基础,也是推进民主的条件。因此,一种由文化同构型来加以保障的基本共识,只是暂时的,也是没有必要的,因为意见和意志的民主结构使得陌生人之间也有可能达成一种合理而规范的共识。社会成员对国家的忠诚和热爱应当是一种政治性的归属感,是社会成员在以宪法为象征的政治共同体内的成员身份的表现。也就是说,不同文化族群真要打成一片,还得依靠制宪,通过宪法来对共同生活加以合法的调整。在哈贝马斯看来,存在多元文化差异的人类共同体绝不能仅仅以民族认同来维系,没有以宪法共识为基石的民族国家统一是脆弱的。这样的统一也许有经济或文化的理由,但难免因经不起考验而再次分裂。唯有"宪法爱国主义"能有效持久地再生出当今多元社会中极为稀缺的"团结"(solidarity)资源。总之,一个国家只有在完成了从彼此都很熟悉的人种共同体向由相互还很陌生的公民组成的法律共同体转变之后,才能说真正成了一个国家。① 可以看出,吴冠军洞悉现代民族国家多元共存的现状,强调了制宪对于现代多元民族国家建构的重要性,但他显然忽视了一个问题,那就是宪法到底由谁来制定,又代表谁的意志这样一个问题。就拿马来亚联合邦来说,20 世纪 50 年代初围绕制宪所出现的风波至今让人记忆犹新,当宪法完全倾向于维护马来人特权的时候,必定对其他几个民族构成伤害,还怎么能对"共同生活加以合法的调整"? 只能说,这样的宪法还算不得现代意义上的真正宪法,还是属于以人种共同体为基石的、狭隘的前宪法。在这样一部代表马来人意志的宪法规范下,难怪当权者会对华族采取同化政策,企图抹杀华族的族裔性。看来,如果要改变现状,必须重新修订宪法,制定一部代表大多数人意志与利益的宪法。事实上,东南亚各国的执政者也不用太担心,因为正如安东尼·D. 史密斯所说:"在西方国家的这些例子中,迄今为止几乎没有什么证据证明,民族国家对地区的或移民族裔共同体的支持会真正地减弱普遍的民族认同,出现大规模运动指

---

① 参见吴冠军:《多元的现代性》,上海三联书店 2002 年版,第 252—253 页。

向多元文化和'多元化'的国家概念"。^① 这就是说,东南亚各国政府如果支持华族保持自己的族裔性以及对于中国的文化情感,并不会导致国家分裂这种事情发生,相反,各个民族还可以多元共存,和谐相处。随着华人落地生根的意识越来越强,南洋认同似乎已经不是什么有争议性的问题了,我们看诗人蒲公英的代表作《我是蒲公英》：

我是蒲公英/"随风吹去/落土生根"/浑圆浑圆的球/地球似的球/毛茸茸的球/黄黄的黄的球/随风吹去/随风吹去/落地生了根/打从千陶万瓷之乡/向南的风向/把我吹去/吹去/千岛之岛/扎根/生根//我是蒲公英/随风吹/去/落土/生了/根

确实,移民东南亚的华人何尝不是和蒲公英一样,"随风吹去","落地生了根",以顽强的生命力扎根于"千岛之岛",虽然历尽千辛万苦,但华族精神永远不灭。应该说,华族作为当地一个民族而存在,它的南洋认同与中国情结是并行不悖的。

二、 现代主义诗歌的兴起与论争

进入 20 世纪 50 年代以后,由于政治意识形态的原因,许多东南亚国家与中国没有建立外交关系。东南亚华文诗歌虽然因此获得主体性的确立、本土性的彰显,但并未脱去中国性的实质。现实主义诗歌仍然是诗坛的主潮,东

---

① ［英］安东尼·D. 史密斯：《全球化时代的民族与民族主义》,中央编译出版社2002 年版,第 129 页。

南亚华文诗人仍然以其忠实的笔记录下当时反殖民运动的兴起和独立建国的艰苦与欢欣。然而,当东南亚各国独立成新兴的民族国家之后,极端狭隘的民族主义思想作祟和文化相互隔膜等原因,导致东南亚执政者对作为当地少数民族之一的华人进行了各种打压和限制。为了争取公民权、民族平等、华文教育等,华人展开了坚苦卓绝的斗争。

> 醒来的时候/听到乌鸦在屋顶上/黑暗的阴影便蒙下来//禅坐在那里抖擞/同样看得见听得到/驱逐的办法就转不来/一部重卡车轰入门槛/隆隆的声音怎样也化不开艾文的《困》
>
> ——艾文:《困》

诗人艾文面对"黑暗的阴影",产生了一种受困的恐惧,以"重卡车轰入门槛"之意象强化内心遭受的压迫和危机意识。华人的权益和文化归属问题一直被东南亚各国政府所压制,就像层层阴影笼罩着一切,无法得见阳光,诗人只能以这样一种隐晦、暗示的语言来委婉曲折地抒发心中的苦闷和焦虑,因为现实政治的风声鹤唳不允许、也使得诗人不敢大鸣大放地表达自己的委屈情怀。和权的《橘子的话》一诗则进一步强化了华人失根的焦虑,采用的也是曲笔和象征手法:

> 咱们恒是一粒粒/酸酸的桔仔/分不清/生长的土地/是故乡/还是异乡//想到祖先/移植海外以前/原是甜蜜的/而今已然一代酸过一代//只不知/子孙们/将更酸涩/成啥味道

正是这种种的苦涩和不如意,让东南亚华文诗人心中浸满漂泊的悲观孤苦与失落绝望的意识,面对政治高压,面对虚无、孤独和暴力,他们只能探寻委婉含蓄的表现方式来隐约呈现这个高度压抑的社会现实。于是,一群不满现实又不敢直言的诗人,顺乎自然地以现代主义的隐晦形式表现起心灵的情思。

东南亚现代主义诗歌的兴起与 20 世纪 50 年代后在中国台湾地区兴起的"现代派"诗歌运动密切相关。因为 1949 年以后中国大陆逐渐与东南亚各国断绝往来，迫使东南亚华人与中国台湾地区的来往和联系愈来愈紧密，从某种意义上来说中国台湾地区成了"中国"的想象性替代，所以东南亚华文诗歌再向文化母体汲取资源时，只能被迫转向台湾诗坛。于是，50 年代后在中国台湾地区兴起的"现代派"诗歌运动不可避免地影响到东南亚华文诗坛。1953 年 2 月，曾与戴望舒在 20 世纪 30 年代一起编辑《新诗》杂志的纪弦在中国台湾地区创办《现代诗》杂志，标志着台湾地区现代派诗歌运动真正开幕。1956 年 1 月，在纪弦的号召下，方思、郑愁予、商禽、林亨泰等旅居中国台湾地区的诗人参加第一届现代诗人代表大会，正式宣告成立现代诗社。大会参加者达 103 人，将台湾地区大部分现代派诗人都聚集在一起，形成一个庞大的现代派阵容。纪弦等人继承了当年戴望舒的"现代派"诗观，以"领导新诗再革命，推行新诗现代化"为纲领，提出"现代派的六大信条"，表示要有所扬弃并发扬光大地包容自波特莱尔以降的一切新兴诗派之精神，明确提出"新诗乃横的移植，而非纵的继承"的主张，探索新诗之路，把诗的"知性"和"纯粹性"作为追求的目标，全方位移植西方现代主义诗歌，为台湾地区现代派诗歌运动的狂飙突起奠定了理论基础。但由于现代诗社过于强调"横的移植"和"知性"，这种反传统和全盘西化的主张，一度招致各方面的批评和抗议。纪弦曾对此进行过反省和修正，认为自己把新诗引向了歧途，所以 1959 年他宣布退出"现代派"，1964 年 2 月 1 日《现代诗》杂志宣布停刊后，现代诗社停止了一切活动。本着反对"横的移植"的主张，与现代诗社相抗衡，1954 年 3 月，覃子豪、余光中、钟鼎文、罗门、周梦蝶、夏菁、叶珊（杨牧）等人发起成立"蓝星诗社"，出版《蓝星季刊》《蓝星周刊》《蓝星诗页》等刊物，为现代派诗歌运动添薪加火。"蓝星诗社"有"新月派"遗风，力主诗歌要"注视人生"，"重视实质"，强调个性和民族精神。"蓝星诗社"诗人既利用西方现代派的技巧，又汲取传统的创作方法，他们的艺术取向较为稳健和持重。1963 年，覃子豪去世，诗社许多成员或旅美求学,或闭门封笔,随着罗门编完最后一本《蓝星一九六四》诗选后,蓝星诗社也宣布解散了。将台湾地区现代派诗歌运动推向极致的则是1954年10月成立的创世纪诗社,由号称"三驾马车"的张默、洛夫、痖弦等军中诗人(主要是台湾地区的南部诗人)发起成立的,并创办《创世纪》诗刊,其主要成员除了"三驾马车"之外,还有商禽、季红、辛郁、叶维廉、大荒、叶珊(杨牧)、渡也、蓝菱、古月、张汉良、汪启疆、罗英等人。他们以《创世纪》诗刊为阵地,广泛翻译和介绍西方现代派诗歌,编辑出版和研究中国早期现代派诗人如李金发、戴望舒等人的作品,积极鼓励诗歌创作"现代化"。创世纪诗社前期提出建立"新的民族诗型",旨在纠正"横的移植",而后期则把诗的世界性、超现实性、独创性和纯粹性作为自己的主攻方向。20世纪60年代初,现代诗社被宣布取消,蓝星诗社创作也陷入低潮,这时创世纪诗社逆势而上,将其他两大诗社的诗人聚拢在一起,一举取代了现代诗社和蓝星诗社在诗坛的主导地位,掀起新一轮现代诗创作高潮。1969年,由于经费困难,《创世纪》诗刊被迫停刊,1972年9月复刊后,又呈现出回归传统、表现现实的趋势,但此时台湾地区现代派诗歌运动已经风光不再,开始走向式微。

东南亚华文诗歌接受台湾地区现代派诗歌和西方现代主义诗歌影响,在20世纪50年代末、60年代初兴起现代主义诗歌运动,主要原因还是东南亚严酷的政治现实为现代主义的苗子落地生根准备好了恰适的土壤。这也解释了为什么当时以农耕社会形态为主的东南亚地区,并不具备发展现代主义的条件,却兴起了现代主义文学(诗歌)创作。东南亚华人在现实政治的高压之下所产生的苦闷与失落,可以通过现代主义的表现方式来进行宣泄,这样就可以躲避官方的敏感课题,可以躲避陷入现实主义的僵化文体。东南亚华文现代主义诗歌的出现,直接向统治东南亚华文诗坛达四十年之久的现实主义诗歌传统发起挑战,它们以敏锐的艺术感觉、新颖的表现方法和别致的艺术手法给当时大一统的诗坛带来骚动与不安,由此导致"写实与现代之争"(即现实主义与现代主义之争)的发生。

　　"写实与现代之争"最早发生于马华诗坛（或称新马华文诗坛）①，后来在菲华诗坛和泰华诗坛也先后发生过。如菲律宾华文诗坛自 1961 年起由菲华文联多次组织开办"菲律宾华侨青年文艺讲习班"（后来称之为"菲华文教研习会"），邀请中国台湾地区多位著名现代诗人如余光中、覃子豪、纪弦、蓉子等来讲习班讲授现代主义诗歌的创作技巧，鼓舞了大批年轻的菲华诗人走上现代主义诗歌创作之路，由此引发了现实主义创作和现代主义创作之争。在新马华文诗坛，1959 年 3 月 6 日，诗人白垚（刘戈）发表第一首现代主义诗作《麻河静立》②之后，创刊于 1955 年的《蕉风》③杂志开始大量刊登现代主义文学作品，包括现代诗。"我们承认一个事实：星马读者急切地需要认识和了解现代文学。但我们也承认另一个事实：星马读者领略和欣赏现代文学的能力是有限度的。我们目前要做的是调和的功夫：在读者的接受能力之内，介绍现代文学，我们将不断观察读者对现代文学的接受能力，酌量增加有关篇幅。"④《蕉风》努力引进现代主义文学，革故鼎新，给文坛带来新的生机、新的希望。而且，《蕉风》对西方（及中国台湾地区）现代主义文学进行介绍之时并未全盘照搬，而是考虑到马来亚的国情和读者的接受能力有选择性地介绍对象，并且还大量地刊登本土作者的现代派作品。除了《蕉风》之外，当时还有《学生周报》《海天》《荒原》《新潮》等马华刊物纷纷开始刊登本土作者作品，将大批现代诗新作者推上了文坛。但是，现代主义诗歌的新奇与晦涩，却引起

　　① 需要说明的是，1965 年新加坡从马来亚联合邦独立出去之后，东南亚的华文诗坛随之一分为二，新加坡华文诗坛简称新华诗坛，马来西亚华文诗坛简称马华诗坛，继续延用战前马来亚华文诗坛和战后马来亚联合邦华文诗坛的简称。为了论述方便，我们这里把两者合在一起时简称新马华文诗坛。
　　② 这是公认的新马华文文坛上的第一首现代诗，当时发表在《学生周报》上。虽然也有一些学者对此提出了质疑，本文还是采用这种说法。
　　③ 1955 年《蕉风》创刊，后在编者姚拓、黄崖等主持下，不但积极引介西方现代派文学及其理论，还大力扶持本地现代主义文学的创作者，发表过一系列关于"现代文学论争"的文章，由此成了现代主义的大本营。
　　④ 见马来西亚《蕉风》，第 126 期。

主流文学——现实主义的不满，由此引发了新马华文诗坛大规模的、持续近20年的现实主义与现代主义之争。

1961年，忠扬在新加坡南洋大学中文学会举办的第二次马华文艺座谈会上发表题为"关于马华文艺的思想性"的演讲，开篇指出："我们如果肯定马华的现实主义文艺的基本特征，是在于反映马来亚社会现实的真实，并通过对于典型环境的典型形象的创造，来达到教育广大人民的目的，进而完成其基本任务，即在人民的爱国事业中，（一）担负意识斗争的工作；（二）满足广大人民的精神生活的要求。那么，我们将不得不承认，马华文艺因为在客观上遭受到巨大的压力，以及自身还缺乏与劳动人民取得紧密的结合，所以被迅速发展着的社会情势，远远地抛落在后头了。"①忠扬比较清醒地意识到了现实主义文艺的困境，但由于"当局者迷"，他一时也无法解释清楚为什么现实主义会在新时代举步维艰，而只是把责任归咎为马华文艺的思想倾向出了问题。他在演讲中列举了四种亟待批判的思想倾向实际上正是刚刚兴起的现代文艺的表现。也就是说，忠扬在此将现实主义的萎缩归因于现代主义的崛起，要求重新调整马华文艺的思想倾向。作为现实主义的忠实服膺者忠扬，对现代主义艺术展开全面批判的文章是1962年发表的《评仲达的表现主义理论——兼论现代派艺术》一文。在文章中，他分析了现代派艺术产生的土壤是当代资本主义社会，哲学思想基础是"非理性的"主观唯心主义；它"背弃了现实主义的精神原则"，是"较之前此的形式主义更加荒谬绝伦的新型形式主义"。忠扬对于现代派主张"艺术家内在精神才是艺术真实的基础"，"完全摒弃过去的一切艺术传统"而"出'新'制'奇'"颇不以为然，尤其是强烈地批判了仲达所认为的"表现主义"也具有"现实主义的特质"，以"一草一木"暗示社会本质的荒诞。在他看来，"唯有狂妄的神经质者才敢大言不愧的（惭地）自认'个人的意识可以表现出人类的全意识'"。另外，忠扬认为现代派艺术所

---

①　忠扬：《新马文学论评》，三联书店香港分店、新加坡文学书屋1986年版，第3页。

表现的"空洞的、颓废的、神秘的和极端的个人主义的唯心思想"，客观上"消解了人民群众的斗志"，而现代派片面地热烈地追求"形式的唯美、绮丽、怪诞、刺激、新奇"，则会"误导人们走上脱离现实、脱离时代的艺术道路"①。可以看出，忠扬使用"二元对立"的思维方式把现代主义与现实主义对立起来，对于现代主义的"打破传统""新奇""颓废"表示了极大的不满。这种观点虽有偏激的一面，但也确实反映了当时许多读者的心态。

事实上，现代主义文学（当时称为"现代文学"）在新马文坛兴起有其历史和现实的原因。上述忠扬提到"现实主义落后于社会形势"乃是由于"客观压力"和"没有与人民紧密结合"。在这里，忠扬不敢明说"客观压力"是什么，但我们能感觉出来是指国家政治权力的压迫。如前所述，1957 年，马来亚联合邦独立，虽然在独立制宪前后风波不断，但新宪法所规定的国家原则和国家文化还是一边倒，完全倾向于马来族，使占马来亚联合邦全人口近半数的华人被置于一种十分尴尬及边缘的地位。华人一方面变"叶落归根"思想为"落地生根"，清晰地确定了国家意识，另一方面却被国家意识形态所排斥，不但不能享受与马来族同等的权利，而且还在语言、文化上面临着被"同化"的危险。再加上政府打击马共，把华人视为"危险分子"，更使马华作家处处感受到国家权力的压迫，生存环境相当压抑。因而，凡涉及政治、经济、宗教、种族、文化、教育等敏感问题时，马华作家大多采取回避的态度。这种生存策略导致文学直面社会人生、反映现实真实的现实主义精神丧失，活力逐渐萎缩。另外，20 世纪 60 年代以后，马来亚社会开始由以农业为主向工业化转变，乡村人口大量涌向城市，重心转移到发展经济方面，即马来亚社会逐渐迈向复杂化、现代化之路。而现实主义文学却没有与时俱进，依然遵循受中国革命现实主义和俄苏写实主义影响的那一套理论，僵化的文学技巧、单纯的文学表达、粗糙的文字运用已经阻碍了文学诠释日趋错综复杂的现代社会、现代人生。在这种社会背景和历史条件下，现代主义

①　忠扬：《新马文学论评》，三联书店香港分店、新加坡文学书屋 1986 年版，第77 页。

不失时机地崛起是顺理成章的事。因为它不但可以借用暗示、寓意、象征、隐喻等手法曲折地表现复杂多变的社会现状,还可以潜入人的内心世界以心灵的骚动、压抑、困惑、失落来隐约呈现那个高度压抑的社会现实,从而超越现实主义,拓展了新马华文文学的生存空间。

在文论史上,现实主义与现代主义并不是相互对抗的文学思潮。那为什么在新马文坛上它们却以对抗的关系呈现呢? 究其原因,一是由于现实主义者出于保护现实主义在文坛的地位,不能以平和的心态去接受新兴的现代主义作品,而是抓住现代主义采取象征、隐喻等方式造成"晦涩难懂"和潜入个人内心世界带来"脱离现实"等弊端大做文章,有时候将之上升到"资产阶级思想""颓废"层面进行批判抵制。刚才上面谈到的忠扬对现代派艺术的批判就是一个比较好的例子。早在忠扬的批判之前,针对《蕉风》在 1959—1960 年大量刊登的现代诗,1960 年 4 月杜萨在《南方晚报》写了两篇《新诗拉杂谈》,对现代诗首次展开批判。应该说,在新马文坛,受中国台湾地区现代主义思潮影响,现代主义最早也是在诗歌身上发生的。所以,关于现代诗的批判是最早也是最多的。这里,我们以 1964 年钟祺发表的《论诗歌的创作目的——现代诗的批判》一文为代表,分析一下当时现实主义者面对现代主义兴起的心态和批判理由。钟祺从现代主义诗人认为"诗歌的创作是没有任何目的"和"诗歌创作本身就是目的"入手,分析现代主义的艺术主张,特别以台湾地区现代派诗人纪弦和覃子豪的作品和观点为例,批判他们是"最顽固最退化的一种诗派"。他总结说:(一)现代派反对自古以来的现实主义传统,承继了"西洋一切疯狂、堕落、颓废、极端个人主义的传统",这样,会"毒害人们的纯洁的心灵,麻痹人们对生活的斗争的热情和意志";(二)现代派在作品中"散播着一种极端的个人主义悲观思想,一种对于世界对于人类的命运充满着恶意的嘲笑",是"对怀着炽热的希望从事于波澜壮阔的社会事业斗争的人们一个严重的打击"[①]。这是一种以阶级斗争的方式,

----

① 　新社编:《新马华文文学大系》(第 1 集),新加坡教育出版社 1971 年版,第 582 页。

把现代主义者(或形式主义者)归类到"极端仇视现实主义的大众文学"这一层面进行批判,其中曲解的地方很多,和忠扬的观点可以相互佐证,反映了当时现实主义者面对现代主义的"奇异风"不知所措的情状和"上纲上线"的批判做法。二是从西方引进的现代主义具有激进的反传统特征,面对现实主义日趋僵化的文学思维和保守姿态,现代主义的批判是摧枯拉朽式的,甚至不顾自身蹒跚学步时的幼稚,义无反顾地冲击新马文坛深厚的现实主义传统,不能以开放、平和的心态去谋求与现实主义的共融共存。1964 年,林方为了驳斥钟祺对现代诗的批判,发表《致钟祺先生》一文,其中引用法国诗人蓝波的话说:"一切必须现代化,因为人类既已从农业时代步入工业革命,就不应该开倒车,守旧地去写古老的东西,而应发掘身处时代的事物,方免沦为闭门造车和无病呻吟。"①对于现实主义的文学表达已经落后于社会发展形势的指责非常激烈,似乎现实主义消亡、现代主义兴起是必然的"更替",毫无商量的余地。1968 年,牧羚奴(陈瑞献)在诗集《巨人》②的自序中指出:"……一个诗坛之不'混乱',原因它已经时间的过滤。多少年来,一直有人在努力要使诗成为某种特定意识的附属品,他们喧嚣叫喊:不是这种模式制出来的,都不是诗;另一些人,一样从外地运来一些第三手的理论,鼓励所有写诗的人去依模制作。这些毫无自尊的模式主义者,给我们的诗坛带来了严重的阴恺和不自由的空气……"这对现实主义主宰文坛达数十年之久,已经模式化/僵化予以抨击。接着又说:"整个诗坛像一间老旧的屋子的今天,我们,星马少壮的一群……只好把一间风来摇雨来漏的老屋拆掉……在重建的过程中,蓝图的设计,材料的采购与应用等,除本地的之外,当然可以参考或选择一些外来的东西,但没有一个诗作者可以从外地搬来一座房屋……我们必须自建、自造一座自己的有现代化通风设备的大厦。"此处同样主张要将现实主义这间"老旧

---

① 新社编:《新马华文文学大系》(第 1 集),新加坡教育出版社 1971 年版,第 578 页。
② 1968 年,新加坡五月出版社成立,这是很长一段时间里新加坡出版现代文学书籍的唯一团体。它们出版的第一本作品集就是牧羚奴的诗集《巨人》。

的屋子"拆除,呼唤现代主义出来重建诗歌"大厦"。比较好的是,牧羚奴在此注意到了不能照搬西方现代主义理论,应该适当地融入创新意识,"自造"自己的诗歌"大厦"。然而,牧羚奴措辞还是相当激烈的,引起现实主义拥护者的反感在所难免。

在新马文坛,现代主义之所以与现实主义形成对抗之势,更多的时候是由于双方都流于"意气之争",缺乏平和、宽容的姿态相互打量/审视对方。现代主义要想获得读者、获取市场,不能片面地靠攻击、指责现实主义的疲软、僵化来进行,它除了"苦练内功"提升自身作品的艺术质量、摆脱"牙牙学语"的幼稚之外,还必须要在沟通读者方面下功夫,因为过去读者"接触的都是比较接近古典主义的作品,他们习惯的是完整的结构,着重情节的描写和以动作和对话为中心的作品;他们对现代文学是陌生的,他们看不惯心理刻画,不能欣赏那些看来似无结构的结构,也不能捕捉作家在作品中的隐喻"①。对于现实主义所指责的弊病如"晦涩"、"脱离现实"等,有些现代主义的提倡者也积极予以了回应,为读者澄清是非事实。1968 年完颜籍(梁明广)先后发表《1968 年第一声鸡啼的时候》②和《开个窗,看看窗外,如何?》③两篇文章,针对现实主义批评现代主义文学"晦涩"和"脱离现实"的说法,分别做了如下解释:"不习惯是晦涩的母亲","意境的浓缩与文学的浓缩加上现代人的特殊复杂感触"使现代主义文学"打破已往文艺的习惯","注定看起来要吃力","因此是晦涩的";"现代诗最恼人的(古诗亦然),全是它的高度象征手法。其实象征并非邪魔外道,他仍是为了写实而来。这'实'便是诗人心中的意境(写诗的人无法否认意境是现实——外在现实侵入诗人心灵,经过诗人心灵过滤后的现实)。许多现代诗所追求的正是这种最高度的象征手法"。可以说,完颜籍的分析切中肯綮,能够比较冷静地寻找现代主义被指责的原因。

---

①　《如何连接环结》,见马来西亚《蕉风》第 129 期。

②　见马来西亚《南洋商报》,1968 年 1 月 1 日。

③　见新加坡《文艺季风》第 5 期,1968 年 10 月。

20 世纪 70 年代以后,新马文坛现实主义与现代主义之争仍然时断时续,但一个不争的事实不容忽视,那就是现代主义文学渐渐为读者所接受,打破了现实主义一统天下的局面。尤其是现代主义在小说领域兴起之后,现代主义的提倡者渐趋平和,开始立足于自身生命的体验,谋求与时代、传统的沟通,在不脱离华族文化、南洋乡土的基础上与西方现代主义思潮接轨,逐渐形成独具一格的“东方现代主义”模式。而现实主义在与现代主义的论争中,也开始反省自身,注意吸取一些现代主义的表现手法,拓展表现空间,向方修所划分的现实主义之最高阶段“新现实主义”进化。1978 年,温任平发表《马华现代文学的意义和未来发展:一个史的回顾与前瞻》①一文,不妨看作是现代主义与现实主义之争的总结性文章。在这篇长长的文章里,温任平首先指出“现代主义”与“写实主义”(亦称“现实主义”)不是对立的两种主义,提醒人们注意“‘现代主义’也是写实的,它所着重的不仅是‘外在的写实’,更重视‘内在的心理的写实’”。接着,温任平为马华现代文学溯源,确定白垚(刘戈)1959 年 3 月 6 日发表在《学生周报》上的诗作《麻河静立》是第一首现代诗,对《蕉风》推行现代主义思潮的功绩给予了肯定,而且着重分析了现实主义与现代主义为什么会形成对峙之势的原因。他指出:因为现实主义盘踞文坛数十年,显得“老大疲弱”,“粗糙的文学表现形式已不能满足作者的内在要求”,“使得不少勇于尝试创新的作者感到不耐甚至厌恶”,导致现代文学兴起;而“现代文学的崛起使得写实主义”的“传统地位”受到挑战,写实主义的作者群因而“有时是以谩骂方式”,“有时是较为间接的影射”,将现代文学斥为“异端”“崇洋”“晦涩难懂”“表现的只是资产阶级与小资产阶级的意识”“没有道出劳苦大众的心声与愿望”等,“使得现代文学的作者一方面为自己辩护,另一方面则指出对方文学观点的错误或偏激处”。这样,两派便形成对峙之势。

---

① 1978 年 12 月 16—17 日,大马华人文化协会在吉隆坡联邦大酒店举行“通过文学,发展文化”的研讨会,温任平提交了这篇文章。见温任平:《文学·教育·文化——研讨会工作论文集》,天狼星出版社 1986 年版,第 1 页。

两派作者因此"发生过多次笔战",但"逞意气的成分"较多。作为现代主义的代表诗人温任平,身在论争圈内,能够这样辩证地分析现代主义与现实主义的关系,十分难得。

对应来看台湾诗坛,如前所述,纪弦为首的"现代"诗社,覃子豪领衔的"蓝星"诗社,洛夫、痖弦为骨干的"创世纪"诗社领导了一场新诗革命,这三大诗社在理论倡导上多有龃龉,比如现代诗社侧重象征主义移植,蓝星诗社致力于古典与现代交错,创世纪诗社则倡导超现实主义等,但它们都有一个共同点,那就是反传统的西化。尽管后两个诗社在理论上多次非难纪弦所提倡的"横的移植",可实践中却都没拒绝西方现代主义诗歌的影响。因为正如白先勇所指出的:事实上20世纪中国人所经历的战乱的破坏,比起西方人有过之而无不及,传统社会和价值更遭到空前的毁灭,"在这个意义上我们的文化危机跟西方人可谓旗鼓相当。西方现代主义作品中叛逆的声音、哀伤的调子……我们能够感应、了解、认同并且受到相当大的启示"[1]。但是我们必须明白,西方现代派的"孤绝""疏离"等是来自对工业过度发展的反应,而台湾地区作家的"孤绝"则多来自极其复杂的政治、历史、家园情结,只不过后者仍从前者那里找到了适合表现自己这种"孤绝"的内心世界的策略而已,从而产生了一种发声源不同但音调相似的谐振共鸣式的回响。这就是说,西化本无可厚非,五四新诗也是从西化中增添了生命力,获得了创新机制。但西化如果不注意和诗人自身条件以及社会现实结合起来,就只能成为西方现代主义的附庸。如果"内容上忽视本土特征,不敢面对现实,膜拜弗洛伊德、尼采、叔本华等足下,经营潜意识;艺术上挖空心思地追求繁复意象,语言晦涩牵强,妄想以西化脱胎换骨,重造中国诗歌。结果多数作品蜕化为用中文写的西方诗,在审美惯性强劲的中国读者面前,走入迷离难解的空中楼阁,举步维

---

① 白先勇:《第六只手指》,文汇出版社1999年版,第178页。

艰。"①20世纪20年代，象征派诗人李金发已经犯过类似的毛病。正因为如此，台湾现代诗运动一开始就遭到大批现实主义者的围攻和批判。在批评与论争中，台湾现代诗人逐渐正视到自身的弱点，正视到脱离本土与读者的危险性，正视到"在形式上（语言或题材上）过分欧化"，"在精神上太过孤绝，流于个人的梦呓，欠缺广大社会的关注和同情"②，开始了向民族传统回归。回归后的台湾现代诗质朴清新，立足于社会现实，一反过去那种意象驳杂和语言乖张的做法，将带有本土情思的山村石磨、牧童笛声、澎湖湾美景入诗，渐渐脱去西化的外衣。而另一方面，台湾地区的现实主义诗派经过论争后，也开始适当吸收现代主义的艺术手法，提高诗歌的表现力和语言张力。1964年"笠"诗社在中国台湾地区成立，标志着这种新现实主义诗潮的兴起。它上承台湾新诗的乡土余脉，旁采域外现代艺术精华，立足本土进行创造，即在返朴归真的同时又跳荡着现代的脉搏。由此可见，现代主义与现实主义经过论争，结果并不是一方压倒另一方，而是最终走向了大合流。

与台湾现代诗坛一样，东南亚华文诗坛经过了"写实与现代之争"后，其现代诗也开始了向民族传统回归的趋向，并最终也走向现代主义与现实主义的合流。温任平在《马华现代文学的意义和未来发展：一个史的回顾与前瞻》一文中也预示了这个趋向。他一方面痛心现实主义文学"沦为工具"，一方面对现代主义文学所患的幼稚病予以无情地揭露。他希望现代主义文学的作者能够正视如"文字的生涩""精神的颓废倾向""作品缺乏深度和广度"等现代主义文学常见并被现实主义者经常攻击的弊病，不能讳疾忌医，应该从论争中获取经验，"然后另谋兴革"，把加强"社会性"作为现代主义文学今后发展的方向。也就是说，现代主义文学必须合理吸收现实主义文学的某些因

---

① 罗振亚：《中国现代主义诗歌史论》，社会科学文献出版社2002年版，第164—165页。

② 痖弦：《现代诗的省思》，《中国新诗研究》，洪范书店1981年版。

子,以提升自身的艺术质量。① 下面,我们以新加坡著名华文诗人陈瑞献的创作看看这种趋势变化。请看他的早期(20 世纪 60 年代)诗作《哑子》中的一节:

> 看猫的眼瞳反映昼夜/而眼瞳长流着黄连的苦汁/谁愿诠释他的目语/谁不喜欢愚人节的集体撒谎/欲望沉淀,积一山的块垒/储一宇宙的秘密于心坎/但哑子有初民的爱,爱欲内的景致/爱及每粒微小的红尘与海之银沫/像那个声带初切断的小鲛人

这里意象密集,手法含蓄象征,以猫的眼瞳能够反映昼夜为人所理解来反衬哑子虽然眼瞳藏满秘密与爱欲,但无人理睬的悲伤,尤其是人们宁愿去听愚人节的集体撒谎,也不愿意费神去理解哑子的目语,更是让人心酸不已。总的来说,这首诗已超出了一般读者的理解范围。到了 20 世纪 70 年代,陈瑞献诗歌的意象跳跃更远,手法上超现实的意味更浓,特殊的经验表达造成更为难读的局面。请看他的《女囚画像》:

> 许多条柔软的梯子托住/一个箱子是她的家/没有五官/只有一个新月是一幅画/她答我问时/画框左右两条缱缱的铁丝线/在抖动是她的耳朵/她的所谓丈夫/躲在浴室内//以后我在观众如蜂群的监视下/一个圆场上应试/答击中问时/在空中纠察的卫士/以强光灯/闪耀我苍白的五形

除了意象的跳跃之外,我们恐怕很难捕捉到其中的真义了。

---

① 参见温任平:《文学·教育·文化——研讨会工作论文集》,天狼星出版社 1986 年版,第 1 页。

令人欣喜的是，到了 20 世纪 80 年代之后，陈瑞献有一部分作品开始呈现一种通脱朴实的风格，与他的禅宗体验结合起来，向传统回归。请读他的《峇厘魔》：

> 一个女儿出嫁／一个父亲的身尸／烧成一树璀璨的舍利／吊在横梁的油灯／总有一天映抚他影／昨日所以把我／从稻禾梦／从峇厘的摇篮／扔回闹市中／／花是男男女女盛开的耳朵／我的脚腾起／在行人道上／行人道的瓷砖长青竹／像滚动的野火那样长青竹／大道，梦幻长廊／购物大楼是层层的梯田／在竹乐中摇曳／车声是卷不完的涛声／大厦组大山脉／穿着烟雾／日出我不忘你静定的海滨／日落我为你霍霍点火／峇厘，给我酒／闪开排排文件夹／否则是夹死的灯蛾／加彩的林中火焰看不见／加倍的虫鸣听不见／所以再奔圣泉／直入你的默语／今日在庙庭内／峇厘，给我一只公鸡

诗人将乡村大自然意象与一个城市的意象交错起来，利用情调上的对比，突出乡村与城市的矛盾不统一。其深层意义则是透露出一种矛盾的生存状态——滞留于城市却没忘记乡村的情怀。在牵人心思的依恋中，我们可以隐约感觉到诗人潜在精神还乡的意识，这不正好进入陶渊明的"结庐在人境，／而无车马喧；／问君何能尔？／心远地自偏"的境界了吗？不难看出，陈瑞献在向传统回归的过程中汲取了现实主义的某些因子，诗风开始有了趋向明朗的一面。

现实主义与现代主义走向合流的过程中出现了两种倾向：一种是现代主义克服自身弱点，汲取现实主义的某些因子，使诗歌渐为大众所接受；另一种则是现实主义适当吸收现代主义的表现手法，提高诗歌的艺术质量。前者已经以陈瑞献为个案分析过，后者我们则以马华诗坛著名的现实主义诗人吴岸为例，来进行分析。

20 世纪 50 年代末，吴岸以第一本诗集《盾上的诗篇》赢得了"拉让江畔的诗人"的盛誉，坚持诗歌关心现实、关心大众生活是他这个时期的诗歌特色。这个时期，诗人除了写诗之外，还发表一些类似评论的文章，谈自己对文学创作和诗歌的理解。例如吴岸认为，作家应该认识到参与社会、了解各民族各阶层人民生活的重要性，自觉地扩大自己的生活圈子，从生活中吸取题材和养料，创造出具有爱国主义思想的现实主义作品来，这是典型的现实主义文学观。请看他的《后园小景》：

　　　毛丹满树红，/毛丹树下遍地红，/缤缤艳艳，/画意浓。//毛丹丛里有村童，/毛丹丛下有村童，/摘摘吃吃，/微雨中。

全诗就是一幅活泼的动画，诗人从现实生活取材，分别描写了红毛丹树上和地下红红火火、相映成趣的美丽景象：村童出没于红毛丹丛中，边摘边吃，气氛热闹异常。语言极其精简，但韵味悠长，留存淡淡的甜香，记载了诗人对于乡土的热爱。

20 世纪 60 年代中期因生活变故吴岸突然从诗坛消失，直到 70 年代末才复出。经过 10 年沉寂而复出的吴岸，诗风为之一变，由原来朴实的现实主义转向了新现实主义①，即运用象征、隐喻和通感等现代派表现手法对现实进行艺术化的表达，产生多义的现实。请看他的《人行道》：

在一亩天地里/人行道太漫长/清早/踏着它奔跑/黄昏/踩着它

――――――――――

　　①　新现实主义是文学史家方修提出来的概念。他在《马华文学的主流——现实主义的发展》的论述中，将新马现实主义文学的发展趋势概括为"客观现实主义——批判现实主义——彻底的批判现实主义——新旧现实主义过渡期——新现实主义"五个连贯的过程，认为现实主义文学是开放式的向前发展，能够合理地吸收其他流派的创作技巧，不断丰富自身。参见方修：《马华文学的主流——现实主义的发展》，《新马文学史论集》，三联书店香港分店、新加坡文学书屋 1986 年版。

踱步／一月／一年／十年／竟无法抵达它的尽头／在一亩天地里

这首诗表面看平淡无奇，实则内涵丰富。诗人观察到都市人日复一日地在狭小的空间里生活，感到逼仄与压抑，以此来暗喻人难以超越自我，无法突破他所生存的那个社会。"人行道"是中心意象，诗人用"一亩天地"作为象征，更是凸显了现实的惰性和生活的无奈。吴岸曾说："现代派对现实主义传统的对抗，客观上也不是一种坏事，它激励了现实主义作家检讨自身的缺点，尤其是在写作技巧方面存在的弱点，寻求新的突破。"①可见，这种自觉给吴岸诗歌带来了新的突破。对现实主义诗歌来说，也是一大突破。再看他的《我何曾睡着》：

依稀／是江南红绿／我探步出洞／在佛山哪个寨尾？／登高踏桥／在羊城哪个街头？／那缠腰的壮士／挥引着绣球／逗我／千里蹿扑／霍然一个腾空／抉掌声雷动／不觉／双双／已飞度万里重洋……

这里诗人渲染梦境，描绘自己在梦中回到故乡（广州和佛山）参与舞狮活动，一个惊吓，才发觉刚才梦飞了万里之外。诗人运用了"时空跳跃"和"时空交错"等现代派手法，扩大了现实主义诗歌的艺术表现力。

东南亚华文诗坛发生现实主义与现代主义的论争，最终在向传统回归的途中完成了现实主义与现代主义的合流。这种趋向是世界诗坛的必然走向，比如西方文坛 20 世纪 30 年代发生卢卡契与布莱希特的关于"现实与现代之争"，同样以走向融合而结束。与其他诗坛有所不同的是，东南亚华文诗坛的这种合流是在向传统回归的途中完成的，而这一传统不是别的传统，而是华族传统，这就难免给东南亚华文诗歌带来浓厚的中国性。因而，从 20 世纪 50 年代末至 80 年代

---

① 吴岸：《到生活中寻找你的缪斯》，《到生活中寻找缪斯》，大马福联会暨雪兰莪福建会馆 1987 年版，第 30 页。

初,取法欧美和中国台湾地区的现代派的东南亚华文现代诗虽然风行一时,但并未摆脱中国性的纠缠。这一切全是东南亚华文诗人心中的中国情结在起作用的结果。

三、 天狼星诗社与五月诗社

东南亚华文诗人由于外在现实的压抑而选择了现代主义诗歌,企图为苦闷、孤绝、焦虑、彷徨的心灵寻找一条宣泄的渠道,却遭到现实主义主流的批判。正如马华诗人李有成所指出的那样:"20 世纪 60 年代的新马华文文坛不时有所谓现实主义与现代主义之争——这样的争辩至今似乎火苗未熄,余烬尚温,只不过燃火的已是另一批人。现代诗常被笼统视为现代主义的产物,而被批评为语言晦涩,脱离现实。这中间显然误会太深。文学与现实的关系本来就很复杂,其中还涉及语言符号的中介、文类成规的规范、真实与虚构的辩证等,原本就不是三言两语可以道尽。"[①]为了克服现代诗脱离现实土壤和不符合民族传统阅读习惯的弊端,东南亚华文诗人选择了向华族传统回归,使中国性与现代主义联姻,形成独具特色的中国性—现代主义诗歌,或称东方现代主义诗歌。这类诗歌最具代表性的创作者来自马华诗坛的天狼星诗社和新华诗坛的五月诗社。

马来西亚的天狼星诗社成立于 1973 年,由绿洲、绿林、绿原、绿湖、绿田等九大分社合并而成,以温任平、温瑞安兄弟为主将,集聚了当时一批较为新锐的现代诗人,如黄昏星、方娥真、蓝启元、周清啸、张树林、殷建波、廖雁平、许

---

① 李有成:《诗的回忆——代自序》,《时间》,书林出版公司 2006 年版,第 17 页。

友彬、谢川成等。天狼星诗社的出现正是在马来西亚推行国家文化三大原则①之后，华文教育、华族文化处于危急存亡之际。天狼星诸子以承传华族文化为己任，通过手抄、油印借来的图书和自办刊物、结社举办文学活动等维系华族文化属性，同马来西亚的单一国家政策进行对抗，拒绝同化。这种对抗与马共的武装对抗是不一样的，因为他们已经认同了这块土地，只是对于马来政府企图同化华人的做法有所抵触。他们的心态是典型的乙类华人心态，他们中国情结深厚，希望能保持华人的独立地位和作为华族存在的文化属性。他们的创作采用象征、隐喻、暗示等现代主义诗歌的艺术表现手法，从中华历史文化和古典诗词中取材，化用传统典故、意象、意境等是其一大特色。实际上，天狼星诸子正是以这样的创作姿态融进华教运动的大潮，参与"传统中华文化之创造"，为马来西亚华人保存文化之根。请看温任平的《再写粽子》：

> 我把粽子交给你/你把它放进嘴里嚼起来/突然/你似想起什么似的/张口欲语/我看着你瞪（瞠）目结舌，哽着/抽噎着，呼吸急促，象一串不连串的泡沫/期期艾艾/说不出半句话来/我听见在河的下游/有人/单独地在吹竽

我们知道，现代主义诗歌一般在诗质上以主知的诗想取代感伤的诗情，而主知的诗想主要通过戏剧化、象征化、意象化三种表现手法得到实现。从这首《再写粽子》不难看出，温任平颇得这三种表现手法的精髓，运用起来得心应手。首先，他以戏剧化的手段塑造了"你"吃"我"给的粽子时被噎的场景，而

---

① 国家文化的三大原则是指：第一，国家文化应以土著文化为核心；第二，其他文化因素，如果它们适合及自然，可被接受成为国家文化的一部分；第三，回教必须成为国家文化重要的一环。可参见陈祖排：《国家文化与华人文化》，戴小华总编辑、罗正文主编：《当代马华文存之5》（文化卷·80年代），马来西亚华人文化协会2001年版，第44页。

这时"我"却听见河的下游有人孤独地吹竽。这里"我"和"你"表面看并没有确定的所指,但与"粽子"这个充满中华传统文化意味的意象联系起来,我们就不难明白,"我"和"你"都是传承中华文化的华人,"你"吃粽子被噎实际上是象征着华人在传承文化传统时被当局钳制的尴尬。"河"的意象是喻指中华文化传统之河,那么"我"听见河的下游有人吹竽就不难理解了,那是象征着不管当局如何钳制,纵使处于孤独无援的境地,华人传承文化的决心不可动摇。整首诗象征意义浓厚,避开了与外在现实世界的直接碰撞,利用古典意象的转化,达到讽喻现实的目的,从而隐晦地表现了华人坚守传统文化的姿态。

温任平自喻是现代的"屈原",他的学生谢川成曾经以"屈原情意结"和"现代屈原的悲剧"为题评论过他的诗歌。屈原一心为国却不为朝廷所容,被放逐以至自戕,一直被视为是古典文人高风亮节的代表,在温任平心中屈原已经是一种精神的象征。温任平在《水乡之外》《夜航感觉》等诗作中重复使用水、船、舟子等意象,使人联想到屈原以及隐匿在屈原象征形象后面的历史和象征意义,请看:

> 有人走来/下着雨,他没有披蓑衣/踽踽在黄昏时节的昏蒙中/咳嗽起来//他缓步向前/步入齐膝的浪花里/在全面的冷沁中,去遗忘/楚地的酷暑/淹过他的五绺长须之后/他微笑,带点不经意的揶揄/他抬头看天,最后的问句已经结束/就把头猛然插进海面去/一块全白的头巾,如最初的莲台/冉冉升起
>
> ——《水乡之外》

诗人再现了一幕带有现代意味的"屈原自沉汨罗江"的情景。镜头集中在屈原身上,特别描绘他以缓慢的步伐走入海中,这种缓慢有助于悲剧气氛的逐渐增加,最后以"全白"头巾像"最初的莲台"一样升起来喻指屈原的高风亮

节。温任平并没有经历过任何流放外地/国外的生活，他以屈原的被放逐自喻，崇尚高洁的精神，更多的是一种精神上的应合。这种精神流放是在文化认同与现实生活发生冲突之下产生的，换句话说，就是诗人/华人认同"文化中国"为当局所不容，被置于边缘，从而产生被放逐之感。被放逐感经常伴随着孤独、寂寞与失落，温任平的许多诗作都表现了这样一种情绪。温任平这种文化上坚守的悲剧感是天狼星诸子的普遍情绪，这与他们为华族请命安身的使命感息息相关，也使得温任平更加拥抱中华文化，因为源远流长的中华文化传统能够使他产生自豪感，可以帮助他对抗所处的贫乏的文化环境。请看《流放是一种伤》：

> 我只是一个无名的歌者/唱着重复过千万遍的歌/那些歌词，我都熟悉得不能再熟悉/那些歌，血液似的川行在我的脉管里/总要经过我底心脏，循环往复/跳动，跳动，微弱而亲切/熟悉得再也不能熟悉/我自己沙哑的喉咙里流出来的/一声声悸动/在廉价的客栈里也唱/在热闹的街角也唱/你听了，也许会觉得不耐烦/然而我是一个流放于江湖的歌者/我真抱歉不能唱一些些，令你展颜的歌/我真抱歉，我没有去懂得，去学习/那些快乐的，热烈的，流行的歌/我的歌词是那么古老/像一阕阕失传了的/唐代的乐府/我的愁伤，一声声阳关/我的爱，执着而肯定/从来就不曾改变过/纵使你不愿去听，去关怀/那一下下胡笳，十八拍/可曾偶尔拍醒你躺在柔垫上的梦？……

诗中"唐代的乐府""一声声阳关""胡笳十八拍"当然能使我们联想到文化辉煌的汉唐时代，诗歌表现了诗人即使被流放，也能在其中找到精神支柱，由此可以看出诗人对中华文化的亲近感与认同感。

天狼星诗人还喜欢捕捉中国古典意象，如"明月""灯火""杨柳""风雨"

"江河"等,追寻一种存在于中国古典的意境或情怀,从而去坚守华人的文化和理想。请看堤边柳的《月,无意地醉了》:

　　　　一盏盏橙黄色的灯在燃烧/燃烧着某个夜晚的落魄/依然是一棵树……/日逝月逝年逝夜逝/逝去的是那欲掩而掩不住的星空/飘飘荡荡的夜在我的脚底下/踏成一个不完整的明天/挥落下一缕轻烟/拾起夜色中迷蒙的眼睛/月将乘夜而换了明朝的新脸/不完美不残缺/而那一幅新脸仍渴望与夜作一次挑战

诗人选取"月,无意地醉了"这一场景来写游子在特定的环境中所产生的错觉。月亮的光照和清冷最容易触动孤身远客的思绪,也最容易使人想起故乡和家里的亲人,因为中国古典诗词中的明月往往是游子与故乡情感联系的纽带,正如这里的月儿曾映照过家人团聚的欢愉幸福,此刻却照耀着天各一方的孤寂与思念。再如杜君敖的《中秋》:

　　　　风把长成街吹成死巷/红蛋烧鸭炖鸡或肉/在鼻前嗅到一点点的香烟味/前代的故事/已被风吹散/古典的向往/迷烟的美/是汽车后的乌烟/灯笼里边的蜡烛/一根灰烬的火芯/照住孩童的笑/幻减/当灯笼叫古董/八月的第一天/博物馆必是我见物思乡的时候/前面后边右头左侧/弥漫了朝代的烟香/使我跪在历史的坟前/哭泣

诗歌虽然是写"中秋",可诗人并没有突出似水的月光、团圆的欢乐,而是以"风把长成街吹成死巷"起头,从华人过中秋的意境中感受到华族传统的失落。诗人因为想到"灯笼"即将成为古董而无限悲哀,只好"跪在历史的坟前/哭泣"。还有谢川成的《秉烛》:

　　我不知如何展读灯火/天都快亮了/是谁/在远处朗诵/一首激

昂凄楚的诗

　　诗人在此将"灯火"拟人化,赋予其生命的内涵,象征着生命的脆弱,在天快亮的
时候,灯火即将熄灭,所以听到远处传来"激昂凄楚的诗"。从象征意义上来理
解,这何尝不是诗人面对华人文化逐渐被压制同化的一种悲哀心境的展露呢?
　　天狼星诗社的另一员主将温瑞安前往中国台湾地区求学以后,于 1976 年
在台湾重组"神州诗社"(参加者有黄昏星、方娥真、周清啸、廖雁平等天狼星
诗社骨干),与马来西亚的天狼星诗社分裂。虽然台湾只是中国版图上偏向
一隅的小岛,但温瑞安等人来到台湾,在他们意识深处这等于回到了中国。
使他们万万想不到的是,他们来到台湾之后,发现"现实的中国"与他们"想象
的中国"并不相同。虽然当时台湾当局出于政治上的需要,把他们看成是"侨
民",欢迎他们回归,但事实上他们在台湾还是处于边缘位置,而台湾本身相
对于大陆也只是一个小海岛,加上他们联想到自身在马来西亚的遭遇,一种
多重放逐的悲痛感油然而生。多重放逐的命运使他们无法找到一个平衡点
以慰藉漂泊无依的心灵,只好认同台湾当局的"大中华"想象,在这种想象中
完成关于"神州"的建构。以温瑞安为例,如果说天狼星时期的温瑞安还只是
孺慕中国传统文化,以"冷月""小舟""灯火""江河"等意象入诗,表达一种拥
抱中华传统文化的心志的话,那么到了神州时期,温瑞安已经开始全面认同
中国(包括政治上),以比"台北人/中国人"还"中国"的华人自居,更加珍惜自
己的中华血缘和使命感。吊诡的是,台湾实实在在只是现实中国的一小部
分,它与疆域辽阔的大陆遥遥相望,因而对于温瑞安寻神州诸子来说,"中国"
只能靠想象来建构,于是,极具想象力的武侠诗及武侠小说便成为温瑞安的
建构武器。想落天外的武侠世界——江湖,为温瑞安等承担起文化上"舍我
其谁"的抱负提供了自由驰骋的舞台。他的诗集《山河录》则成为他想象中国
的代表作。《山河录》完成于 1976 年,共有十首诗,以长安、江南、长江、黄河、

峨眉、昆仑、少林、武当、西藏等颇具武侠特色的地理意象为诗题。诗人在此想落天外,借由想象来创造他的文化共同体——"文化中国"[①],台湾诗人林耀德对此评价很高,他认为:"《山河录》所占据的位置,是 20 世纪 70 年代华文诗的最高成就之一,那庞硕的心象和交响诗的音象首度成功地规模了中国抒情文体的大河诗型,作者虽没有去过长安、江南、长江或者黄河,但是这种经验的匮乏反而迫使他进入一组崭新而富创意的精神领域,他的经验不在'地点',而在于一个辐射性的多维空间。"[②]确实,诗人没有去过中国大陆,"经验的匮乏"反而成就了他的浪漫想象,可以使他超越现实的限制,以文字符号作为文学的砖瓦建构起"中国蓝图",创造了一个属于抽象的、个人的中国,承担着"为中国做点事"的使命,颇具侠义之气。请看他的诗作《江南》:

这便是江南

多同情和爱

多花多水,多柳多桥

多堤多岸,浓音软语

都是江南,这小小春光的江南

千万里外的江南

那江南才子无法度过的江南

度过便无法忘怀的江南

---

① 这里需要说明的是,神州诗社提出的"文化中国"比杜维明在 20 世纪 80 年代末期提出的"文化中国"还要早上十年。1979 年,神州诗社出版了第 2 号、第 3 号《青年中国杂志》,专题分别为"历史中国"和"文化中国"。他们所提出的"文化中国"主要还是因为孺慕中华文化、地理以及历史,作为居住在海外的华裔,有这种天然的情感是很自然的,更何况当时由于国际两大阵营的对立,大马华人已经和中国母体完全断绝了联系。然而,在潜意识里,"文化中国"的提出,也隐含了诗人们对自己所在国政治的不满,这种不满很容易转移为寻根意识,从而借着民族文化的资源寻找精神上的寄托,同时在符号意义上含有抵御国家强权政治的意味。

② 林耀德:《笔走龙蛇》,温瑞安:《楚汉》,尚书文氏出版社 1990 年版,第 6 页。

温瑞安笔下的江南，"多花多水，多柳多桥，多堤多岸"，尽显江南水乡的柔情，尽显江南柔美温婉的气质。江南的秀美与瑰丽常使诗人陷入对"中国"无尽的想象和怀念之中，寄托着浓浓的文化乡愁。而当诗人在想象跨越长江和黄河，来到北国边陲，则又呈现出另外一番截然不同的意境和情致，请看他的《西藏》一诗：

> 在边疆里许多戎马、许多旅人的篝火
> 许多马畔的烟息，落日依旧长
> 圆。
> ……
> 从匈奴的杀伐，鲜卑的金甲
> 俄勒的弯刀，突厥的蹄风
> 回鹘的号角
> ……
> 风云际会的边疆
> 只有飞沙长骋才会有真实的感觉

在温瑞安的想象中，"大漠孤烟直，长河落日圆"是边疆特有的景致，恶劣的自然环境和气候条件却阻挡不住匈奴、鲜卑、突厥等少数民族在此风云际会、对阵厮杀，然而，这一切都没有吓倒那些英雄侠客，反而令他们心驰神往，愿意去体会那种"只有飞沙长骋才会有"的"真实的感觉"。江南的秀美和塞北的粗犷，南北迥异的地理景观予人以充分的想象空间，我们可以通过诗人所营造的独具江南和塞北特色的意象来透视他的想象和象征意义。所以，我们可以看到，与天狼星诗社分裂之后的神州诗社，因其在台湾的尴尬地位，对"中国"更加向往，因为毕竟台湾不能代替"中国"："……历尽艰辛地，我们来到了这梦寐以求之地，我们是快乐了吗？……我们落寞地走着，唱着流浪的歌。

我们在台北的晚秋里,在凄冷的夜风中,在人们都酣睡的子夜,我们声声地厉呼着他们的名字。啊你们在哪里,你们酣睡了没有? 我们千里迢迢赶来,想抓住一些什么,可是连风也抓不住。"①温瑞安等人更加向往"中国"之后,导致"大中华情结"无限泛滥,导致温瑞安被台湾当局囚禁,甚至后来被驱逐遣送回国。遭到马来西亚政府拒绝入境之后,他只好流落到当时的英国"殖民统治"下的——香港,继续在武侠小说世界里徜徉他的中国想象,活在自己的原乡想象和民族迷思之中,他写道:"我们活在现代,活在无根的现代,让我们痛苦地站起来,走回传统,走回传统和古典去。"②

新加坡华文诗坛的五月诗社成立于 1978 年,由文恺、淡莹、谢清、南子、流川和喀秋莎发起成立。五月诗社成立后,得到众多现代诗人的响应,林方、梁钺、蔡欣、贺兰宁、郭永秀、华之风、希尼尔、伍木、林也、董农政、刘含芝、周维介等随后纷纷加入。从发展轨迹来看,五月诗社承继了 20 世纪 60 年代马华文坛(包括新华文坛)的现代主义诗风,但与之稍有不同的是,新马华文诗坛经过长时间的"写实与现代的论争"之后,这时候出现了现实与现代相融合的趋势。那些在 60 年代已经崭露头角的现代派诗人如文恺、谢清、南子、流川、贺兰宁、林方等诗风也开始趋向于这种融合。正如五月诗人林方所说:"我把强调'现实'意义的诗戏喻为'蚕吐丝',它的更大要求毋宁在制造一件合身的衣服,而把醉心'现代'意味的诗戏谑称为'蜘蛛丝',虽被斥为出自'旁门',却能轻易捕获斑斓的蝴蝶。当'正统'与'异端'为确立各自的逻辑蕴涵而展开激烈论争之际,许多衣服上都出现了美丽的蝴蝶图案,那无疑是以蚕丝为经、蛛丝为纬,纵横交错用功编织出来的。"③林方的话道出了五月诗人的心声,以"现实"为经、以"现代"为纬编织出来的诗歌世界正是五月诗人共同的艺术追求。请看林方的《纸飞机》:

---

① 温瑞安:《美丽的苍凉》,《天火》,百花文艺出版社 2002 年版,第 59 页。

② 温瑞安:《龙哭千里》,言心出版社 1977 年版,第 39 页。

③ 见《五月现代诗选》,新加坡五月诗社 1989 年版,第 86 页。

> 把每一立方日子／压缩成薄薄一张日历／我不断向蓝空标去／一
> 只只纸摺的飞机／有的忧愁，有的快乐／都已远扬无迹／／无数的纸飞
> 机／偏有一只，沉甸甸地／任飞也飞不起／只因那天／在我们之前杨柳
> 依依／我们之后霏霏细雨

诗人通过丰富的想象，把抽象的时间变成具象可把握的"日历"，以日历折成的"纸飞机"一只只标向天空象征着飞逝而去的一天天日子，而其中有一只"纸飞机"沉甸甸地飞不起来，则说明这一日给我们留下了深刻印象。为什么会留下深刻印象呢？因为那天是"我们"分别的日子。诗人化用了《诗经》里的名句来描写分别的情景，以"杨柳依依"象征离别时恋恋不舍的样子，以"霏霏细雨"象征别后的孤独寂寞和思念之苦。全诗采用了多重象征手法，具有现代诗的意蕴，但诗风明朗，显然是现代主义与现实主义相融合的结果。

　　我们知道，东南亚华文诗坛的现实主义与现代主义合流是在向华族文化传统回归的途中完成的，五月诗社当然也不例外，从《纸飞机》化用《诗经》里的名句就不难看出。而且，实际上诗社以"五月"命名本身，也已经表明了诗人们传承中华文化传统的心志。"五月，是缅怀屈原的时候，是收割诗的季节。饮恨含冤的楚臣远了，忧国忧民的情怀，却随呼啸的诗风排山倒海南来。诗灵越峰、过洋、穿雨、行云，南来小小的岛国。我们吮吸每一滴风中的精华，开创了另一个诗的天地。……只要可以行吟的季节还在，龙舟必会越浪启程，载满五月诗花、五月的行板。有水的地方就有舟，有岸的地方就有歌。听吧！我们既已豪饮岛国的池水，必唱家乡音，必吟家乡诗。"[1]五月诗人以中国历史上的伟大诗人屈原为楷模，继承屈原精神，这是他们中国情结的一种典型表现。他们和天狼星诗人认同屈原有很大不同。天狼星诗人主要以屈原

---

　　① 《五月的行板——创刊词》，《五月诗刊》创刊号，新加坡五月诗社，1984 年 5 月，第 1 页。

的流放来隐喻自己的处境,而五月诗人则以屈原伟大的人格和忧国忧民的情怀为讴歌对象,寄托他们对社会现实的不满和批判。请看郭永秀的《你的名字》:

> 多少人还记得起/你的名字,记得起/曾有人散发悲歌/在汨罗江畔/为一页不可改变的历史/哭了又哭,抱起岸边一颗无辜的大石/投入永不回头的江水中/……//你的名字——/如一片响彻云霄的钟声/在不肖子孙的耳中/激不起一丝丝/寻根的回响//你的名字——/如一幅七彩绚烂的名画/在没有自尊的社会中/因有意或无意的漠视/而慢慢褪色/最后,消失在/这善忘的世纪中/……

对于新加坡华人社会失落了屈原精神,诗人感到愤激和悲伤。"在不肖子孙的耳中/激不起一丝丝/寻根的回响",这是多么令人痛心的事情,因为在某种程度上屈原精神实际上就是中华民族精神的象征,失落了它就是失落了中华民族的"根"。

　　1965年新加坡从马来亚联合邦独立出去之后,致力于经济建设,很快实现了社会转型,成为经济发达的"亚洲四小龙"之一,但日趋商业化的经济环境和西方化的国民教育给社会发展带来种种弊端。我们知道,新加坡社会以华族为主体,可是执政政府却规定英语为第一国语,在全社会逐步推行英语化教育,华文教育不可避免地遭到挤压。迫于生存和就业的需要,许多华人家庭都将自己的子弟送到英校接受教育以便给他们谋求一个好的前程。到了1984年,华文教育被推入低谷,华文小学几乎出现"零招生"的情况。这样,在新加坡年青一代不懂华语,不理解华族社会的风俗习惯已不是一件稀奇的事。面对这种伪西方化所导致的华族"失根"现象,华文诗人忧心忡忡。五月诗人梁钺的名诗《鱼尾狮》较为典型地表达了这种心态:

　　　　说你是狮吧／你却无腿，无腿你就不能／纵横千山万岭之上／说你是鱼吧／你却无鳃，无鳃你就不能／遨游四海三洋之下／甚至，你也不是一只蛙／不能两栖水陆之间／／前面是海，后面是陆／你呆立在栅栏里／什么也不是／什么都不像／不论天真的人们如何／赞赏你，如何美化你／终究，你是荒谬的组合／鱼狮交配的怪胎／／我忍不住去探望你／忍不住要对你垂泪／因为呵，因为历史的门槛外／我也是鱼尾狮／也有一肚子的苦水要吐／两眶绝（决）堤的泪要流

　　"鱼尾狮"是矗立在新加坡河口的一座塑像，狮头鱼尾，口能喷水，在许多时候被认为是新加坡的象征。但正如新加坡华文学者王润华所分析的那样，"这只鱼尾狮，是'鱼狮交配'的怪胎，作为鱼狮乱交而产生的后代的鱼尾狮，它永恒地在吐苦水。他永远在寻找自己的身份：自己既然是狮，却不能高视阔步走在森林里，做万兽之王；有鱼之尾，却不能在水中游泳。今天的新加坡人，几乎人人都发现自己像一只鱼尾狮，是一只怪异的不知名的动物。新加坡的文化思想的发展、新加坡个人的成长，都正面临这种困境，因为新加坡正处于东西方之间的'三明治'社会里，自己是黄皮肤的华人，却没有中华思想文化的内涵，甚至不懂华文。新加坡华人受英文教育，却没有西方优秀文化的涵养，只学到个人主义自私的缺点。"①因而，诗人梁钺认为这种"鱼狮交配的怪胎"乃是"荒谬的组合"，不能对其进行赞赏和美化，华人应该多一丝反省，并且面对华族文化出现危机，他又进一步表达了这样的心愿：

　　　　我们都是一杯茶／清清白白，家世自有／茶经可以翻查／买棹南下已经是很久以前的事了／虽然我们不再时时提起／茶山当年的韵

　　① 王润华：《华文后殖民文学——中国、东南亚的个案研究》，学林出版社 2001 年版，第 86—87 页。

事/毕竟,我们仍是茶呵//是茶,当然该肤着我们好看的茶色/当然该涵着我们清纯的茶味/这色就算是褐/也褐得十分古典十分/出色,味道就算苦涩/那也苦得芬芳/涩得过瘾//还是做一杯清纯的茶吧/与其廉售,与其让炼乳/如此刻意地污化我们/清清纯纯的我们/还是纯纯清清地做一杯茶吧

——《茶如是说》

以"茶"喻指华人,是十分恰当的,因为茶叶作为中国的特产,随着华人"买棹南下"也在东南亚地区生根发芽了,和华人在当地扎根有着十分相似的经历。做一杯清清纯纯的茶,实际上也是喻指要做一个本色的华人,还华族本来的文化属性和历史,这个想法到了 20 世纪 80 年代末已成为众多新加坡华人甚至统治阶层的共同意识。

从上述分析可以看出,不论是天狼星诗社,还是五月诗社,都借着中国性的传统文化象征符码创作富含中国性的现代主义诗歌。从艺术手法上看,他们运用现代主义表现方法是对现实主义诗歌的肤浅表现和沦为政治工具进行反拨;从思想高度上看,他们回归传统文化则是为处于苦闷失落时代的华人做好精神指引。

第四章

中国经验阶段：新时期发展中的东南亚华文诗歌

20 世纪 80 年代以来，随着东南亚国家将重心转移到经济建设方面，狭隘的民族主义情绪有所收敛，加上中国也进行了改革开放，东南亚国家相继与中国恢复了邦交，在一定程度上也促进了东南亚华文诗歌的发展。不管是现实主义诗歌，还是现代主义抑或后现代主义诗歌，都不可能独占鳌头，与世界诗坛接轨的东南亚华文诗歌进入了"众声喧哗"的多元化时代。但是，随着东南亚社会现代化、工业化的加快，再加上多年以来东南亚各国华文教育式微所造成的社会整体华文水平下降，东南亚华文诗歌仍然面临多重困境，这种困境因科技的发展、商业化因素的介入显得更加暧昧和复杂。另外，借着 20

世纪 90 年代以来盛行一时的"后现代主义"与"后殖民论述",东南亚华文诗歌获得了反思过去的能力,而"多元文学中心"和"双重文学传统"作为历史性的议题更加受到关注,似乎可以看成是对"去中国性"的反拨。

一、 中国经验与多元化格局

20 世纪 80 年代后,除了印度尼西亚还于 1998 年发生过大规模的华巫种族冲突之外,东南亚大多数国家明显地形成各民族和平共处的态势。世界两极对抗局势(即资本主义阵营与社会主义阵营的对抗)趋于平缓以至消失,世界呈多极化格局发展。多极化格局的走向,使对抗的世界形势有所缓和,发展中国家大部分都把重心转移到经济建设方面。顺应这一趋势,东南亚各国也把发展国民经济、提高人民生活水平作为国家的头等大事。它们也和中国一样,先后实行了改革开放,社会的工业化、现代化进程大大加快。虽然东南亚各国的单一民族国家政策没有什么改变,但由于国家重心倾斜于经济建设,民族主义情绪相对弱化。它们相继放松了对自身国内华族的各种钳制。相对宽松的政治环境使得华文教育得到一定程度的恢复和发展,华文报刊更是如雨后春笋般地纷纷创办和复出,为东南亚华文诗歌提供了后备力量与发表园地。另外,各种全国性的文学社团开始出现,"写作人协会""文艺作家协会""文学艺术会"等为全国乃至全世界华文诗人以文会友、交流经验、砥砺创作提供了方便,也为他们找到了一个得以存在的"家园"。在这种背景之下,东南亚华文诗歌终于从第二阶段的挣扎求存状态走向了稳健发展的时代,进入一个新的发展时期。以泰华诗坛为例,泰华诗歌自踏进 20 世纪 80 年代的门槛之后,一改过去几十年的委顿状态,呈现出蓬勃发展的局面。泰华诗人不但成立了各种文学社团、借助各大华文报纸的文艺副刊发表新作,而且纷纷出版个人诗集和合集，如史青的《洪汜的河》、曾天的《微笑国度之歌》、李少儒的《未到冰冻的冷流》、子帆的《子帆诗集》，以及李少儒等多人合作的《五月总是诗》和《桥》等。泰华诗人岭南人曾以"引来了离巢的黄莺，飞回枝头莺莺争鸣，也引来雏凤初试啼声"①来形容这种繁盛的局面。

　　进入新时期以后，东南亚华文诗歌发展呈现出一个明显的趋势，那就是与中国交流日益频繁，在互动中向前发展。20世纪80年代以来，中国实行改革开放，综合国力显著增强。东南亚国家出于现实经济发展的需要，先后与中国恢复或建立了邦交，在许多领域加强了交流与合作。随着文化交流的深入，东南亚华文诗歌自然受到了中国学者的关注与重视。从1982年起，中国基本上每隔两年召开一次规模盛大的世界华文文学国际学术研讨会，到2012年福州师范大学年会为止，已经举办了17届，并出版了16本论文集（其中第十届年会未出）。不过，真正将海外华文文学（包括东南亚华文诗歌）纳入研讨范畴的还是1986年12月底在深圳召开的"第三届全国台港与海外华文文学学术讨论会"，其前两届年会都以"台湾地区和香港地区的文学"为主。从历届研讨会论文集来看，涉及东南亚华文诗歌研究的学术论文不在少数。实际上，早在1986年的研讨会召开之前，中国对东南亚华文诗歌尤其是新马华文诗歌的研究已呈蓬勃发展之势，比如陈贤茂在1985年《华文文学》杂志的试刊号上发表的《新加坡华文诗歌发展的轨迹——读新加坡华文诗歌四首》，就具备相当的学术水准，结合文学史实评析四首不同时期的华文诗歌以勾勒新加坡华文诗歌60多年来从"写实"到"现代"再到两者合流的运动轨迹。中国对新马华文诗歌的关注，首先是从对新加坡华文文学作家作品的评介开始的，这是因为新加坡华文文坛较早与中国文坛开始了交流合作。1979年，以黄孟文博士为团长的新加坡作家代表团首次出访北京，为中国带来海外（主

---

　　① 岭南人：《八十年代泰华诗坛漫步——为"亚细安华文文艺营"而作》，《泰国华文作家协会文集》泰国华文作家协会1991年版，第93页。

要指新加坡)的华文创作讯息,新华文学由此成为众多学者关注的对象。在此背景下,中国众多科研院所与高校也相继成立了"海外华文文学研究中心(所)""东南亚华文文学研究中心(所)"和相关学术团体,基本上呈现出由沿海向内地拓展之势①;研究队伍也逐渐壮大,许多青年才俊加盟,带来思想意识与研究方法的转变。中国的文艺刊物中,除北京的《四海》(后更名为《世界华文文学》)、福建的《台港文学选刊》外,汕头大学主办的《华文文学》和江苏社科院主办的《台港与海外华文文学评论与研究》(后更名为《世界华文文学论坛》),都对东南亚华文诗歌研究予以较多关注;还有一些大专院校的学报亦发表这方面的研究成果,如《华侨大学学报》《暨南大学学报》《汕头大学学报》《海南师范学院学报》等,中国人民大学书报资料中心在《中国现、当代文学研究》上也经常复印相关论文;再加上各种区域性或国际性的学术研讨会在中国次第召开,使得东南亚华文诗歌取得了与中国现当代诗歌对话的可能性。

当东南亚各国的华文诗人或以个人名义来中国旅游观光、负笈留学,或以团体形式来参观访问、参加会议,他们自然而然获得了最直接的中国经验。这种经验是他们作为东南亚人看中国所留下的记忆积累,既不同于中国意识,又不同于中国情结。如果说中国意识是东南亚华人隐然将自己看成是中国人所获得的感受的话,那么中国情结与中国经验则是东南亚华人已经自认为是东南亚人而获得的体验。不过,中国情结更注重于想象,是诗人出于心理压抑和身份焦虑向母体中国寻求文化支撑点的一种表现。它心理投射的对象不是现实中国,而是文化中国。中国经验则不同,它直接感受的对象是现实中国,是现在的中国给诗人留下的深刻印象,是一种记忆的产物。

---

① 例如汕头大学的台港暨海外华文文学研究中心、广东社科院的台港及海外华文文学研究室、复旦大学的台港文化研究所(包括海外华文文学研究)、江苏社科院的台港暨海外华文文学研究中心、中南财经大学的台港暨海外华文文学研究所、厦门大学东南亚华文文学研究中心,等等。

本·雅明曾就柏格森的《物质与记忆》以及普鲁斯特有关经验的论述谈到自己对经验的看法，他认为经验是一种古老的传播方式，与现在的新闻报道最大的不同就在于"它带着叙述人特有的记号，一如陶罐带着陶工的手的记号"①。在此意义上来看中国经验，毫无疑问，每个东南亚华文诗人的中国经验都烙上了自身的印记，东南亚华文诗歌文本中的"中国"形象因之也丰富了许多。

在中国经验阶段，东南亚华文诗人开始获得对现实中国的直接感受，可是现实中国的种种状况与他们从前的想象有很大出入，当他们以自身的本土经验对现实中国加以观照时，他们的感受显得异常复杂。请看诗人史青的《神州梦》：

> 北京，/我又来啦！/十年前，/你大病初愈，/显得有点萎靡、苍白，/现在，/又长得那么结实、健壮。//长城逶迤奔腾，/活象（像）冲天的巨龙；/故宫古雅博大，/引人发思古之幽情；/颐和园风光秀丽，/疑是天上非人间；⋯⋯⋯⋯。//啊！一切的一切，/都充满朝气，/充满生机；/令人感到温暖，/感到自豪。//在海外，/"十载一觉神州梦"/今天，/我所赢得的，/究竟是些什么？/答案很简单：/是一颗钢铁般的心。

诗人在这首诗的末尾附上了一则说明："承中国新闻社邀请，于一九八七年五月十六日赴华访问，在北京逗留四天，西安二天，成都三天，昆明二天，广州三天。回忆一九七八年秋，我随潮团访问北京及大陆东南十大城市，归来写成《北游鳞爪》一书，至今相隔恰好十年。世事沧桑，恍如一梦。"从这段文字我

---

① ［德］本·雅明：《发达资本主义时代的抒情诗人》，生活·读书·新知三联书店1992年版，第129页。

127

们可以看出,诗人曾于"文革"结束时到中国参观过,那时的中国在他看来仿佛"大病初愈",萎靡不振;时隔十年再来中国,诗人发现神州大地已经发生了翻天覆地的变化,"一切的一切","都充满朝气","充满生机",改革开放的成果已经显现,诗人感到非常自豪。"十载一觉神州梦"表达了海外华人对母国的亲近和热爱之情。类似的诗歌还有曾夫的《吻你,美丽的沈阳城》:

> 从万里迢迢的曼谷/飞到这龙的国土的东北名城/笔直宽广的马路/佳木葱茏,人潮拥挤/沈阳男女的脸上挂着笑容//活跃的自由市场/堆积如山的物资用品/这里是涌流着蜜汁的宝地/为新中国的繁荣献出力量//紧紧的握手/热情的交谈和欢宴/和泰族兄弟们一样坦率豪爽/沈阳的朋友的笑声,永远地记在我的/心上//伟大的中国,金色的佛邦/沈阳——曼谷/曼谷——沈阳/亲如兄弟,爱似海深!//我是曼谷五百万市民之一/今天,初次来到这欣欣向荣的城市/我献上我的爱心/吻你,美丽的沈阳城!

诗人先描绘了自己对沈阳的观感:繁荣、美丽、富饶,是一块"涌流着蜜汁的宝地";进而谈到沈阳人和曼谷人的深厚友谊——"亲如兄弟"。自始至终,诗人都把自己当成是泰国的一分子,华人的身份让他对沈阳有着天然的亲近感。可以看出,当东南亚华文诗人看到母国繁荣昌盛时,虽然他们已经不把自己看成是中国人了,但还是由衷地赞美母国的变化,为母国而自豪,并产生悠远而绵长的寻根情结,正如诗人吴天才在《欢乐的旅程》一诗中所吟咏的那样:

> 怀着一颗/激奋的心/装满一皮箱/浓浓的情/我踏上了/万里长风的/旅程　寻找/千年的古梦/从吉隆坡到广州/像一条红丝线/牵引着/我的心和情/唐朝的玄奘/迢迢千里/到印度取经/我则千里迢迢/到莽莽神州/寻找/万载的根

将寻根之旅比喻成唐玄奘西天取经,可见诗人对中国的一往情深。

东南亚华文诗人踏上中国的土地,除了记下自己的喜悦和赞美之外,还创作了一些反思母国历史和文化之作,从更深层次审视民族之根。请看诗人周粲的《曲阜行》:

> 一个声音/来自春秋战国/一个小小的鲁/且不停/向我召唤//孔府坍塌了/又站起来/孔庙的弦歌断了息了/又在梁与柱之间缭绕/孔林的树和草倒了枯了/又郁郁青青//黄昏后/诉说着兴衰荣辱的/岂只(止)是夏日的烟云/初红的枫/每一片叶子/都藏着一个儒雅的故事//而多话的蝉/不说知了知了/却鼓噪着/来朝 来朝//是以那个声音/不只向我/也向四面八方/络绎于途的香客/召唤

诗人从新加坡过来瞻仰曲阜的"三孔"(孔府、孔庙、孔林),没有崇敬和赞美,而是感叹世事无常、江山多变。"三孔"历经战火和劫难,几经沉浮,仿佛向世人诉说着荣辱兴衰。这是诗人深入到历史文化层面的一种反思,当然也是一种寻根的方式。再如陈博文的《漓江山水》:

> 大自然留下的瑰宝,/在视影光圈中,/让飘逸意象飞翔来去。/流进澄静心境,/化作无限幽思! /渔父依旧江上催棹,/荡碎了一镜春水。/阵雨悄悄来过,/把沉睡的桃花拉出帐外。/千山叠翠,/形态夸张,/隐约泽畔云烟里,/翻出了鸟声帆影。/待到暮霭初临,/唤回归舟,/伴着渔火点点,/问君载得多少? /一帆晚风,/半江山影。

诗人欣赏着漓江山水、桂林美景,思绪千载,逸兴遄飞,细细品尝山水美景背后的文化内涵,巧妙地将自己对母国文化的反思融于山水之间。但不管怎样,东南亚华文诗人身份意识还是比较明确的,已经开始以一个旁观者的身份观看现实的中国,表达了华人的"根"应该扎向本土而不是中国的愿望。也就是说,诗人因有了对中国的直接经验,对比本土意识,产生了强烈的本土归属感,还是诗人长风葛说得好:

　　当九重葛艳艳地长起/归属感的根就深深地扎下/再一阵豪雨、再一季 阳光/那根,就会扎得更深/中国,就会离得更远

　　　　　　　　　　　　　　　　　　　　——《根的成长》

　　当然,东南亚华文诗人还有一种感受更为复杂,那就是他们在所在国被视为"他者",而回到中国也是异客的尴尬心态,因而他们回到中国,就会出现诗人林幸谦所说的情况:"……在我出生的地方和年代,异域感随着年纪的增长被客观因素所强化了,最后我终于离开生长的国度。我回到中国人组成的社会,仿佛前世曾经来过,却又极其生疏,赫然发现自己竟是一个身在故国的他者,完全没有料到,在中国人的社会里,我的异域感竟有增无减。我所信仰的中国属性,原来仅是一厢情愿的想法。就在年近 30 的那年,我质疑了民族主义的信仰。……我努力走出民族,走向世界,同时走入自我。民族的意象已经损坏,其所象征的意义也已残破不堪。我的追寻,亦从民族转向了生命本体。"[①]林幸谦于 20 世纪 60 年代出生于马来西亚,作为华裔在大马故土接受了较为完整的从小学到大学的教育之后,抓住了机会回到文化母体——中国台湾地区继续深造,读完硕士之后又漂泊至香港中文大学攻读博士学位,博士毕业后留在香港浸会大学任教至今。在这种不断迁徙、回归、再移民的过程中,他感受到作为华裔即使回到了中华母体也不可能融进主流社会的放逐之痛。一方面,马来西亚政府将华人看成是二等公民;另一方面,文化母体

---

　　① 林幸谦:《狂欢与破碎:原乡神话、我及其它》,钟怡雯主编:《马华当代散文选》(1990—1995),文史哲出版社 1996 年版,第 26 页。

又将再移民过来的华人看成是外国人。林幸谦十分敏感于这种双重边缘的身份，于是他成为一位从"民族主义"走向"世界主义"和"生命本体"的书写者。请看他的代表作《中国崇拜》：

（上）

在图腾宴上／忍着泪／把吞下的传统回吐／／我吐出我的中国／自己变回蛇体／钻入黑暗的地狱／冬眠／／现世中国／纯属个人的私事／梦中没有故乡／传统都在变体／独尝梦的空虚

（下）

冬眠后的春天／我再度崇拜宇宙／／崇拜神龙的中国／实则蟒蛇崇拜／神圣不足／狡猾有余／中国崇拜肯定了传统的变形／我在变体的空虚中，战栗／难忘做神与虫的滋味

在上篇里，诗人以富有象征意义的"图腾"为宴飨的对象，表现了一种对于中国传统的崇拜与孺慕，然而，诗人"自己变回蛇体／钻入黑暗的地狱，冬眠"，发现"现世"的中国传统却已"变体"，并不是诗人期望中的形象，所以诗人感叹"梦中没有故乡"，一场豪华宴会不过是一场虚空。接下来，在下篇里，诗人重新展开联想，"再度崇拜宇宙"，这里的"崇拜宇宙"即是"崇拜图腾"，与上篇呼应，"神龙的中国"中"龙"又与上篇的"蛇"呼应。在中国，龙蛇经常混用，但龙与蛇相比显得更神圣、庄严与伟大，诗人就此笔锋一转，认为的"龙"的品格已被蛇的狡猾所取代，于是龙与蛇对立起来，说明理想与现实也随之发生了变化，这就是诗人空虚与战栗的根源。由中国崇拜到理想幻灭，诗人破灭了不符事实的原乡梦，不再落入"民族主义"的陷阱，完成了拥抱广阔的"世界主义"的过程，由此也跳出了边陲与中心对立的窠臼。当然，我们应该明白的是，不管是对中国表现出热爱之情，还是对中国表现出疏离之感，都是诗人自觉拉开自身与中国的距离进行审视的结果。

另外,在中国经验阶段,东南亚华文文学与中国现当代文学取得了对话的可能性,中国当代文坛对东南亚华文文坛造成的影响也是显而易见的。例如 1986 年泰华诗坛受中国"朦胧诗潮"影响,以琴思钢的《旗与旗的四重奏》与岭南人的《一首争论的诗》和《朦胧声中说朦胧》为导火索,爆发了一场关于"朦胧诗"的争论,催生了泰华朦胧诗的崛起。朦胧诗一般都以意象和意象组合来建构作品,避免过于贴近现实而拘泥于现实,其意象的不确定性给予人们更多的想象空间,隐喻、象征和暗示手法的运用代替了明白晓畅的直述,感受角度的改变和多重意识的变幻又使诗歌富于运动感,这种节奏上的跳跃和形象组合的密度在一定程度上又会造成晦涩难懂的弊端,但整体而言,诗艺得到了很好的提升。请看泰华诗人张望的《独奏曲》:

> 只要灯火/不会偷懒打瞌睡/永睁开眼/洞察宇宙上的恩怨悲
> 欢/已无法化成云/或轻烟/我要一一把它弹奏出来/其中有感人的
> 绿原/和频叫春醒的雀鸟/别说节目太凄怆/吓走了观众/除了可恶
> 的热带风/奢谈生路如何苦涩与复杂/让这个庞大的剧院/低头沉
> 思/外边的天色/是否仍暗黑抑(或)光亮似白昼/我敢于面对写着初
> 阳苏醒的五线谱/来个湄南河大合唱

这是诗人用心在感受音乐,伴随着乐曲的展开而联想到人生的复杂与苦涩,诗歌的意象跳跃性比较大,保持了朦胧诗含蓄隐晦表达的审美特性。而菲华文坛则受 80 年代初中期中国"寻根文学"的影响,出现了文化寻根意识强烈的文学作品,如云鹤的《野生植物》、月曲了的《中秋月》、吴天霁的《家在千岛上》、寒松的《轻舟载月》、范零的《把唐诗写在身上》等,它们在表达对博大精深的中华文化的倾心与思慕的同时,还表达了一种对自我存在状况的省思和迫切需要确认自己文化身份的意识。我们来看庄垂明的《唐人街》:

一

一条苍龙/蟠（盘）踞在"中菲亲善门"的/檐角上/既不腾空/也不伏地/标本似地搁在那儿/任凭时间/赫赫刮下/它片片的鳞甲

二

破损不堪的唐人街/其实是无须修补的/如欲修补就先修补/唐人破损的心/街上口吐白沫的倦马/看来是有点病态的/若能还它一片草原/当会翘足长嘶起来

唐人街是海外华人保持中华传统和自身族性的安身地，然而在诗人笔下尽显破败之气，连标志性的"苍龙"也腾空不起来，变成了"标本"。在诗人看来，如果只对唐人街从表面上进行修补已经不起作用了，现在急需的是要修补唐人（华人）破损的心，要寻文化之根，这是对菲律宾华人处境的一种焦虑和忧患。诗人希望政府当局能够还华人一个自由，少一些压制和同化措施，华人才能像马儿回到草原一样，重新获得新生。

不言而喻，东南亚华文作家拥有中国经验之后，也就获得了一项创作资源，丰富了东南亚华文文学的创作世界。在中国经验阶段，东南亚华文文学亦呈现出多元化发展态势，现实主义、浪漫主义、现代主义作品各展身姿，抒情、写实、叙事作品各放异彩，这与东南亚各国的社会文化趋向多元的总体趋势是相适应的，尤其进入 20 世纪 90 年代之后，东南亚华文文坛还出现了许多后现代主义色彩的作品。

二、 后现代主义诗歌与多重困境

进入 20 世纪 90 年代之后，东南亚华文诗坛发生了新的转向，这与东南亚各国政治、社会、经济、文化等方面的变化息息相关。正如马华学者许文荣所指出的那样："马华族群经历了 70 年代及 80 年代焦虑与彷徨的时期,90 年代后这种紧张的心理得到一定的缓解。马来西亚土著文化至上的性质并没有任何改变,但是有三股国内外趋势使得一些较开明与具有远见的马来执政精英对华人及华人文化表现得比较友善与包容。一是无疆界趋向的全球化格局逐渐形成,国界、族群、文化、语言等的独尊与隔阂渐渐消解,出现了较多元、互动的文化趋势。在这所谓的地球村时代,马来精英也难免受到全球化思潮的影响。二是中国的改革开放,使其像巨大磁铁一样吸引了来自五湖四海的投资者,也使中文逐渐成为具有经济价值的语言,中国文化成为理解中国人心理的前提。马来西亚也想获取与中国扩大贸易与投资的商机,政府高层领袖除了与中国建立友好的外交关系之外,也需要依靠高度掌握中文知识与中国文化的国民,因此学习华语/华文(中文)不再与种族主义或意识形态挂钩,也不是自我囿限的举动,而是为国家造就具有商业价值的人才。三是回教党吸引了越来越多的马来民族,从前两次的大选来看,巫统在马来选区中已经没有必胜的把握,支持巫统与支持回教党的人数似乎旗鼓相当。在这种情况下,选区中占少数的华人的选票就显得非常关键。为了争取华人的支持,马来主政精英就不能做出过度伤害华人情绪的行动,以免华人在投票时'倒戈相向'。"①作为出生于马来西亚本土的华人学者,许文荣对马华社会的观察无疑是细致而深刻的,他的观察对于东南亚其他各国无疑也有着借鉴意义。我们确实也看到了 20 世纪 90 年代之后,在全球化影响下,东南亚各国的重心都开始向经济建设倾斜,并与中国交往愈益密切,民族主义情绪相对弱化,政府逐渐放松了对国内华族的各种钳制,相对宽松的政治环境使得华文教育得到了一定程度的恢复和发展,很多大学还设立了中文系,再加上各种

① 许文荣:《马华小说和诗歌对中国文化的背离与回望》,《厦门大学学报》(哲学社会科学版)2010 年第 3 期。

华文文学大奖的设立以及各地作协文会等组织的推波助澜，一时间东南亚诗歌似乎迎来了期待已久的"春天"。

东南亚各地的华文诗人开始活跃起来，其诗歌也呈现出多姿多彩的样式，"其中的诗艺表现可谓五花八门、众声喧哗：极简主义、社会写实、后现代、解构颠覆、拼贴游戏、象征语言、寓言诗体……种种角度和反思来状写'现实'之能事"[①]。然而，如果细细观察，可以发现虽然东南亚华文诗歌创作日趋繁荣，并形成多元化格局，但却不得不面对这样一个现实："写诗的人比读诗的人多"。也就是说，诗人们的热闹是自己的，整个社会对于华文诗歌表现出超然的"冷漠"，这对于刚刚从国家政治高压得以喘息的东南亚华文诗歌来说，无疑是雪上加霜，本来已处于国家文学边缘的东南亚华文诗歌再次被社会和文化抛弃，陷入一种既尴尬又令人悲哀的困境当中——"那只墙脚慵懒的蜘蛛/把网摆在屋外曝晒/呕吐逐日淡薄的诗句"（陈强华的《和遽变的文字》）。事实上，诗歌日趋沉沦与被边缘化是一个世界性的潮流。随着工业文明、商业文明的不断发展，技术主义和金钱主义至上必然导致诗歌被边缘化或沦为消费产品。

> 集存许多急促的耳语、咳嗽/业务的阴影/电梯在大厦的血管里浮动/偶尔吐出一口咒骂上司的痰//互不相识的人碰撞/掉下损坏的心灵零件//对面街另一架电梯时常/装满一口袋的汉堡包或避孕套/飞升至 大脑神经中枢/满足这城市每天/简单的/生理需求//向东，被福马林刺青的电梯/扯上沉重、繁杂的生之器皿/却卸下轻盈/如塑胶手套的死亡//我急速倒退十里/无数座电梯在大厦体内/随着血压/上升，下降/我以眼睛画着虚线就串联成/波//工业生产的

---

① 张光达：《新生代诗人的书写场域：后现代性、政治性与多重叙事/语言》，《有本诗集——22 诗人自选》，马来西亚有人出版社 2003 年版，第 289 页。

波/欲望的波/舞蹈的波/股市的波//城市就波动起来了

——吕育陶:《波》

在这里,诗人将不同电梯承载的现象拼贴在一起,给我们描绘了一幅现代都市乱象图,让我们看到现代人被欲望所驱使、被工商文明所异化的麻木、卑微、沉沦的生存状态,诗意、幸福、崇高、理想等在此无可寻觅。比如,虽然马来西亚政府于 1991 年颁布了《第二个远景计划纲要》(1991—2000),取代 1970 年以来实行的"新经济政策",在一定程度上缓和了各民族之间的关系,但随着华人投资热情高涨,加快了国家由农业国向工业化、现代化国家转变的步伐,并促使马来西亚与世界经济接轨,导致市场经济、商品化大潮开始席卷全国。吕育陶在《波》中所描绘的现象,正是马来西亚(东南亚)国家走向工业化、现代化过程中所付出的沉重代价。

确实,进入 20 世纪 90 年代之后,东南亚各国处于全面转型的阶段(即由政治型社会向经济型社会转化),商品浪潮已经汇成了一股汹涌的激流,无情地冲击着东南亚华人的生活及灵魂。金钱至上鼓励了华人对物欲的追求,更加强化了华人的实用主义人生观与价值观。就现实生存而言,华人获得了不少利益与好处,但这对于东南亚华文诗歌(不是指媚俗的诗歌)来说则无疑是一场精神灾难,因为实用主义导致华人对诗歌失去了赏鉴和体验的耐心与可能性,诗歌的生存环境发生了很大变化,诗歌在众多热衷于追逐利益、金钱的华人眼里成为一种累赘的精神负担,东南亚华文诗人由此陷入深刻的困惑与迷茫之中:

偌大的深蓝,宇宙/讲究排场气势的实验室/该如何搁置喜悦,伤感/及微小的情绪颗粒/在这试管中的城市/有局部的阳光/公路交叠。低温。未知/与未来同样浓密/我们是游离、冻伤、且寂寞的菌种

—— 杨嘉仁:《边缘独白》

　　然而,市场经济、商业冲击还只是一个方面,更加让东南亚华文诗人无可奈何的乃是影像文化与工业文明、科学技术、大众消费趋向合谋而造成的生态环境的改变,这给东南亚华文诗歌带来最外在也是最致命的威胁。人类进入20世纪,就面临着影像文化的崛起,丹尼尔·贝尔曾指出:"当代文化正变成一种影像文化,而不是一种印刷(或书写)文化,这是千真万确的事实。"①摄影术、电影、电视等新兴媒体的普及,从根本上改变了现代人的认知方式和情感体验,影像文化以其形象具体、消除现实距离感的优势对以文字为传播媒介的书写文化造成极大的冲击。20世纪90年代以后,随着电子技术的发达,影像又借助电脑网络媒介的传播,更加深入到生活的方方面面,已与现代人的生活融为一体。当人们热衷于从"画"和"声"的视听感官中获取信息,可以避免文字的理解"障碍",这必然导致人们对传统的"读书"少了很多兴趣,继而社会对文学的关注降低,导致民众的文学欣赏水准日益下降。诗歌作为书写文化和文学话语的最高表达样式,在这个一切平面化的时代注定难逃厄运。其他文学样式还可以适当改变来迎合社会时尚和大众消费需求。比如,小说可以寻求与影视传媒的结合,成为影视剧的脚本;散文随笔则可以夸大"闲话"性,适宜于一次性消费的报纸副刊文化。只有诗歌"曲高和寡",以其抒情性、审美性和个人化的内在品质,与外在的散文化、世俗化世界形成天然对抗,正如本·雅明所说:"他面对的是读抒情诗歌很困难的读者……抒情诗只能在很少的地方与读者的经验发生关系。"②诗歌的价值和诗人的传统地位遭到破坏,诗人不再是自己所属文化的赞赏者,真正的诗人只能远离中心,浅吟低唱。东南亚华文诗人也不例外,原本就处于社会边缘的他们更加不由自主地偏居一隅,在商品化泛滥、一切都为了消费、注重感官音像享受的时代显

---

　　① 〔美〕丹尼尔·贝尔:《资本主义文化矛盾》,生活·读书·新知三联书店1992年版,第156页。

　　② 〔德〕本·雅明:《发达资本主义时代的抒情诗人》,生活·读书·新知三联书店1992年版,第126页。

得悲凉而落寞：

　　何时，我们开始在电影散场后走入迷宫似的／都市，堆集满街的垃圾、雨水在阴沟建筑永久居处，／我们，如蜗牛般、如沙丁鱼般、如乌龟般，／逐渐被季候样式生活同化／习惯往返都市和乡村之间

　　　　　　　　　　　　　　　　　——林健文：《候鸟》

　　据说这城市不再有蝴蝶／只剩下急着长大的玫瑰在自动贩卖机里／和浪漫一起被出售／人群中偶尔传来关于永恒的呼唤／但天使们正流行佩戴用过即弃的光环／单身贵族下班后享用即冲即喝的轻文学／以微波炉烹煮熟食店带回来的友情／报纸会在翻阅后的第三天自动焚毁

　　　　　　　　　　　　　　　　　——吕育陶：《造字术》

　　这是东南亚华文诗人面对日益逼仄而模式化的都市生活的切身体验，是一种身处边缘处的喃喃低诉，满溢着人生无奈之感。类似的诗篇还有很多，如沙河的《公寓97》、陈慧桦的《想象红灯码头》、方路的《电话亭》、杨嘉仁的《无所谓夜晚》，等等。这是不同代际的诗人在同一个时代的共同感受，与20世纪70、80年代的东南亚华文诗歌相比，90年代以后的东南亚华文诗歌明显与之有了"断裂"。

　　以马华诗坛为例，对于20世纪70、80年代的马华诗歌，如果分别以70年代的天狼星诗社创作和80年代傅承得、游川、方昂等人的政治抒情诗为代表的话，我们能够发现这两个时期的马华诗歌强调诗人的使命感和责任感，诗人坚持对中华文化的认同，为争取华教和华文的合法性而努力，以"敢为天下先"的精神引领华族对抗压抑的政治。不管从哪个角度说，70、80年代的马华诗人都有历史的担当意识，颇有为华族"代言"的理想，在那个"风雨飘摇"的时代，显得悲壮而崇高。应该说，这两个时期的诗歌是公众的，诗人是时代浪尖上的弄潮儿，诗人受到马华族群的瞩目。1988年，傅承得和游川等还组织

发起"动地吟"①活动，以朗诵、演唱、舞蹈、音乐等艺术方式呈现诗歌，让诗歌进一步深入民间，在当时可谓轰动一时。可是，到了90年代，马来西亚政治气候趋向宽松平和，马华诗人却反而失去了华族"代言者"的角色，其写作身份与写作立场变得虚妄可疑起来。如前所述，由于商业浪潮和工业文明的冲击，公众对于诗歌这种高级精神产品普遍持漠视和鄙弃的态度，东南亚诗歌的社会价值趋近于零。正是在这种情况之下，90年代之后的东南亚华文诗歌与之前的诗歌发生了"断裂"，进入了一个具有时代特征的写作阶段——"个人化写作"阶段。

这里的"个人化写作"不是指诗人个体风格独创性的写作，而是一种诗人表述自身所处的时代与文化处境的"话语冲动"，从而将诗歌写作与社会、时代以及个人生存所具有的复杂关系显露出来的一种写作方式，强调个人的话语权利，具有能够承受社会语境、历史语境压力的文化品质。② 20世纪90年代后，东南亚华文诗人进入个人化写作阶段，这是诗歌和诗人不断边缘化后的自我调整，东南亚华文诗歌的个人化写作具体体现在以下几个方面。

一是日常化写作。进入20世纪90年代之后，随着东南亚各国政治和现实社会的转变，东南亚华文诗人的写作心态也发生了很大的变化，他们开始以平民姿态融入日常生活，对日常生活持有比较普遍的关注与兴趣，同时以日常生活的心态切入诗歌，却能在日常生活的抒写中挖掘出深刻的内在意义，并赋予其超验色彩，具有较浓的形而上的意味。请看方昂的《家居》：

---

① 必须指出的是，由马来西亚华裔诗人傅承得、游川等发起"动地吟"活动，于1988年12月2日首次在吉隆坡陈氏书院演出，并巡回全国，演出五场。1990年，原班人马以"肝胆行"为名再办类似表演，受到马华族群的普遍欢迎。到了20世纪90年代以后，活动却沉寂下来。虽然1999年傅承得找来吕育陶等青年诗人加入重新再办"动地吟"，2008年为纪念诗人游川逝世周年又再办"动地吟"，以及2012年为纪念游川、音乐家陈徽崇、歌唱家陈容及马来西亚相声之父姚兴光，又一次再办动地吟，但活动热度再不如以前，在马华社会产生的影响有其限度。

② 参见陈旭光、谭五昌：《秩序的生长——"后朦胧诗"文化诗学研究》，陕西人民教育出版社2002年版，第132页。

　　家人 都不在家的清晨/阳光在庭院/舔小狗的虱子/麻雀啄风的尾巴/报纸睡在地上//电话安静地嘀咕/文字和笔在稿纸上捉迷藏/灵魂悄悄出窍/在书橱、阳台、厨房、孩子的玩具室/转悠了个圈/溜回身体

这是诗人安静享受生活的写照,几个场景的组合,营造出悠然的写意心境,透露出淡泊气息。相较而言,年轻诗人木焱的《窗外》则更具有形而上的味道:

　　城市的窗外/大雨击退了飞鸟/人行道被汽机车的板块推挤而/隆起/每个楼层的生活琐事/都掩面而来/明日或许有太阳/可以晒晒哭泣的外衣/可以出门走走/路上捡一个青苹果/往童声的街角巷眼掷去/我的青春将给我/回音吗/踩着雨后的讯号灯/蚂蚁徐徐爬上/来/在疾病的黑痣上/打了深深一个哈欠/生命有点痒/是雨的关系吧

诗人在此着力于表现普通人在现实生存境遇中的生命体验,全诗似乎很平淡,但蕴含着对青春的困惑。这种从事物表象挖掘深刻的思想因素,对日常的普通的或陈旧的诗歌题材进行"超现实""超历史"的处理,达到了里尔克式的"形而上"追求。

　　东南亚华文诗人热衷于反映普通人的日常生活状态,经常以平凡俚俗事件入诗,看起来轻松随意,却有一种对现存文化秩序的反叛和偏离的意味。如翁婉君的《相信爱情,好吗?》:

　　爱情在夜间的窗外飞过/唰——/以为是流星/明亮却分不清真假/以及划过的时速//我们是乘客不是机师/乘着流星并相信神圣的预言/然后以为学会了驾驶/却坐在年代的尾巴/摇摇欲坠//快步

上飞机/跟着轨道旋转拐弯/啊，不小心丢了脚步/和搁在云层的气球相撞/同样美丽的事情/同样因为美丽而枯萎凋谢//恋爱使人悬在半空/暗自策划角色转换/并学习掌控方向盘/却发现只有机师熟读驾驶理论/我们相信流星来过/却是付钱迷路的乘客

爱情是崇高而美好的情感，然而在都市生活里却成了可遇而不可求的欲念，变得沉重而令人迷乱。作为女性诗人这样控诉爱情，在某种程度上有反抗男性体制社会过于沉重的压迫与窒息的冲动，这是源自女性诗人对于生命的高度敏感，透露着对真实生活的渴望。再如陈耀宗的《夏天的光影》中的"晚归"一节：

街上车过卷起的纸屑无声翻飞/像疲惫的蝴蝶展翅/在红砖破落的人行道上听自己的足音/地下室酒吧的喧嚣恍如隔世/转过街角，目光蓦然与咖啡馆内/含烟独坐的女人慵懒的眼神相遇/时间稍稍停驻便迅速荡开/像瞬间阵风吹起我心中的落叶/她的眼神我想我懂而我的想必她也知道/只是夜太深了我已无力挽留自己/就继续喷出团团白烟吧/就继续走向路的尽头吧/在微冷的夏夜里只要想着那眼神/再苍凉也不会只是独自一个人

诗人在此以散文化的叙事手法捕捉普通人的内心情感与心理波澜，揭示了一个现代版的"同是天涯沦落人"的主题，表面上看承继了传统知识分子的情感，但实际上有所偏离，少了些许悲情，具有一定的超验色彩。

东南亚华文诗人的日常化写作擅用生活化口语，这是一种类似浅显通俗平凡的反诗语言，属于言语的原生态。运用口语入诗旨在消除语言文化性和打破原有的象征模式，是使诗歌语言重新"陌生化"的重要手段。请看骆雨慧的《异种》：

　　　　我不明白自己/为什么写了那么多/一些朋友读不懂的诗句/就
像我不明白自己/为什么爱上一个不会写诗的你/一些人和一个你/
有时乘着飞船在我脑中/的海平线缓缓飞向我/你们坐在飞船里/从
玻璃窗往下鸟瞰/"海、沙滩、山峦"/你们是如此简单而快乐/"海是
海沙滩是沙滩山峦是山峦"/而我显得复杂而寂寞/在海底做一场
梦/在沙里流走自己/在山峦的围绕中/打扮成野人遮蔽你们的搜
寻/你们在我的文字里/不会是潜在的读者/但你们是我的飞船/是
被我称之为异种/诗的变形物

很明显,在这里诗人运用口语化的语言消除艺术与生活的界限,整首诗在漫
不经心的叙述中,仿佛流贯着一种意在言外的独特语感。还有张慧思的《聚》:

　　　　终于回到了你们的身边/仿佛真是剧情老套/团圆:团团地围在
一起/吃橙/像是那个/在/心理/按捺不住的女孩/在不停流动的河
床上/跑动/摘/无花果的叶片/只是经过三条街道/我仿佛不曾离开
一般/像不懂事的/小孩/推开那扇门,/走进去/脱鞋/放下/沉重的
盘/放下/更多/像/一件眼睛/一粒耳朵/一条眉毛……

这里的口语化语言看起来是平面化的,在摒弃现代主义诗歌陌生化技巧之
后,这种语言似乎在平淡乏味的语调中隐藏了一种的反讽性,构成了对规范
化语言系统的冲击,蕴含嘲讽和反叛意识。

　　二是反神性写作。这个时期的东南亚华文诗人除了回到日常生活之外,
还对包括政治意识形态在内的一切现存文化体系都有强烈的解构欲望,对于
现存一切庄严的事物都予以嘲弄、亵渎甚至无情消解,诗歌的神性被形而下
的生命欲望所带来的快感所淹没。因而,这类反神性的作品多以"性"为题材
和主题,我们来看张玮栩的《23 岁》中的第 6 节:

只是你又何须论及爱/我触碰朋友颈上处女般光洁的/吻痕/在传统的包装纸中发亮/我们不是年轻激动的男子/可以深入霓虹的秘洞探险/我们只有等待 等待一个独具慧眼的男人用酒灌醉我们/或是装扮时髦的荡妇/在交叉的双腿间暗示/那两片微张的阴唇//这中间没有爱/他们起身离去/我们还要费力消毒/为一切还原

这是年轻一代女性自我意识的觉醒,关于自身躯体的本能冲动以及对于性爱的自觉追求,虽然写得过于直露,但从侧面也反映了女性躯体与社会、历史的错位关系。当然,这种对于"性"的渴求恰恰反映了现代女性在爱情生活与精神生活中的种种不尽如人意。再看木焱《爱诗》中的一节:

我的爱人不与我造爱/白天她和杂物事发生关系/我是最后一件滚动的东西/在我读完诗的时候/亢奋起来的阳具太过抽象/无法击中,她无法瞄准那种意象//我起身读她咸湿的影子/借着丝丝鼻息构她存在/我的爱人侧身而睡/不打鼾,微张古典的唇

这里,诗人显然是用"性爱"来消解政治意识形态的压制,采用解构主义写作策略,却并无建构的意向,具有某种文化虚无主义、历史虚无主义的思想情绪。

20 世纪 90 年代后,东南亚华文诗人似乎对于黑色幽默式的"审丑"也有着特别的嗜好,故意打破所有美好的幻想,亵渎所有神圣的事物,并刻意暴露潜意识中那些变态、畸形、猥琐甚至卑下的欲望与情绪,将反神性写作推至高潮。如刘庆鸿的《裸》:

我不知道怎样/爱你,向你展览我内部/的幽暗,而我无法/摊开所有。你的目/光,会滑过我空荡,的肉//身,寂寞在这一行成形/你不知道我不知道自己/的目,光如何澄清我,如何/碎尸癖的看见我

的毛发,肌肤/血液、骨骼及抽痛的心/并念着旧爱亲昵的小名/同时狠狠阅读我/深入我并深入/自己,但我感觉不到/你那么瘦弱及孤独/那么不堪//如果爱如果/爱我,请感觉我请/用阴暗读我,感觉我/流动的暗于积/在混沌、在我隐蔽的/子宫里蠕动,你知道的/你所要的,你没有尽头//但我感觉不到你/幻想,你是任何一个可能/屌过我的,带走快感的/你是任何一个/我的孩子,接近人的模样。

这是一首细致描绘性爱感受的诗,却故意撕裂词语的有序性和关联性,将意识深处最隐秘、最复杂的意念和欲望揭示出来,结构跳跃、松散,毫无美感可言。再如吕育陶的《如厕者》故意以调侃的方式描写一个便秘者上厕所的情状:

他总是便秘。/大肠明明充满便意/但蹲坐马桶良久/良久都嗅不着/使灵魂上升的/人类最初的体香//他纳闷着:/每天让大量红肉/植物纤维、维他命(维生素)丸、铁、经济报告/锌、流行乐、脏话/穿透薄弱的生命/但大便稀少/如结石。

其中的描写令人恶心不已,这是对生命原生态的玩味和展示,突出了"审丑"意识。

反神性写作还体现在对文体的反叛上。东南亚华文诗人故意将传统的诗歌、散文、小说、戏剧等文体杂糅并处,冲破原来的文体界限,创造出另类的文体,有时又将诗歌和时尚的网络用语、图像格式、数学公式等结合起来,将诗形弄得破碎不堪,甚至无法成诗,体现了"后现代的文本是流动的"这一理念。请看刘艺婉的《$f(x)=\{$一辈子$\}$》:

设　诗的深度＝生命的周长/则　x[诗的深度]＋[隐晦]＝超

低温的荒冷/（当诗人的知名度为 0）//以为换算成文字就是永恒了＋以为永恒的 n 次方就是/无限＋以为无限排成数列就是宇宙＋以为宇宙的标准/单位就是文字＋所以写诗＋在等边三角里写诗＋在直/角三角里写诗＋定时测量牛角尖的角度＋永远不相信/出生与死亡之间必为一直线＋如果套用一些公式＋或/许可以解出自甘沉沦的因子＋似抛物线的起落＋而潺/潺岁月总是一串无理数＋不能用我卑微的生命或名字/表示的数＋我不过是一棵试图凝聚灵魂的树而不是数//＝荒冷把灵魂冻得越来越白越来越白如一首荒冷的诗

诗人以数学方程式为诗形，将诗与诗人的意识交感并置。诗歌文本在诗人手上，不再像现实主义或现代主义诗歌那样有一个现实的或精神的对象或投射体，而仅仅成为语言加符号替代性出场的游戏乐园，成为言语碎片播散和能指符号漫游的平面，任意割断常规联系，犹如天书。还有龚万辉的《杀人免责权》、翁婉君的《那夜我们一起看星星》、Skyblue 的《适宜填补无聊的复选题》、吕育陶的《造谣者自辩书》、沈庆旺的《哭乡》，等等，或用并列关系的组合及转喻方式的拼贴词语，或用悖谬、反依据、反批评的方式打碎空间，或用诗句组构图像、用不同的印刷字体凸出视觉效果。很多非诗因素挤进诗歌文本，杂乱堆积在一个平面上，正如伊哈布·哈桑所强调的那样，"题材陈腐与剽窃，拙劣的模仿与东拼西凑的杂烩，通俗与低级下流丰富了表现性……在其中，持续性与间断性，高层文化与底层文化交汇了，不是模仿而是在现在中拓展过去。在那个多元的现在，所有文体辩证地出现在一种现在与非现在，同与异的交织中"[1]，表现出较为彻底的后现代主义文化精神。

---

[1]　王岳川、尚水编：《后现代主义与文化美学》，北京大学出版社 1992 年版，第130 页。

三是"后乌托邦"写作。"所谓'后乌托邦'指的是在承认对传统乌托邦幻想与神话的消解的前提下,进行新的超越的尝试,这似乎是第三世界文化语境中后现代性的一种新的表现形式,这既是对旧的乌托邦式的理想主义价值的批判,也是它的复兴和承继。"①"后乌托邦"写作强调个人的勇气,不耽于旧乌托邦的幻想,敢于直面现实和历史,对现实和历史有着清醒的认识,但又不愿认同已有的定论,仍然保持着超越的意向与努力。"后乌托邦"写作在20世纪90年代后的东南亚华文诗坛流行开来,最明显的表现莫过于在对"南洋历史"的想象与构建上。"南洋"是中国人对东南亚地区的泛称,从中国移民南来的华裔族群历经数代变迁丰富了"南洋书写","南洋"已成为华裔族群的集体无意识,不同时代的东南亚华文诗人都对书写"南洋"充满了兴趣。90年代后的"后乌托邦"写作对"南洋"的历史书写与从前大不一样,它们不从史料和官方正史出发,而是从诗人主体的小我观点来建构与想象,故意疏离个人小我叙事与历史宏大叙事之间的关系,请看60后诗人陈大为的《在南洋》、70后诗人林健文的《不再南洋》和80后诗人林颢轹的《我的南洋》,这些都是90年代以后的作品:

在南洋 历史饿得瘦瘦的野地方/天生长舌的话本 连半页/也写不满/树下呆坐十年/只见横撞山路的群象与猴党//空洞 绝非榴莲(槤)所能忍受的内容/巫师说了些/让汉人糊涂的语言 向山岚比划(画)/仿佛有暴雨在手势里挣扎/恐怖 是猿声啼不住的婆罗洲/我想起石斧/石斧想起 三百年来风干的头颅/还悬挂在长屋——

——陈大为:《在南洋》

①　张颐武:《论"后乌托邦"话语——九十年代中国文学的一种趋向》,《文艺争鸣》1993年第2期。

原来许多事件会(刻意?)消失/以多种方式,缓慢、快速/在轻快版的国歌奏起以前/我们更换新的国民身份/忘记之前的纳闷民族问题/忘记示威事件/不再相信古老流传神话/不再提起筷子进食/逐渐忘记乡语/能书写口操一流的统一国语/熟读洋人的现代科学高级数学/而南洋/已是历史课本上最后一页/被厚厚写满阿拉伯数字英文字母的纸张/压　着/长久不醒

——林健文:《不再南洋》

祈使句披上白皮肤领着语法 航海而来/用句号来攻打我的南洋掠夺容量拥挤的果实/南洋使出瘦削干瘪的惊叹号来抵抗/惊叹号弯曲后来变成鞠躬/问号于焉成形,我的南洋跪在问号的/阴影下 苍老地默思着未来

——林頠轹:《我的南洋》

可以发现,虽然三位不同年代的诗人对于"南洋"都有不同的思考与想象,但他们都有一个共同点,那就是从对抗记忆出发,质疑和瓦解马来西亚官方对于南洋历史的想象,借助于新历史主义理论,显示潜藏在主流意识形态背后的民间记忆与声音,其构建出来的"南洋"具有荒诞的、悲剧性质的"后乌托邦"色彩。

在东南亚华文诗坛,具有"后乌托邦"写作倾向的诗人不试图从上帝或其他虚幻之神那里寻求精神慰藉,而是从自我心灵出发,审视、感悟、咀嚼事物,从而达到精神超越的高度。虽然诗人采取了解构的策略,但解构之中不乏建构的意向与努力,总是会留下一些曙光和信念。比如诗人辛金顺在《吉兰丹州图志》中,选择了六个自己体验过的吉兰丹州的城镇,以真实的乡愁、文化想象和本土认同重新形构了一个想象或记忆中的"后乌托邦",正如论者评价说:"选择性的乡镇图志,自然隐含了作者对这六个地方的缅怀与了

147

解;但这些空间内容读起来,比较像是'想象'和'记忆'的吉兰丹,经过两者的双重净化和漂白,几乎变成一座童稚的乌托邦(或失乐园),不仅平静,更给人一种停格、静止的错觉。"①诗的最后是以吉兰丹语写的,翻译为"吉兰丹/梦找到了梦,在/童年的土地,成了/一缕记忆/永不消匿",蕴含着一种坚执的信念和追求。再如周锦聪的《世界之形成》:

"梵谷(凡·高)以灵魂灌溉的向日葵/怒放的灿烂/起伏于贝
多芬的命运交响曲/张爱玲站在爱默生的身旁/吸取热情,驱散华
袍上/遍布的跳蚤/天与地之间,因为感动/无所谓距离"。

诗人将几个世界级名人凡·高、贝多芬、张爱玲、爱默生及其事迹拼贴在一起,构成了"世界"(后乌托邦),这也许不是全部的"世界",但诗人却认为"这是一个值得仰望的世界"。"后乌托邦"还倾向于建构一个语言乌托邦,因为对于东南亚华文诗人来说,母语(华文)是他们最后的栖居之所,是他们最后的家园。一直以来,东南亚华文诗人都没有屈服于官方意识形态的一元论,但进入20世纪90年代之后他们首先要面对商品化对母语(华文)的侵蚀,后现代式的语言污染日益侵入生存领域,无聊的琐语、圆滑的文字、充斥世界的广告语言,已经使语言丧失了清新自然的本来面目②。其次还要面对语言惯性对母语的凝定,语言约定俗成所形成的力量,足以左右人们的说话方式和表达方式,尤其是日常语言常常使许多以语言为生的作家的写作散发着压抑不住的陈旧与平庸③。因而,探索母语(华文)本身的活力和

---

① 钟怡雯、陈大为编:《马华新诗史读本(1957—2007)》,台北万卷楼图书股份有限公司2010年版,第446页。
② 参见王岳川:《语言转向与写作追问》,《北京大学学报》(哲学社会科学版),1993年第6期。
③ 参见谢有顺:《词语的冲突及其缓解方式》,《当代作家评论》,2001年第1期。

可能,重新发现母语(华文)的生命显得异常重要:

> 渐行渐远,我想起了"湮没"/极目望去,我想起了"荒凉"/这些
> 文字都与时间无关/但它们曾经走过风景/走过时间,走过我/相遇
> 相知而后/成了日夜/成了我们//曾经与文字相携的/再落拓,心中
> 还有一缕缠绵/与时间,灵犀暗通//"湮没"是步过的足迹/"荒凉"是
> 劫后的举目/笔握在手中,时间就在你侧身/文字摊开/另一匹/未志
> 归期的旅程
>
> ——黄远雄:《文字同行》

这里诗人用"湮没"和"荒凉"作为"诗眼"可谓用心良苦,形象地展示了文字(华文)在马来西亚多舛的命运,但诗人并没有气馁,"文字摊开/另一匹/未志归期的旅程"就含有"后乌托邦"思想。诗人与一切束缚语言的因素相对抗,寻找着母语(华文)的出口。

受海德格尔思想影响,走向母语(华文)去寻找拯救在"后乌托邦"话语中已形成一个重要的潮流。"借自他乡的母语/连结句法松散的文字/为我解说秘密/企图让诗句安居"(林幸谦的《原诗》),乃是海德格尔"语言是存在的家园"的形象诠释。语言作为存在之域,首先是词语把我们带入一个新奇的世界之中。马华诗人林幸谦的写作,由于对词语的出色运用,就具有一种奇特的感染力,如"幻觉如废墟隐晦影如冰/暂居在杯中的长形/陷于长岛/融于烈酒的醇香/越久,越典范"(《长岛冰茶的人间》);"岁月在卡片上反抗生命的凡俗/流连如一道江水/像一群野兔虚构另一年春天的秘密"(《新春贺语》)等。可以看出,在林幸谦的笔下,词语与词语的组合已经不仅是想象飞跃的结果,而是指向语言本身,借助于语言与信仰获得诗意,形成对外在世界的新的阐释与理解。

　　应该说,个人化写作是后现代主义思潮①的产物。东南亚华文诗歌出现"个人化写作"现象无疑是东南亚各国社会政治、经济、文化多元综合与交集作用的产物与结果,在某种程度上给东南亚华文诗歌带来了转机和新的可能性。正如马华学者张光达所说:"后现代主义对于新生代诗人来说,绝对不是一个陌生的名词,无论是诗的表现形式、诗(思)想、技巧手法、语言结(解)构各方面都是他们热衷探讨反思的书写场域,无形中也重写了马华现代诗的审美技术化操作法则。"②东南亚华文诗人脱离西方文本与语境而引进后现代主义话语,在语言、叙事结构以及价值取向上表现出语言错位、叙事零散、能指滑动、零度写作、后设消解等个人化写作倾向,确实有其积极的意义。但是,另一方面,这种后现代写作方式又让诗歌走入日常化、庸俗化、平面化,甚至形式至上主义,又把诗歌导入灾难性绝境,使其更加远离读者大众,本来已经边缘化的马华诗歌如今更加边缘化,陷入了多重困境当中。

　　面对东南亚华文诗歌的多重困境,众多学者、诗人忧心忡忡,开始思考突围途径。其中,较为突出的是借着西方后现代主义的扩散,一些学者以"后殖民论述"来应对多重困境问题。他们把"中国/中国文化"看成是东南亚华文诗歌的殖民者,认为东南亚华文诗歌遭遇多重困境就是中国性殖民的结果,所以必须"去中国性"。而与他们意见相左的一方,则始终认为"中华传统文化在原住民族文化的强势压力下的传承、流变、延伸及其产生的创作凝聚力,一直构成着东南亚华文文学走出困境的生命本源"③。孰是孰非,我们将在下文分析。

----

　　①　西方后现代主义思潮兴起于 20 世纪 50 年代末、60 年代初,由被称为"垮掉的一代"的美国青年掀起,主要是一批不满于传统文体与主流意识形态压抑其个性的青年发起的一场大规模的思想反叛运动。在生活领域里,他们随心所欲地践踏现存社会的一切道德、伦理规范,以某种变态方式张扬自己的放纵不羁的个性;在艺术与文化领域里,他们对所有承载着主流意识形态与传统文化内涵的词语系统进行无情的亵渎与解构活动,以此达到彻底反文化的目的。

　　②　张光达:《新生代诗人的书写场域:后现代性、政治性与多重叙事/语言》,《有本诗集——22 诗人自选》,马来西亚有人出版社 2003 年版,第 291 页。

　　③　黄万华:《新马百年华文小说史》,山东文艺出版社 1999 年版,第 5 页。

三、"后殖民论述"与"去中国性"

　　以解构和批判为特征的后现代主义涌动于 20 世纪后半叶，极大地拓展了人们认识世界的视野。它们对于现代社会的绝对理性、单一历史观、中产阶级主体、逻各斯中心论和菲勒斯中心论的批判具有颠覆性的意义。与后现代主义相伴而生的"后殖民论述"着眼于对自我文化身份和权力话语形态的当代追问，主要以三位亚裔美籍学者，爱德华·W. 萨义德、佳娅特丽·C. 斯皮瓦克和霍米·巴巴的理论为代表。"后殖民论述"中的观点错综复杂，不是本书所能够处理的，这里只能做简单说明。简单地讲，"后殖民论述"是指第一世界（西方）通过话语控制，将如科学、人类学、哲学、政治学等被强调为世界性的普遍客观知识，以及由此引申出自由、民主、人权等思想观念贩往第三世界（发展中国家），因为这些话语和知识有很开放的容纳性和客观性，很容易为第三世界所消化接受，第一世界在无形中控制和支配了第三世界的话语形式和思想。当第三世界将外在的强迫性变成了内在的自觉性，从而抹平所谓的文化差异而追逐西方的文化价值标准时，就使得文化"殖民"成为可能。第三世界面对西方知识界的文化殖民，在建构自己本身的文化属性和知识形式时感到无力和焦虑，因为西方的意识形态已经深刻地支配着他们的思想，所有自身的文化知识只能被排挤到边缘的位置。第三世界逐渐认识到无法表述自己作为独立主体的愿望和历史意识的困境，他们一方面从殖民者身上学习到社会建设和现代知识，一方面又要摆脱殖民者的语言文化来建塑自己主体的身份属性，因此必须以反抗的形式来脱离对方的话语控制，但在反抗的过程中却免不了又要以殖民者的（预设）语言来陈述。由于事先已遭化解，很难突围而出，因此多数的情形是殖民者与被殖民者陷入一种文化混生的模

151

式,亦即霍米·巴巴所谓的"杂种性"命题。霍米·巴巴后来标举"少数话语"立场,也就是边缘的文化立场,以达到消除"中心"的目的,实际上是对这种文化混生模式的突围。

　　新加坡华文学者王润华自 20 世纪 70 年代开始思考后殖民文学问题,他说:"我回返南洋之后,就建议并鼓励我的学生重视本土知识资本,从自己特殊的文化话语(边缘话语)来解读,不一定都要服从从中原文化产生的解读模式。"①王润华强调以新加坡华人的立场、精神、视角与意识,即从本土性知识去解读华文文学,这显然是其对西方流行观点、中国中原中心主义的诠释模式加以挑战与回应的一种方式。正如他说:"新加坡在移民时代,在脱离英国殖民地而独立前后,中西强势/中心文化,把殖民世界推压到经验的边缘。中国的中原心态、欧洲的自我中心主义,使得一元中心主义的各种思想意识,被本土人盲目地接受。可是进入后现代以后,当年被疏离、被打压的处在边缘地带的殖民世界的经验与思想,现在突破被殖民的子民心态,把一切的经验都看作非中心的,多元性的,多样化的。边缘性现在成为一股创造力,一种新的文化视觉。走向非中心与多元化成为世界性的思潮。边缘性的与变种的成了后殖民语言与社会的特色。边缘性的话语如种族、性别、政治、国家、社会,常常可以带来一种新的诠释模式。"②不难看出,王润华接受了霍米·巴巴的"少数话语"立场和"文化定位"③思想。在他所著的《华文后殖民文学——中国、东南亚的个案研究》一书里,有关东南亚华文诗歌的后殖民解读的论文

---

①　王润华:《华文后殖民文学——中国、东南亚的个案研究》,学林出版社 2001 年版,第 1 页。

②　王润华:《华文后殖民文学——中国、东南亚的个案研究》,学林出版社 2001 年版,第 14—15 页。

③　王岳川认为霍米·巴巴的"文化定位",既不是定位在后殖民宗主国的文化的普遍性意义上,也不是完全定位在抹平差异的所谓多元话语的问题上,而是定位在"处于中心之外"的非主流的文化疆界上。参见王岳川:《后殖民主义与新历史主义文论》,山东教育出版社 2002 年版,第 65 页。

有《鱼尾狮与橡胶树：新加坡后殖民文学解读》《走出殖民地的新马后殖民文学》《到处听见伐木的声音：吴岸诗中的后殖民树木》《自我放逐热带雨林以后：冰谷〈沙巴传奇〉解读》等。这些析论分别涉及（西方）入侵殖民地和（中国）移民殖民地两种后殖民诗歌的特性，对于西方或中国作为权力中心压抑华文诗歌的本土性建构做出批判，尤其是对中国"中心主义"批判得更为激烈："1945 年以前新马大多数作家都以中国文学为师，即使新马独立后至今，还有不少作家倾向于模仿与学习中国新文学运动所建立的经典典范。从徐志摩到艾青，这些中国经典作家及作品，依然成为文学品位与价值的试金石，继续有威力地支配着大部分后殖民文学的生产。这种文学或文化霸权所以能维持，主要是文化制度之建立（如出版、教科书、教学方法），只有符合中国五四以来文学评价标准的作家与作品，才能被承认其重要性，要不然就不被接受。我曾以鲁迅作为一个经典作家为例，说明新马华文作家的文学观与创作，严重受到鲁迅经典的支配，最后导致抑制本土文学成长的反效果。"①

　　王润华以鲁迅为例，把中国文学对东南亚华文文学的影响也看成是一种文化"殖民"关系，未免有些言过其实。因为如前所述，"后殖民"理论集中关注的是第三世界国家和民族与西方殖民主义国家在文化上的关系。这里的前提是，在历史上西方宗主国曾经对第三世界国家进行过赤裸裸的直接统治，使这些国家或彻底或部分地丧失了自己的国家主权。第二次世界大战结束后（即 20 世纪40 年代以后），这些国家纷纷独立，取得了国家主权，摆脱了西方宗主国的直接控制，但是由于某些原因，它们在政治、经济和文化上仍然无法彻底摆脱对原西方宗主国的依赖。如果没有这个前提，也就没有所谓的"后殖民"关系了。所以，把同属于第三世界、曾经被半殖民或殖民统治过的中国和东南亚国家在文化上的互相影响看成是"后殖民"关系，从本质上说，纯属无稽之谈。

　　①　王润华：《华文后殖民文学——中国、东南亚的个案研究》，学林出版社 2001 年版，第 121 页。

也许，王润华也明白这一点，因而他借用比尔·阿什克罗夫特等所著的《逆写帝国：后殖民文学的理论与实践》这本书中的一个概念——"移民者殖民地"来形容东南亚各国与中国的关系，他的类比是这样的："当我们讨论后殖民文学时，注意力都落在以前被异族入侵的被侵略的殖民地（the invaded colonies），如印度，较少思考同族、同文化、同语言的移民者殖民地（settler colonies），像美国、澳大利亚、新西兰的白人便是另一种殖民地。美国、澳大利亚、新西兰的白人作家也在英国霸权文化与本土文化冲突中建构其本土性（indigeneity），创造既有独立性又有自己特殊性的另一种文学传统。在这些殖民地中，英国的经典著作被大力推荐，结果被当成文学理念、品味、价值的最高标准。这些从英国文学得出的文学概念被殖民者当作放之四海而皆准的模式与典范，统治着殖民地的文化产品。这种文化霸权（cultural hegemony）通过它所设立的经典作家及其作品的典范，从殖民时期到今天，继续影响着本土文学。鲁迅便是这样的一种'霸权文化'。"①所以，王润华认为新马华文文学作为一种"后殖民"文学，同时具有入侵殖民地与移民殖民地这两种后殖民文学的特性，即一种像侵略殖民地如印度的以英文书写的后殖民文学，另一种像澳大利亚、新西兰的移民殖民地的以华文书写的后殖民文学。这种推论看起来非常有道理，的确能够迷惑人于一时，但等我们抽丝剥茧之后，才发现原来王润华有故意混淆视听、偷换概念之嫌。因为美国、澳大利亚、新西兰在历史上曾经是白人的殖民地，白人大规模地移民到这三个地区是当统治者，是他们征服了当地土著之后，使得被殖民的土著不得不以他们的话语方式来确认自我"身份"，从而在自己的黑色皮肤上带上白色人的面具。这三个地区相继独立以后，白人统治者追逐母国/原来宗主国的文化价值标准，使得文化殖民成为可能。所以说这三个地区是移民殖民地，英国文学经典作为文化霸权继续影响本土文学的发展比较符合事实。但是，华人移民

---

① 王润华：《越界跨国文学解读》，台北万卷楼图书股份有限公司2004年版，第213—214页。

到新马/东南亚则完全不是这么一回事。他们从当初的讨生活或逃避政治下南洋,心态经历了叶落归根到落地生根的变化,一直以来,华人都不是以统治者的身份生活在南洋各地。"二战"前,华人与当地土著一起同是西方的被殖民者;"二战"后,东南亚各国相继独立,由于各种原因,华人又被降为所在国的二等、三等公民,经受了一次又一次"排华"浪潮,常常面临"失语"甚至"失身"的威胁。因此,华人在东南亚的华文书写与白人在美国、澳大利亚、新西兰的英文书写根本没有可比性,王润华根据片面理解引进"移民殖民地"概念,据此想当然地认为鲁迅等中国文学经典作为一种"霸权文化"抑制了本土的华文文学发展,无疑犯了以偏概全的错误。

本来在东南亚华文文库空虚的情况下,向中国新文学学习、奉经典作家作品为典范是东南亚华文诗歌走向成熟的必经之路,没想到这在后殖民视角下却成了东南亚华文诗歌独立自主的阻碍,因为它作为"文化霸权"抑制了东南亚华文诗歌的本土化进程。这是一种本土性焦虑的表现。比王润华更为焦虑的还有旅居中国台湾地区的马来西亚学者黄锦树、张锦忠和林建国等人。他们都认为'后殖民论述'对马华文学/东南亚华文文学的发展颇为重要,并做出了一定程度的反思。如黄锦树说:"马来西亚华人的复杂身份/马华文学的复杂性,早已(早该)是后殖民的议题。"后殖民论述"提供了理论的资源及大量的个案供参照,马华文学是现成、有待开发的反思场域。"①张锦忠也说:"不管南洋色彩是否压抑的置换,只有以本土意识反抗中国"文化霸权"而产生的南洋文艺,才可能具有南洋文化属性或南洋意识。"②不然,"除非马来西亚的教育与语言政策有所改革,否则从目前华文文教处境来看,恐怕华

---

① 黄锦树:《反思"南洋论述":华马文学、复系统与人类学视域》,《中外文学》第 29 卷第 4 期,2000 年 9 月,第 37 页。

② 张锦忠:《南洋论述:马华文学与文化属性》,麦田出版社 2003 年版,第 106 页。

裔作家有朝一日要面临失声的危机"①。比王润华更为激进的是,黄锦树他们将矛头直指中国中心主义,对于西方的文化殖民似乎故意不见/忽视。"要写出典雅、精致、凝练、辞藻丰富的中文,无疑要向中国古典文学传统吸取养分,深入中国古典文学。这一来同时导致文化、思想上的'中国化',很可能会造成情感、行动上的'回流',而认同中国……然而设使不深入中国传统,又会受限于白话文本身存在的体质上的虚弱。深入传统外,还需紧紧盯着海峡两岸'新'文学的发展,吸收白话文在这两个中国文化区的实验。这种'关注'本身就含有比较的成分,无疑中国文化区的文学创作是相对的优越,因此'本土的文化传统'就会受到一定程度的忽略轻视,而无法呈现一种血缘上的连续性。"②他们把东南亚华文诗歌遭遇本土化困境全部归责于中国影响或者说中国性,未免有些言过其实。

　　在黄锦树他们眼里,中国性"声名狼藉",必须予以清除。"中国性的表现形态和叙述语言乃是中国文化象征符码系统的惯性运作,中国性并不只是文字技巧那般简单,其中的中国文化思想和意识形态也扮演着决定性的作用:决定着马来西亚的中国文学还是马来西亚的华文/中文文学?……中国性令马华作品失掉创造性,令马华文学失掉主体性,成为在马来西亚的中国文学的附属,成为大中国文学中心的边缘点缀。认清中国性所带来的危机和障碍,迅速做出调整转化,把毒瘤果断地切除,无疑是所有马华作家的重大任务。"③在此张光达言辞凿凿,似乎中国性十恶不赦,不去除难以恢复东南亚华文文学/诗歌的生命活力,难以确立它们的主体性。为了证明"去中国性"的

---

　　①　张锦忠:《马华文学:离心与隐匿的书写人》,《中外文学》第 19 卷第 12 期,1991年 5 月,第 41 页。

　　②　黄锦树:《马华文学:内在中国、语言与文学史》,马来西亚华社资料研究中心1996 年版,第 22 页。

　　③　张光达:《九十年代马华文学(史)观》,马来西亚《人文杂志》,2000 年 3 月,第114—115 页。

必要，黄锦树特意以马华左翼现实主义文学和中国性现代主义文学为批判对象[①]，分析中国性如何束缚了马华文学的发展，企图彰显其被中国性所遮蔽的本土性。而林建国受中国台湾地区有关"断奶"言论的影响，提出了震动马华文坛的"断奶"说，引起了方修、陈雪风等人的批判。"断奶"说的内涵更接近"反中国性"，比"去中国性"更激进。颜泉发认为林建国把"断奶"的原因归结为"反奴役、反收编及反大汉沙文主义"，"已经脱离了文学的轨道与诉求，而是以政治眼光或具有政治目的的角度来看待马华文学，并蓄意歪曲马华作者的创作的情操，他根本不是在论文学，而是在搞统战"[②]。联系台湾当时的语境，这里面确实有发人深省的地方。

　　"去中国性"之后的马华文学该如何走？还能不能称为"马华文学"？这是黄锦树他们亟须解决的问题，有破则有立，不然何以服众？对以色列理论家易文-左哈尔的复系统理论情有独钟的张锦忠，以复系统和吉尔兹的诠释人类学为理论"武器"，提出马华文学应走向"新兴华文文学"，即"我们应该从一个人类学的角度重新出发，视马华文学为一包含白话中文文学、古典中文文学、峇峇马来文学、英文文学、马来文学的复系统。若有华裔作家以淡米尔文或其他语文书写，也可在这复系统下自成一系统。也唯有从这样的论述脉络来书写或重写马华文学史，方能淡化或异质化中国文学影响论的历史阴影"[③]。"新兴华文文学"是一个涵盖面更广的概念，超越了从语种命名华文文学的局限，但以此来达到淡化中国性还是值得深思的。假如张锦忠还说得不够清晰的话，那么黄锦树的论述则再也清楚不过了："从根本处着手，首先是

　　① 详细论述可参阅黄锦树的论文：《马华现实主义的实践困境》和《神州：文化乡愁与内在中国》，均可见于《马华文学与中国性》，台北元尊文化企业股份有限公司 1998 年版。

　　② 颜泉发：《残存的集体记忆——对马华文学"断奶之争"及"身份焦虑"的反思》，《期望超越》（第十一届世界华文文学国际研讨会暨第二届海内外潮人作家作品国际研讨会论文集），花城出版社 2000 年版，第 66 页。

　　③ 张锦忠：《南洋论述：马华文学与文化属性》，麦田出版社 2003 年版，第 128 页。

认识论上的调整，从基本概念、名的内涵与外延开始清理，'马华文学'必须重新正名，从马来西亚华文文学扩大为马来西亚华人文学，或称华裔马来西亚文学(华马文学)。名词的更动意味着一个彻底的变革，把'马华文学'的指涉范畴尽可能地扩大，取其最大的边界；所取的华人定义也是最宽广的人类学的定义——最低限度的华人定义——不一定要会说华语、不一定要有族群认同。跨出这一步并没有想象的简单，因为马来西亚的华文书写一直隐含着一种过度的民族主义使命，语文的选择一直被视为族群内部族群身份重要的区分性差异，这也是为何受不同语文教育之间的华人为什么会有那么大的(心理)区隔。因而这样的调整其实是一个非常重要的突破，让其他的思考成为可能。"①"华马文学"从文化人类学范畴定义自身，以最宽广的华人定义为基点，目的"让其他思考成为可能"。"新兴华文文学"与"华马文学"体现了张锦忠、黄锦树他们的"共图"，即通过扩大"马华文学"的指涉范畴，企图达到颠覆中国文学左右马华文学发展的目的。毋庸讳言，黄锦树他们的论述发掘出了往常论述中被遮蔽的一面，有一定的理论意义，但以"后殖民"的文化霸权称谓"中国性"，又暴露出后殖民视角的偏颇。

从前面我们对东南亚华文诗歌与中国性的关系梳理中可以发现，第一阶段侨民文艺时期的华文诗人在政治身份与文化认同上都遥指东方的中国，他们在东南亚地区"书写中国、心系中国"更多是一种心甘情愿的主动选择。由于他们一直把自己看成是中国人，因此中国文学/文化对他们的影响和对本土中国人的影响几乎是一样的，只是多了一些对所在地的人、事、物等或强或弱的认同，因而对中华文化的接受与继承方式/途径稍异于母体中国而已。第二阶段挣扎求存时期，东南亚各国摆脱殖民统治相继独立，华文诗人在政治认同上已经开始转向居住国，但居住国政府却怀疑他们的忠诚，单一国家

---

① 黄锦树：《反思"南洋论述"：华马文学、复系统与人类学视域》，《中外文学》第 29 卷第 4 期，2000 年 9 月，第 39—40 页。

政策的实行使华文诗人出现本土性迷思和身份焦虑，只好向文化母体寻求动力/支撑，诗歌文本的中国性表现为一种主动找寻的姿态；也就是说，中国文学/文化并未主动施展它的文学/文化霸权功能。第三阶段是新的发展时期，却因商业、市场经济因素的介入，诗歌不可避免地走向社会的边缘和个人化创作，使东南亚华文诗歌面临多重困境；华文诗人又一次向中华文化求援，仍然是主动找寻，也不存在中国文化"殖民"的问题。

那么，黄锦树等人从"后殖民"视角强调"去中国性"是不是别有用心呢？还是他们有意忽视历史的结果？我们知道，黄锦树等人是出于本土性焦虑而对中国性产生怀疑的，因而他们获得了"本土知识分子"身份，这个身份对处于身份焦虑之中的他们具有"增势"作用（可以用来提升他们的自尊和社会地位）。依照后殖民论述，"本土知识分子"得以确立的关键就是应该设立一个"他者"，"本土"这个身份必须依赖一个特具威胁性的、无所不在的、无所不能的"他者"才能有效地存在。失去了这个"他者"，也就失去了"本土"这个身份本身。在黄锦树他们的论述中，我们不难发现，这个"他者"不是别人，正是"中国"。这是因为他们在自我"增势"中认为"中国"是一个和他们既具有差异性，又具有威胁性的"他者"的缘故。令人奇怪的是，他们的自我"增势"的基本策略不是对本土官方的中心地位直接质疑和挑战，而是把官方和他们自己放到同样的"弱势"地位上。本土官方即东南亚各国政府对华族各种活动的限制与打压他们似乎视而不见，华人的痛苦和尴尬他们是不是也很难理解？

又有人说我们是移民了/说我们仍然/念念另一块土地/说我们仍然/私藏另一条脐带/这是一个风雨如晦的年代/该不该我们都问自己/究竟我们爱不爱这块土地/还是我们去问问他们/如果土地不承认她的儿女，如何倾注心中的爱

——方昂：《给 HCK·之一》

159

方昂描绘出了华人作为"外来移民"被排斥在国家主流之外的现状,表达了华人的愤怒、失落、焦虑和迷失。他又进一步指出:

> 说我们是中国人,我们不是/说我们是支那人,我们不愿/说我
> 们是马来西亚人,谁说我们是/说我们是华人,那(哪)一国的国民/
> 我们拥有最沧桑的过去/与最荒凉的未来。
>
> 方昂:《给 HCK·之二》

在这一节里面,诗人更加激烈地表达了华人在东南亚国家遭受各种排斥之后的茫然。对于他们来说,"中国人"已经不适用了,现在的华人基本上都已入籍,成为马来西亚国家公民;带有歧视和贬义的"支那人"称呼他们也不愿意接受;然而,他们到底是谁呢?"说我们是马来西亚人,谁说我们是",这句反问十分沉重,蕴含着控诉和无奈。最后两句中,"最沧桑的过去"与"最荒凉的未来"凸显了华人对于自己民族未来的极度绝望,充满悲情意识。东南亚华人的这种生存现状,黄锦树他们难道真的不理解吗?当他们通过强调中国中心/华文文学边缘压倒一切的时候,也就否认了一切本土中心/边缘关系(官方权力/华族文化关系乃是其中的一种)的实际意义。而否认了种种本土的中心/边缘关系的现实意义的直接后果就是掩饰了官方霸权对人们日常现实生存所造成的种种压迫。这种保守性不由使我们怀疑起他们的动机,使我们直接联想到他们和本土官方的关系。他们不仅顺应了具有压迫性的官方权力利益,而且还成了官方民族主义的文化阐释人。就此而言,黄锦树等人走得要比王润华远得多。

四、 双重文学传统与多元文学中心

新加坡华文学者王润华不止一次引用其美国导师周策纵的观点，认为"中国本土以外的华文文学的发展，必然产生'双重传统'的特性，同时目前我们必须建立起'多元文学中心'的观念，这样才能认识中国本土以外的华文文学的重要性"①。为了让人们进一步理解"双重文学传统"和"多元文学中心"，他论证说："任何有成就的文学都有它的历史渊源，现代文学也必然有它的文学传统。在中国本土，自先秦以来，就有一个完整的大文学传统。东南亚的华文文学，自然不能抛弃从先秦发展下来的那个'中国文学传统'，没有这一个文学传统的根，东南亚，甚至世界其他地区的华文文学，都不能成长。然而单靠中国根，是结不了果实的，因为海外华人多是生活在别的国家里，自有他们的土地、人民、风俗、习惯、文化和历史。这些作家，当他们把各地区的生活经验及其他文学传统吸收进去时，本身自然会形成一种'本土的文学传统'。新加坡和东南亚地区的海外华文文学，以我的观察，都已融合了新中国文学传统和本土文学传统而发展着。""当一个地区的文学建立了本土文学传统之后，这种文学便不能称之为中国文学，更不能把它看作中国文学之支流。因此，周策纵教授认为我们应该建立起多元文学中心的观念。华文文学，本来只有一个中心，那就是中国。可是华人偏居海外，而且建立起自己的文化和文学，自然会形成另一个华文文学中心；目前我们已承认有新加坡华文文学中心，马来西亚华文文学中心的存在。这已是一个既成的事实。因此，我们

---

① 王润华：《华文后殖民文学——中国、东南亚的个案研究》，学林出版社 2001 年版，第 129 页。

今天需要从多元文学中心的观念来看世界华文文学,需要承认世界上有不少的华文文学中心。我们不能再把新加坡华文文学看作'边缘文学'或中国文学的支流文学。"①

　　就东南亚华文诗歌而言,周策纵与王润华所提出的"双重文学传统"实际上指涉中国性与本土性融合的问题。华文诗歌继承"中国文学传统",自然摆脱不了中国性;而继承"本土文学传统",则是本土化运动的一环。前面我们讲过,东南亚华文诗歌自诞生起,就面临着中国性与本土性的冲突。20世纪20年代的"南洋色彩提倡"、30年代的"地方文学运动"、40年代的"文艺独特性论争"以及50年代的"爱国主义文学运动",这一次又一次的文学运动是东南亚华文诗歌建构自身主体性与独立性的自我诉求,也是本土性不间断地向中国性发出的挑战。所谓本土性,就是指本土特质、本土视角、本土精神和意识。正因为具有本土性,东南亚华文诗歌才得以与中国文学区分开来。这样看来,似乎本土性与中国性是二元对立的概念,并不相融。上一节我们谈到王润华关注以"后殖民"视角看待东南亚华文文学/诗歌的中国性问题,强调中国文化/文学殖民了东南亚华文文学/诗歌,正是缘于本土性建构的焦虑。那么,同时王润华又提出"双重文学传统"问题,指涉本土性与中国性相融合,不正好和他的后殖民论述自相矛盾了吗?这说明王润华面对多元文化境遇中的东南亚华文文学/诗歌,思考其未来命运时,感觉到难以把握。这是一种对东南亚华文文学/诗歌未来发展走向感到困惑而产生的复杂而矛盾的心态。除了王润华外,许多华文书写者都拥有这种困惑与心态,这是为什么呢?

　　其实道理很简单,东南亚华文诗歌选择华文(汉语)作为表达工具,就不可能摆脱汉语言文字所承载的中华文化传统(包括文学传统)。因为"当民族在人类历史上作为一种在语言、居住地域、经济生活、心理状态上稳定的共同

---

　　①　王润华:《华文后殖民文学——中国、东南亚的个案研究》,学林出版社2001年版,第129—130页。

体出现时，语言就深深地打上民族的烙印，成为民族和民族文化最典型的表征。一个民族文化的形成、发展、吸收其他文化都要通过语言去实现，因而语言的历史往往同各民族文化的历史相辅而行。"①这也就是说，语言是民族文化的主要载体，语言不仅是促使民族的共同地域、共同经济生活得以形成的基本手段，也是民族共同心理素质赖以造就的构筑材料。正是有了它，各种文化事象诸如神话传说、伦理礼仪、历史文学、传统教育、宗教法律才具有民族的特色。东南亚华族在居住国落地生根后，为了维持族裔性，一直为基本的生存权、文化教育权而斗争，可惜的是，在强大的国家权力面前，他们争取民族基本权益的步伐却是越走越艰难。

> 像无谓的政论，四伸魔爪／揪客异族的颈项／但炎黄子孙，原就
> 多灾多难／走入风雨，走出历史／肩膀尚湿，另一次的长征／已在心中
> 拟好，另一座天险／另一番吹打，已在前方／建起城池，固若金汤

此诗节选自傅承得的长诗《山雨欲来》。诗人把马来西亚官方的话语形容为张牙舞爪的恶魔，扼住华族的颈脖，然后话锋一转，慨叹炎黄子孙一直都是多灾多难，但炎黄子孙绝不屈服，他们会建起"固若金汤"的城池以守护自己最后的领地，守护自己民族的权益。正如马来西亚的华教运动一样，"第一个阶段争论的焦点在争取华文为官方语言之一，议会及官方文书用语及华文教育之合法地位。第二阶段是争取华文为官方应用文即法庭、官文书、通告、街名、招牌文字等（公共场合用语），并允许华文中小学中使用华文为主要教学媒介语及创办华文大学。第三个阶段是确保华小永不变质。"②华人由争取华文被列为官方语文到争取华文华语在公开场合的运用再到保持华小不变质，

① 王星等：《人类文化的空间组合》，上海人民出版社1990年版，第225页。
② 杨建成：《马来西亚华人的困境——西马来西亚华巫政治关系之探讨（1957—1978）》，文史哲出版社1982年，第134页。

华人已退到"无路可退"的地步。因而不管怎样，华人都不能放弃对华语的坚守。请看傅承得的《濠雨岁月》：

> 走在雨中，月如／这赤道多变的气候／真像无常的祸福／难以预测，或防范／唯有任随它下／闪电闭目，打雷掩耳／霆滂撑伞，没伞则听淋／而我，月如，不知怎的／竟有刀俎间鱼肉的悲哀／／走在雨中，月如，我的心里／也有恶魔重压着的乌云／挥不去，撵不掉，拨不开／日以继夜的停驻，教人／睡不安寝，食不知味／有时必须清醒，步步为营／怕一麻木丢失了自己／有时却得糊涂，作哑装聋／怕过于绷紧，必定神经错乱／／走在雨中，月如／霉味四散的阴暗岁月／狐疑随时踏空与失足／痛心，失望进而厌倦／终于发酵成虚无／若不，就是极端邪恶的血腥／明天，会不会阳光普照／温热的泪，会不会转冷／月如，我真的，我真的不晓得

这是诗人写于 1987 年马来西亚"华小高职事件"发生之后，表达其对于华族文化教育前景忧心忡忡的一首诗。华文小学在诗人心中乃是传承母语的摇篮和最后的堡垒，如果连华小也要变质，何谈保持传统文化和保持族裔性？因而诗人营造了这样一个令人压抑的濠雨滂沱的景象，来象征着面对官方多重同化政策的压迫，华人无可奈何但又坚决抵制的决心。因为在华人心目中，华语（文）与华人是不可分割的整体，永不可放弃，一放弃，等于华人成了没有灵魂的民族。而且，根据语言的特性，保存了华语，则象征着中华文化得到了存续，华族的族裔性得以维护。所以，从另一个层面来说，华文诗人一旦选择华文／汉语书写，实际上就已经自觉承继了中华文化传统，保持了自身的族裔性，诗歌文本自然具有中国性。这是东南亚华文诗歌的语种宿命所在。

但是，黄锦树等人为了证明"去中国性"的合法性，总是力图在华文与中国文化的紧密黏连与结合处开辟一条出路："作为新兴华文文学的马华文学

作者,有职责去寻找出和当代中国文学语言决裂的言说方式。这决裂的前提是：华文不是中国的语文……海外的华文,总已是一种在地化的话语,一种道地的海外的语文……换句话说,新兴华文文学的华文是'异言华文'(Chinese of difference),另有一番文化符象,走的是异路歧途,文学表现也大异其趣,这样的新兴文学才有其可观之处。"①不难看出,张锦忠所指的这条出路实际上是强调华文在地化/本土化而形成"新兴华文文学",走的还是以本土性对抗中国性那条路。然而,东南亚华文文学的语种宿命注定了他们这条出路的虚幻性。所以,黄锦树只好无奈地说："马华文学的精彩之处并不在于它的本土性,而在于差异文化与个别经验交揉出的多重性(犹如马英文学)。"②实际上,黄锦树以人类学观点为支撑提出"华马文学"概念,张锦忠以复系统理论为框架纳入华人文学,试图通过抛弃华文书写来达到"去中国性"的目的,恰恰从另一个侧面证明了华文与中华传统文化的粘合坚不可摧。只要选择了华文书写,必然承继中华文化传统,除非抛弃华文书写,才能彻底地去中国性。然而,对于东南亚华族来说,抛弃了华文就等于失去族裔性,失去身份归属。如今东南亚新生代华裔多属多声带,开口能说至少一种汉语方言,加上华语、马来语、印尼语、泰语、英语等(视教育背景而定),下笔能写华文、马来文、印尼文、泰文、英文等。但是不管怎样,即使众声交鸣的现象发生在他们身上,母语仍然是"自我",其他语文则是"他者",它们在"自我"的内在语言体系里对话,所以,如果新生代华裔一旦失去母语(华文),屈服于官方所推行的一元化的语言与文化政策,也一定会面临失声危机。这种现象令人十分揪心,正如马华诗人辛吟松所说："然而许多人对马来西亚的历史并不了解。历史知识的轮廓很模糊,华人只知道自己的祖先是从中国大陆渡海而来,还有的就是

---

① 张锦忠：《海外存异己：马华文学朝向"新兴华文文学"理论的建立》,《中外文学》第 29 卷第 4 期,2000 年 9 月,第 26 页。

② 黄锦树：《马华文学：内在中国、语言与文学史》,马来西亚华社资料研究中心 1996 年版,第 9 页。

三年八个月的苦难岁月,除此之外,也就说不出一个所以然来了,大家成了史盲。……而历史不值钱,对不值钱的东西,华人一向来是把它当成弃履来看,许多人对历史产生一份漠视感,研究马来西亚华人史的有心人也很少。因此,华族的许多史事就这样在无人整理和撰写中流失掉了。"①失声之后,书写的自我之角色模糊不清,即使借用其他语文(马来文、印尼文、泰文、英文)来书写,也难免有失身的危险:

> 他那样固执的家伙呀/且燃着一缕枯黄的轻烟/在一座孤绝的碉堡/徘徊/他没有籍贯/骑在他背上的古老骆驼/始终要逼着他在沙漠行路/除此莽莽黄沙/他看到巨大仙人掌小小土拨鼠/有时 一只不老的野猫/疲惫的从仙人掌山峰摔下 总是/逃不掉流血而挣扎/挣扎/挣扎而流血/他 没有指纹
>
> ——艾文:《沙漠象征》

诗人艾文这种没有"籍贯"、没有"指纹"的焦虑正是出于东南亚华人失声与失身后的丧魂落魄。或许是出于失声以至失身的焦虑,当然本质上来讲还是出于东南亚华文文学/诗歌本土性建构的焦虑,王润华提出"双重文学传统",即中国文学传统和本土文学传统,相对于黄锦树他们的极端化做法(抛弃华文),他采取的是一种调和的姿态,折中的做法,希望能让本土性与中国性找到平衡点,相互融合。现在看来,这似乎是多元语境中的东南亚华文诗歌的唯一正确出路,也是其自身特色所在。王润华的诗歌就是典型的例子。如他的《热带水果族的家谱》,写的是生长于马来西亚热带丛林里的榴梿(莲)、山竹、红毛丹、波罗蜜等植物,但在意象选择和词语运用上,却有十分浓郁的中国性。

---

① 辛吟松:《历史窗前》,钟怡雯:《马华当代散文选》(1990—1995),文史哲出版社1996年版,第76—77页。

我们是后宫的三千佳丽

当榴梿(莲)皇帝驾临的季节

我们便浓妆艳抹

争先恐后地出现绿叶之中

迎风展示我们娇丽的风姿

我们忍受不住长久冷落的收藏

即使册封为贵妃之后

三四天

我们就显露出枯萎的容貌

——《红毛丹》

这里,诗人用"三千佳丽"来比喻红毛丹,使人想起了白居易《长恨歌》中的"后宫佳丽三千人,三千宠爱在一身"中的意象,而诗中的"皇帝驾临""浓妆艳抹""册封""贵妃"等意象或词语,同样是中国古典诗词中经常用到的,使得生长在热带丛林中的自然物也浸染了中国历史和文化的色彩。我们在赏读这些诗时,除了会增加对于上述植物的审美感受之外,一定会产生许多对于中华悠久历史和文化的追怀。而他的组诗《远国异人说》,抒写奇异之地的奇异之事。其中《厌火国》《丈夫国》《无启国》等诗,皆取材于中国的《山海经》,诗人以原有的神话历史传说作为诗歌的主干,然后在这主干之上,通过精彩的意象描写与细节展示,让那些奇异而简单的故事,变得富有诗歌韵味,饱含中国历史文化意蕴。

王润华提出"多元文学中心"的概念,主要是基于东南亚华文文学/诗歌继承"双重文学传统"之后,与中国文学有所区别,能够自成中心的一种理论把握。原来他把中国文学看成是华文文学的中心,认为东南亚华文文学相对来说则是边缘,现在东南亚华文文学自成体系,可以成为中国文学之外的中心,因而形成多元文学中心局面,他特别指出新加坡华文文学、马来西亚华文文学成为华文文学中心已是既存事实。乍一看,这似乎非常有道理。然而,仔细思量问题来了,那就是东南亚华文文学是否能成为华文文学中心? 东南亚华文文学成为华文文学中心之后,谁是边缘? 新、马华文文学各自真的已成为了华文文学中心吗? 我们知道,中心与边缘是受西方传统哲学的二元论影响的产物,是一对形而上学的概念。按照解构主义大师德里达的观点,形而上学的二元论由来已久,束缚了西方哲学和其他人类思想的发展,现在是该走出那个"中心",走出形而上学阴影的时候了。确实,将中国文学与东南亚华文文学之间的关系看成是中心与边缘的关系,想象的成分多于事实存在。王润华他们之所以把中国文学看成华文文学的中心,主要是受"后殖民论述"的影响,作为中心必定对边缘造成压迫,因而中国文学压抑了东南亚华文文学的发展。前面我们已经分析过,这种情况是不存在的。但他们并未善罢甘休,而是延续想象,想象东南亚华文文学继承"双重传统"之后,自成体系,可以成为另外的华文文学中心,和中国文学中心对抗。那么,我们要问的是,既然东南亚华文文学自成中心,它们的对立面——边缘是谁呢? 难道是中国文学? 因为按照二元论,中心与边缘是对立的,会产生对抗。如果东南亚华文文学自成中心,和中国文学对抗,那么唯一合理的解释就是中国文学相对成为边缘。王润华他们本来要以东南亚华文文学中心消解中国文学中心对东南亚华文文学边缘的压迫,结果反而以自己的本质论立场证实了中心对边缘压迫的合理性,陷入悖论之中。而且,多元文学中心的说法固然精妙,但正如德里达所说,多个中心等于没有中心。所以,我们认为,东南亚华文学/诗歌自成体系,独立于中国文学之外,和中国文学一起应该构成对话和多元并存的局面。巴赫金的"双声/复调言语"提倡对话,在多元共生的时代强调对话,确实可以消解歧见,消解潜藏的敌意,因而用"多元并存"取代"多元文学中心",少了殖民霸权的意味,无疑更合理。正是在这个意义上,我们认为创作较为繁荣的东南亚华文诗歌是多元中的一元,与其他华文文学互补互动,共同促进世界华文文学的发展。

第五章
全球化语境下的东南亚华文诗歌

　　自 20 世纪 90 年代起,生活在世界上各个地区的人们都真切地感受到全球化时代的来临。在全球化语境下,遭遇多重困境的东南亚华文诗歌面临着现代化问题。现代化作为全球化的一个维度,与本土化/传统性不可避免地构成冲突。具体到东南亚华文诗歌方面,其现代化自然与其具有的民族性产生矛盾。东南亚华文诗歌是东南亚地区的非主流民族文学,所具有的"双重文学传统"使其在应付全球化与本土化、世界性与民族性等矛盾时,面临更为复杂的交集因素。因为它不但要正视全球化与本土性的矛盾,还要应付全球化与中国性的冲突。现代化是东南亚华文诗歌走向成熟、接轨世界诗坛的必经之路,因而,如何在全球化背景下,为东南亚华文诗歌的发展把舵定航将是本章亟须解决的问题。

一、 世界性、民族性与中国性

20世纪后半叶,世界各地的人们都真切地感受到全球化时代的来临。全球化不仅影响了人们的生活方式,而且也渐渐改变了人们的思维方式。信息技术、基因技术、航天技术、新材料技术等高新科学技术使世界各个国家和地区在经济和社会方面的相互联系更加密切,尤其当信息技术的"数字革命"把世界变成"地球村"之后,人类的交往已经没有了时间和空间的障碍。在全球化视野中,民族国家的概念似乎趋于消解。霍布斯鲍姆认为,从总体上看,全球性的相互依存意味着更大的经济单位将来会提供一种人类共同体的基础,即一些大型跨国公司、大国集团和覆盖全球的大众通信系统将取代民族国家。然而,实际上,随着全球化的发展,国际竞争更加激烈,民族国家在国际竞争中的作用不但没有削弱,反而日益加强。安东尼·D. 史密斯则以欧盟为例,认为欧洲找不到共同的记忆与象征、神话与传统来唤起欧盟成员的居民对欧盟像对自己的民族国家那样的忠诚,从而质疑经济共同体取代民族国家以及民族主义将要消失的寓言。但是,不管怎样,资本、商品和劳务以更大的规模和更快的速度在国与国、洲与洲之间自由流动,突破了民族国家的边界壁垒却是事实。而且,以好莱坞、麦当劳、可口可乐、迪士尼为表征的文化形式遍及全球,造成了一种文化全球化的迹象。经济文化上的全球化与民族国家的存在构成冲突,正反映了汤因比所说的"人类文明世界在政治上分化为地区性主权国家和它在技术和经济方面的全球一体化之间的矛盾"①,这种矛盾正是当今人类困境的症结所在。究其实,全球化是指第一世界(西方)以自己发达的经济和文化作为世界性的普遍客观知识体系向第三世界扩展与渗透的过程。全球化的愿望是好的,使世界在历史上首次变成一个具有单一的社会与文化背景的世界,但这个理想中的世界却是西方式的,必然遭到第三世界的抵抗。因而,"本土化与全球化、民族性与世界性问题,一直是第一世界与第三世界、发达国家与欠发达国家之间一个相当敏感的问题。就文化而言,其物质层面(科技)、制度层面(社会科学)基本上可以说应当或尽可能全球化,但在精神层(人文科学)和价值层(宗教)方面,却似难以完全丧失民族特性而趋于大同。如果,未来社会各种文化的差异完全消失……无疑,这种抹杀民族性而张扬全球性的做法,或许能使欠发达国家在科技经济方面得到发展并缩小与发达国家之间的差距,但在文化方面却恰导致巨大的文化表征危机和价值认同危机,从而在西方'他者'经济文化双重压力下,产生出'集体记忆'重写和'民族性丧失'的双重困境"②。东南亚各国建立了自己的民族国家后,身不由己地卷入全球化浪潮之中,在文化方面,必然也面临着世界性与民族性的冲突。

在这种全球化背景下思考东南亚华文诗歌的发展,我们不难发现,东南亚华文诗歌现代化的后果就是迈向全球化,因为在这一过程中它要不断地从西方流行的理论话语汲取所需养分。那么,它也必然面临世界性与民族性、现代与传统的矛盾冲突,导致"文化表征危机和价值认同危机"。

童年

在旱季里

你我追逐在这块土地上

---

① [英]阿诺德·汤因比:《人类与大地母亲》(徐波等译),上海人民出版社1993年版,第725页。

② 王岳川:《后殖民主义与新历史主义文论》,山东教育出版社2002年版,第120页。

彼此的脚盘沾走了这里的尘土

少年
在雨季里
你我踏过这块土地
留下两行深深的脚印

如今
我们再相逢时
土地变了样
立耸的高楼里
差一点——
你不认识我,我也不认识你

　　　　　　　　　——白放情:《那一块土地》

　　以印尼华文诗人白放情这首《那一块土地》来喻示东南亚华文诗歌的现代化过程,我们觉得非常恰当。这首诗明白如话,但含义非常深刻。"那一块土地"可以喻指东南亚华文诗歌,"童年""少年""如今"代表东南亚华文诗歌发展的三个阶段。"童年""少年"时,东南亚华文诗歌立足于传统,但"如今",它遭遇了现代化,一切都"变了样",传统被现代消解。"立耸的高楼"使"那一块土地"与世界其他地方无甚差异,然而"你不认识我,我也不认识你",导致了身份认同危机。这就告诉我们,世界性固然是东南亚华文诗歌现代化的方向,但如何在现代化中保持民族性/传统性却也相当重要。全球化的尴尬由此也反映在了东南亚华文诗歌的发展中。

　　更为复杂的是,即使在全球化语境下,作为东南亚地区的非主流民族文学,"双重文学传统"使东南亚华文诗歌在现代与传统或世界性与民族性的冲突中超越了单一维度,呈现出繁复的面貌。"双重文学传统",即一个是本土文学传统,一个是中国文学传统。在第三章里我们说过,东南亚华文诗歌承继"双重文学传统"是其区别于中国诗歌的关键,原因在于它有本土性因素的介入。事实上,这涉及东南亚华文诗歌的民族性问题。如同东南亚华人不是"中国人",而是当地一个民族一样,东南亚华文诗歌也有自己的民族性。这种民族性不同于本土性,也有异于中国性,是两者相互交集的结果。民族性实际上是东南亚华文诗歌独特性的表征。可是我们多数人都认为民族性等同于中国性,往往忽视/不见其中本土性因素。这才造成东南亚华文诗歌建构本土性的焦虑,继而有极端者则主张"去中国性"以确立其独特性/民族性。如果他们弄清民族性与中国性、本土性的关联,也许就不会如此激进而鲁莽。如前所述,对于东南亚华文诗歌来说,只要运用汉字/华文作为书写工具,它的民族性基石就是中国性。中国性为主体,杂糅进本土性因素,构成东南亚华文诗歌的独特性/民族性。

这就不难明白,东南亚华文诗歌在现代化途中遭遇的世界性与民族性的冲突,必然衍化成世界性与中国性的冲突以及世界性与本土性的冲突。文化全球化的趋向以西方的大众文化、流行文化、大众传媒以及信息技术为目标,正如英国当代学者约翰·汤姆林森所说:"全球化就是美国化。全球化在很大程度上是美国化在全球规模上的普及——从麦当劳到米老鼠到好莱坞,莫不如是。"[①]确实,以美国文化为主的西方文化在全球占有绝对的优势,引导了世界文化潮流和时尚元素,对于整个人类世界的繁荣进步起到了很好的推进作用。但不可否认的是,美国现代化也带来了许多负面效应,比如以市场为主导、以满足欲望为方式的消费主义观念十分盛行,导致人与人之间的关系越来越冷漠,人的精神世界越来越荒芜,现代人堕落成不思进取的"行尸走

---

① 郭英剑:《全球化与文化·译序》,[英]约翰·汤姆林森:《全球化与文化》(郭英剑译),南京大学出版社 2002 年版,第 11 页。

肉",尤其是消费至上的观念对人类社会的道德——文化空间的破坏性也是很大的。消费主义以金钱主宰一切的神话方式控制大众的自由思想,使"钱"与"消费"成为精神匮乏时代的主导。并且,消费主义通过大众传媒的传播内化为大众的显意识时,"钱"就变成了生命的唯一意义,我们看看诗人史青的描写就可明白:

> 这是一座六层的庞然大物/ (巨型的建筑)。/中空外实,/全座冷气,/一入里面马上变换季节。/任他外边艳阳高照, 酷暑炎夏/这里总是凉意宜人,/ 四季如春。/我倚坐在三楼的栏杆边,/耳际响着不知名的乐曲。/俯视底层灯光明亮的摊位,/中层摆卖衣饰的店家:/ 闪闪烁烁的五色电泡,/ 点缀着弧形高洁的天空。/人上人下,/人来人往。/大家互不认识,/——但亦无须认识。/彼此"认识"的只是金钱,/有了它,/便可把名贵的化妆品带走,/ 把时髦的服装披上,/ 只要适合尊意。//……这里是闻名的'超级市场',/ 都市的新兴玩意。/它是曼谷社会的缩影,/ 响着时代的辐辏,/花钱的对象随处都是!

> ——《时代的辐辏——在"攀蒂"超级市场中》

诗人给我们描述的是现代大都市"超级市场"中最为常见的现象,各种商业综合体承担着这样的消费功能:大家乐于购物和消费,一切都以"钱"为纽带,而缺乏最起码的人际交流。这样,社会的混乱和价值的颠倒便无可避免。这种消费文化不仅直接影响了人们的生活方式,而且摧毁了许多传统的人文观念,导致传统价值出现危机。在东南亚华文诗歌的表现领域,诗人对这种消费至上、享乐至上、理想消解、人文精神丧失的状况深恶痛绝,植根于心底的中华传统文化精神回溯性地与之对抗。这就形成世界性与中国性的巨大冲突。我们虽然对于有些预言家乐观地预测21世纪将是"亚洲人的时代、中国人的天下"一笑置之,但却认为中华传统文化中的积极进取、崇尚自然、追求和谐的人文精神对于西化所导致的社会痼疾还是具有一定的疗救作用。

一般来说,世界性与中国性的冲突在诗歌文本中以两种方式呈现:一是失根的忧患;二是寻根的呼唤。前面我们举例梁钺的《鱼尾狮》时,曾分析华族占据人口绝大多数的新加坡人在西风美雨的浇灌下,已变成了四不像式的"鱼尾狮",终究只能是一个不中不西,不洋不土的"鱼狮交配的怪胎"。一种无根的焦虑、失根的忧患溢于言表。如果说"鱼尾狮"还只是新加坡特定社会的无根象征,那么岭南人的《茶的话》则喻示了整个东南亚华族的失根悲剧:

> 从哪一天开始/是谁?/沏我,不按茶道/沏在不是茶壶的壶/倒在不是茶杯的杯/再加一块又一块/冷冷的冰　冷冷/冻我,冻成雪水/冲淡我的色/降低我的热/减少我的味/让饮我的人/茗不出我/是水仙,是茉莉/是铁观音,还是龙井?/也品不出,我的苦/我的涩,我的香/越来越淡了,淡成/一口口,凛凛冽冽/出了山的泉水!

积聚了中华传统文化精神的各种"茶"如花茶、铁观音、龙井等被一步步地被淡成"矿泉水",形象地展现了东南亚华人在社会西化中和政治霸权下逐渐失根的过程。

> 千年恨事莫过于一朝断奶/不足岁/你是多代的单传/太早遇到断奶的苦恼/临渊,临渊你顿成一头没有姓氏的兽/一把无从溯源的/灵魂。

伍木的这首《断奶》又以婴儿过早"断奶"来喻示华人在东南亚扎根未稳,变成了"一头没有姓氏的兽",面临灵魂"无从溯源"的痛苦,同样也是展示失根的困惑。

　　一般来说,"失根"必然呼唤着"寻根",而发生于文化层面的"寻根"正是东南亚华文诗人拾取中华文化精粹治疗西化痼疾的一种方式,所以,诗人余美英在《遥远的星》里不无眷顾地呼唤:

　　你为什么一定要遥远的/躲到那阴鲣的一角/五千年不断的
(地)运转/却为何远远的凝缩为寂寞和冷落/情愿让那西边的众
星/遮盖你的光芒 淹没你的神采/你难道就这样/宁为蠹鱼放逐于
历史篇页

显然,这里的"你"正是"中华传统文化"的代称,"那西边的众星"乃是西方文化的喻指,"遮盖你的光芒"即是说西方文化遮盖了中华传统文化,说明新加坡社会正在急剧西化,所以诗人希望华族早点醒悟过来,"你难道就这样/宁为蠹鱼放逐于历史篇页",要求华人保护好自己的文化之"根"。对于"根"的维护,还是诗人南子说得好:

　　根的需要/一如空气和水/在断奶以后/在成长的过程中//文化
的需要/或者不仅仅是一种装饰/在铜臭以外/在股市指数上升以
外//活着,总不能逃避传统/或者加以继承/或者加以诠释/在不可
逃避的网罟之中//生为黑眼珠/黄皮肤的族类/历史的重压/你不肩
负,谁来肩负

——《历史的肩负》

诗人在诗中强调了文化之根好比"空气和水",对于华人无比重要,片面追求西方的现代化、一切向钱看,都无法保护好文化之根。因而,诗人希望华人不要"逃避传统",而要对其加以继承和诠释,认为既然生就了"黑眼珠"和"黄皮肤",就应该坚持自己的族裔特性,肩负起传承历史文化的责任。

在全球化浪潮中,东南亚各国如同大多数发展中国家一样,由农耕社会急速跨向都市社会,而由此产生的乡村文明与都市文明的对立实际上就是世界性与本土性相冲突的表现之一。以美国现代化为代表的都市文明扩展至东南亚各国,使这些国家的社会和物质文明不断现代化的同时,必然与以乡村文化为本位的本土传统文化对立并峙。诗人孟沙的《山灵》一诗就形象地表现了这种现代与传统、世界性与本土性的冲突:

> 一片庞大阴影/来自巨型钢骨水泥/森林,快速地笼罩下来/覆压在心跳嘀嗒的胸膛

诗的开篇以城市兴起"巨型钢骨水泥"的大厦而形成了"庞大阴影"来喻示着都市文明对人类的挤压,从而形象地展现了现代与传统的冲突,接着诗人在后面三节借助梦回故乡来描绘"童年的山""空灵逸秀"和"沉默"状态,赋予山以灵性和深情,对于山在"车水马龙"中保持本质,在"雷电风雨"中傲立不倒,"且随着/不腐的魂灵、更鲜明地摊开/如掌纹一般清晰的历史"表示由衷地赞赏。第五节则回到现实,写居住在都市里的"我"虽不能回到故乡与乡亲叙旧,但山却是"我"心目中的"一颗信奉之星"。可见,诗人对于都市文明的侵入有着本能的恐惧,特别担心或许有一天人们清晨起来,"开门已不能见山"了,因而最后诗人写道:

> 那时候,我会很吃力/告诉我的孩子/一座山的传说/他不倒于雷电的狂暴/竟死于人为的贪婪

这里的"山"是理想、希望、自然与美的化身,代表着和谐、安宁、幸福,与"巨型钢骨水泥的森林"也就是都市文明对峙,表现了诗人对于宁静、和谐、温馨的乡村生活的向往和对于美和大自然在现代化过程中被践踏的愤恨和不满。

但是，正如诗人叶明所形容的：

> 我看到了那繁华的都市/以及那回旋着的时代的气息/而生活
> 在文明的时代中/我们却没有与文明谈判的条件/但它一寸一寸地
> 朝我们逼来/我们唯有往后退缩、退缩……/直到我们的自尊矮了
> 下去

（《静寂的声音》），面对无可避免的现代化和都市化，生活在文明时代的我们"却没有与文明谈判的条件"，只能一味退缩，甚至连"自尊"也矮了下去，这是令人痛心的。然而，面对全球化和西化，面对高楼大厦、车水马龙的现代化，除了退缩，我们人类还能做些什么呢？

今天，繁华的都市已经让我们人类无所适从，请看越华诗人徐达光的《夜都市》：

> 夜把红唇打扮成双色/——蜜甜——苦涩/里面通通一片嚣张/
> 高声叫嚷廉价零沽//霓虹灯管闪烁着七彩/催促曲背的老人加开快
> 步/怕瞎了过去的青春/怕聋穿将来的时光/依旧留坐在路边的石
> 阶/沉思默想几许岁月的失落//……//大伙儿饮饮食食/歌女高嗓
> 大江东去未知明天会不会再来/电影放映飞天大厮杀和追踪归案/
> 酩酊大醉的嘈哗满街乱跑//夜也被拖沉下汪汪大海

都市化快速扩展，并没有给人类带来幸福感和成就感，原因在于虽然工业文明在科技创新、经济发展等方面卓有成效，但在文化方面却薄弱不堪。英国学者安东尼·D. 史密斯就认为工业文明之后形成的世界性文化是历史根底浅薄、记忆力弱化的文化，相比传统/过去的文化，缺乏代代相传的人口、阶级、地区、政体、族裔或宗教共同体等文化或政治单元共享的记忆、神话、象

征、仪式、理想和传统。[①] 薄弱的世界性文化必然无力引导自身走向坦途,今天我们已经越来越明显地感受到经济快速增长、科技不断进步带来的生存环境的日益恶化。环境危机在日趋全球化的今天,愈来愈成为人类社会迫切需要解决的生存问题。具体到东南亚各国,环境危机问题也是世界性与东南亚本土性发生冲突的一种表现。于是,东南亚华文诗歌中出现了一批致力于"环保诗"创作的诗人。正如杨匡汉所说:"'环保诗'不仅仅是题材的拓展,不仅仅是困扰的生存失衡状态的心灵补偿,而且是思维的重要转换。未来社会理应向生态社会转变,'环保诗'将是 21 世纪诗歌谱系的重要一支。"[②] 在东南亚华文诗歌文本里,关注环境危机的"环保诗"大体呈现为两种,一是从环境污染角度切入,呼唤环保意识。请看子帆的《都市烟囱》:

> 不能满足的欲望/闹个无休止的城夜/各自怀着久积的怨气/发烧地/鼓起怒火的气筒/心恶地呕泻/病重中/瘫痪地仍在狞笑/仍不满地掩面呜咽/发泄乌烟瘴气/疯狂弥漫在大街小巷。

诗人在此给我们精心描绘了一幅都市烟囱污染环境的图画,"发泄乌烟瘴气/疯狂弥漫在大街小巷",乃形容工业文明所带来的雾霾铺天盖地,表现出诗人对工业文明造致环境恶化的不满和厌恶,试图以诗歌唤醒人们的环保意识。再看刘育龙的《屈原自尽》:

> 跳河最忠于原著/可寻遍了整座都市/作者找不到一条不太肮脏的河/大夫也许不在乎/总得顾虑/市民不肯/在黑乌乌亮晶晶的水面上/打捞尸体

---

① [英]安东尼·D. 史密斯:《全球化时代的民族与民族主义》(龚维斌、良警宇译),中央编译出版社 2002 年版,第 23 页。

② 杨匡汉:《玉树临风——杨匡汉选集》,花城出版社 2012 年版,第 147 页。

诗人想象力非常强,以屈原想自尽而找不到干净的河流来讽刺现代文明所带来的环境恶化问题,我们不难体会诗人借历史典故反讽现代人对环保的漠视之心,这种反讽使诗歌获得了一种心理上的深度和广大,使诗歌不仅仅停留在外部的可笑的对象上,而是由外及内,既挖得深又有了普遍的象征意义。再看郭乃雄的《黑死病》:

> 工业的瘟疫时代吹响了战斗的号角/一场世纪黑死病竟轻易地就可凌迟/海龙王的九族要其在人类文明的刑场上全都/变成今天超市海鲜架上反了灰眼的绝望死鱼/深海的每口井早就听说那是亿年老妖的念咒修炼之所/哪天谁闯的祸让妖术释放出来把海洋黑死为恐怖公墓/亿万生灵讨了个往生咒就被驱赶上了轮回列车留下/地球一张痉挛扭曲且又伤痕遍布像被恶犬噬过的破脸。

诗人以丰富的想象和形象的比喻告知我们海洋环境被污染的可怕,人类无休止地掠夺深海原油资源,到头来弄得鱼虾尽死、生灵涂炭,不但严重破坏了生态平衡,还留下了一个千疮百孔的“痉挛”地球。生活在热带雨林的马华诗人蓝波面对家乡的森林被恣意砍伐、河流受到污染等问题,更是忧心忡忡:

> 江河已是 流浊的尿道/有人才开始追溯/河清澈的前身/可有人紧持合法弑杀令/苍苍峦峦的雨林族群/纷纷肢解驱离/山土谷泥/以绵绵雨哭诉/泣成一江黄血嘘唏
>
> ——《或许是河的报复与伐木无关》

二是着眼于人类生存环境的改变,以此批判工业文明的弊端。请读郭永秀的《建筑物》:

　　　　望上去,天空/像一块啃剩的隔夜面包/建筑物,四面八方围拢
过来/且贪婪地伸长脖子/像饥饿的狼群

诗人形象化地给我们展现了现代都市高楼林立的场景,并以"饥饿的狼群"为
喻,喻示这些高楼直接挤占了人类的生存空间,透露出诗人对现代文明具有
反自然和反人性的本质的思考。再看吴岸的《哀白鹭》:

　　　　一只白鹭/不栖于江边烟树/却独立在高压电柱/环顾/不见青
山翠谷/只见高楼遮日/俯瞰/没有清泉静湖//只有车流汹涌的公
路//啊　孤独的白鹭/童时我看你/翩然轻落在水牛背/长大后我见
你/霍然飞起/自李白的秋江诗/如今/为何流落到此?//彷徨四顾/
不如归去/归去　归去/何处是归宿/归去　归去/处处/烟霾毒
雾……

诗人描绘了一幅白鹭无处安身的图景,到处是"高楼遮日""车流汹涌"和"烟
霾毒雾",儿时的"青山翠谷"、山清水秀无处寻觅,从而导致白鹭找不到归宿。
诗中隐含的意义在于:在现代化的进程中,连白鹭都找不到安身立命之所,何
况我们人类呢?田思的《给我一片天空》则以祈求的口吻希望得到清新自然
的生存环境:

　　　　给我一片天空/一片紫色的成熟的天空/别让酸雨淋湿了我的
梦/别让烟雾遮蔽了我的真诚/别让我内心天然的热带雨林/让位给
一栋栋冷漠的洋灰钢骨/我把睿智沏成一壶龙井/我把哲思梳成一
株银柳/我平和的心曲通过一管牧笛/悠悠地回荡在晚风夕照里

"酸雨""烟雾""洋灰钢骨"这些现代文明的产物诗人都不要,诗人需要的是

"雨林""银柳"和"晚风夕照"这些乡村田园景物,因为只有这些自然风物才能平衡心灵、平和心态,这样的环境才适宜人类的生存。

必须指出的是,我们简单地把东南亚华文诗歌对于都市文明和环境危机的批判归结为世界性与本土性相冲突的表现,是为了论述的方便,实际上,世界性与中国性相冲突时也会涉及都市批判和环保问题①。这是比较好理解的,因为东南亚华文诗歌的民族性是中国性与本土性交集的结果,中国性与本土性之间必然有交叉部分。说到底,这一切都是世界性与民族性相冲突的必然表现。

二、 东南亚华文诗歌的现代化

东南亚华文诗歌的现代化趋势势不可挡。这是东南亚华文诗歌走向成熟并与世界诗坛接轨的唯一途径。前面我们说过,东南亚华文诗歌的现代化趋向于全球化,是全球化的一个维度,但全球化的尴尬由此也反映在东南亚华文诗歌身上。现代与传统、世界性与民族性的冲突不可避免地凸显于东南亚华文诗歌的文本中。事实上,如果东南亚华文诗歌在现代化途中没有遭遇这两种冲突,那么也就没有东南亚华文诗歌的特性可言。现代化的趋向是全球一致,消泯个体差异。东南亚华文诗歌如果自觉臣服于西方文明的话语霸

---

① 许多论者在论及都市文明对人类社会造成的危害和环境危机问题时,都从中华传统文化中寻觅药方予以根治,比如陈贤茂在《海外华文文学史》(第一卷)中谈及"海外华文文学与中国传统文化"的关系时说:"由于工业化的发展,造成环境污染,大自然遭破坏,又由于人们追求享受,社会物欲泛滥,导致人性疏离、道德沦丧,这种环境与精神的危机,促使人们反思,并燃起回归大自然的热情。"这是以道家的"道法自然"的观念来应对环境与精神的危机。(参见陈贤茂主编:《海外华文文学史》(第一卷),鹭江出版社 1999 年版,第39 页。)

权之下,最终只能成为西方话语的附属和翻版,丧失自身个性,也就失去存在的根由。现代与传统、世界性与民族性的冲突对于东南亚华文诗歌保持主体性和独立性起到了功不可没的作用,因为不管冲突如何,它们至少提示了东南亚华文诗歌还有自身的传统和民族性存在,而这些正是东南亚华文诗歌的立身之本。

前面我们论述全球化视野下世界性、中国性与民族性的关系(即全球化与本土化的关系)时,重点分析了东南亚华文诗歌关于现代与传统、世界性与中国性、世界性与本土性的矛盾冲突,这是不全面的。因为对于"全球化"与"本土化","我们一方面要看到两者之间的差异,另一方面也要看到两者的冲突和融合。本土化和全球化其实从来都是彼此依存的,而作为文明载体的民族自身发展是在冲突中融合而成的。同时,又在融合中产生新的冲突,并进而达到更新更高的融合。所以,从宏观上和微观上说,'文明的冲突'和'文明的融合'是具有普遍性的,单独抽出来任何一维作为未来世界图景来阐释其发展轨迹,无疑都是有其盲点的"①。这就告诉我们,仅仅抓住东南亚华文诗歌的世界性与民族性相冲突的一面,而忽视/不见它们之间的融合以及更高程度的冲突和再融合,就是片面地理解东南亚华文诗歌的现代化。亨廷顿在《文明的冲突》一书中否定了文化普世主义,如果我们撇开他的西方话语中心地位的立场来看,发现他确实揭示了这样一个事实真相,那就是王岳川所分析的:"在后冷战时代,世界文化已经不可能仅仅存在西方中心主义话语,民族文化的差异整合性将取代西化式的现代化的普遍文化理论。"②因此,东南亚华文诗歌在现代化途中,接受西方中心话语影响的同时,实际上想要获得一种世界性与民族性相融合的特质。这种经过"民族文化的差异整合"而获得的特质是东南亚华文诗歌现代化孜孜以求的东西,也是其现代化成功的标

① 王岳川:《后殖民主义与新历史主义文论》,山东教育出版社 2002 年版,第 91 页。
② 王岳川:《后殖民主义与新历史主义文论》,山东教育出版社 2002 年版,第 92 页。

志。我们可以从两个角度来看东南亚华文诗歌的世界性与民族性相融合的表现：

第一，从东南亚华文诗歌的都市题材书写来看。实际上，这是以诗歌的表现内容为着手点。我们知道，当工业化商品化大生产创造了丰富的物质文化生活的时候，以欧美城市为模型的都市化在全球蔓延开来，都市由此成为现代文明的最好载体。都市既然是社会现代化的必然产物，那么势必成为现代诗歌的观照对象。台湾诗人罗门曾说："'现代诗'离不开'现代人'；而'现代人'又大多数离不开现代'都市'，则'都市诗'已事实上成为现代诗型中，最能确切地站在现代大多数人真实生命活动的前卫位置去做临场性传真工作的一种诗型。"①因而，可以说都市诗是诗歌现代化的最直接体现（这里我们没有拒斥其他题材书写的意思）。东南亚华文诗坛的都市诗，以其丰富的表现力，不但对十字街头的霓虹灯、广告牌、大商场、大卖场、超市、广场、宾馆、休闲厅、咖啡屋、川流不息的人群、穿梭奔驰的汽车以及高楼大厦等现代文明景观予以展现，而且对享乐第一、消费至上、物欲横流的物化世界也给予批判与揭露。都市文明的二重性，即它带来高度发达的物质文明之后，反过来又使人性异化，甚至滋生声色犬马的畸形罪恶以及生存环境渐趋恶化等问题在东南亚华文诗人笔下都得到了充分的书写。请看伍木的《城市》：

城市从甜梦中晨起醒来/黄色街灯揉着睡眼惺忪睡去/走廊上众排日光灯睡去/屋顶那颗红色夜间飞行警告灯睡去/夜晚霓虹灯在太阳升起后暂停营业//播种组屋，五年一次翻新/硬质土地上，打桩声迫不及待地响起/碎路器赶着前来合唱/诸灯乍熄，树枝上的小鸟未曾展喉/急急的声响长长的声波已重重地切肤而入//那边厢印

---

① 罗门：《都市诗的创作世界及其意涵之探索》，《罗门论文集》，中国社会科学出版社 1995 年版，第 75 页。

> 族同胞击鼓而歌/联络所一隅,有人正和城市主调抗衡/为一种名曰
> 亚洲文化价值的东西/在大清晨/做最后的力挽

诗人给我们展现的是一幅"睡眼惺忪"的城市晨景,也是发展中国家常见的城市图景:推倒破旧房屋,建起摩天大厦;砍伐路旁树木,拓成宽敞马路。现代人毫不犹豫地追求都市化,却在繁忙的城建中失落了最为可贵的"亚洲文化价值"或者说传统文化价值。再看岭南人的《机械在鲸吞腐朽的东西》:

> 路过曼谷的华尔街区,/走过逼迁的坟地,/惊见昂首的挖土机
> 一匹匹,/伸出长长的象鼻,/在卷残了的木屋,/在吃塌了的亭子,/
> 在咀崩了的墓园,/在嚼毁了的墓基……/馋嘴的象把荒了的坟地,/
> 填入永也填不饱的肚子。/我看见,应欢呼呢还是叹息?/机器在鲸
> 吞腐朽的东西!

诗人面对城市的扩展以及城市对"腐朽"(传统)的"鲸吞",心里焦急不安,不满的情绪溢于言表。应该说,这两位诗人更多的是看到了世界性与民族性相冲突的一面,因而诗作从整体上说是批判和抱怨成分居多。

对都市文明持怀疑、批判态度在东南亚华文诗坛较为普遍,诗人们对于科技进步带来的"工具理性"排斥"人文理性"的现象十分痛心,因而在批判的同时,很多诗人的情感开始倾向于乡村文化即传统文化,企图坚守或寻求"人文理性"。

> 月亮比较了解我们/我们还有美好的想象/如今我们比泥土还
> 累/住在城市的情人还没睡/眼前晃动着/故乡起伏如浪的稻香"
> —— 陈强华:《稻米》

对于他们来说,亲近乡村实际上是用田园型的精神形态抵御都市型的物化世界,但这不是单纯地造成乡村田园与都市文明的对峙,而是在两者之间重建新型存在的可能性。这种"新型存在"毫无疑问是两者的兼容/融合体。因为发达的物质生活对人有着强大的吸引力和不可抗拒性,在现代,回归传统的田园生活已经不可能,必须寻找一条既传统又现代的道路。正如朱大可所说:"事实上,当马克思发现人的本质乃自由的创造时(见《1844 年经济学—哲学手稿》),这位伟大的先哲已经为现代城市精神下了最深刻的定义。乡村创造了人类,而人类却创造了城市。这意味着乡村是人类的上帝,而人类则是城市的上帝。人类将无比感激乡村养育的恩典,并把乡村生活方式作为现代城市生活的美妙补充,但它将更亲近于自己的造物与孩子:它在城市的创造中显示了生命的全部价值。同时,它又把城市当作一个未来伊甸园的现世代用品,一枚充满各种乐趣和威胁的禁果。"①这就告诉我们,必须寻找一种既充满田园乐趣又方便舒适的城市生活,这才是最理想的,这是一种融汇传统与现代的生活方式。在这种理念规范下,东南亚华文诗人对于都市题材的书写发生了微妙的变化。他们立足于本土,把都市放在了东方文化的背景下予以观照,从而表现了一种既有东方文化气息又有都市文明意识的观念。由于东南亚华文诗人的民族性基石是中国性,因而这里的东方文化思想更多的是来自中国传统文化。中国传统文化中的崇尚自然、天人合一的思想以及追求安宁、和谐、稳定的文化品质内化为他们的无意识,自觉弥补现代化(西化)所带来的苦闷、压抑与荒诞的同时又与现代文明意识融合,形成一种新的特质:

> 必然是饮过忘川之水的/我已全然不记得/前世/君临江湖的雄姿。沧海/桑田原是不值得惊异的/只是偶尔无可解说的/总想向水中/照一照/自己的影子。扬帆/远去的老人,经过我/脚下,便不再

① 朱大可:《逃亡者档案》,学林出版社 1999 年版,第 91—92 页。

回头/拾贝的孩子说：桥洞下/已成了污秽的堆积所/可是你知道有些河流/永远/不会干涸,甚至已经/凝聚成泥土——啊! 汹涌的/人潮依然不分/昼夜的起伏。奔流的/岁月,一波接着一波而/滚滚/车轮冲走了多少韶光/多少华似水……/而我,你是知道的/依然是慈悲/为怀的引渡者,可是在陆地/与陆地/全然是陆地的/红尘十丈/岸/在那(哪)里?

——谢馨:《高架桥》

诗人谢馨让都市缓解/分流交通的高架桥以自述的方式叙说作为"桥"的尴尬,但她没有将批判的矛头指向这个现代文明的产物,而是从它的命运遭际中发掘出对人生的思索,以中国传统诗歌特有的"托物言志"的方式表达了一种对于新兴生活的向往。再如她的《超级市场》,虽然诗句间流露出在超级市场购物方便齐全的同时少了许多传统购物乐趣的遗憾:

对着沙丁鱼罐头的标志想起潮水的上涨/曾淹没了多少城池,冲断了多少桥梁/在番茄酱的瓶盖上回忆/故乡菜园的芬芳/城隍庙前赶集的热闹,有一年/坐着牛车,颠簸了五里路/去买一件花衣裳

但诗人并无排斥现代化生活的意识,因为美好的生活并非纯然的田园生活,而是购物的便利,或者说是在享受便利生活的时候带点优越与闲适的精神跑马。

新加坡的女诗人淡莹不同寻常的留学、工作经历使她自觉将自己的人生思索纳入到中国传统文化的精神脉络之中,以传统的富有活力的文化精神作为自己人格建构和生命感悟的价值资源,从而使她的诗作不同程度地表现出对于平和、冲淡而富有诗性生活的向往和追求。请看她的《吸尘》:

尘埃　悄悄落在/墙对墙的地毯上/我没有诗的生活/也沾满了厚厚的/尘土//希望这一管柔软若蛇的/真空　在三十分钟/吸尽世上的污秽/　人间的荒谬/最要紧的是吸干净/蒙在心中多时的尘垢/好让我谛听/诗的种子/破土而出的声音

"拖地吸尘"这样的都市日常生活景观在诗人笔下显得意趣盎然,因为诗人在对它的写真中融合了对于生命真义的体验和对于诗性生活的向往。其他如《洗衣》《晒衣》《熨衣》《擦窗》(它们与《吸尘》一起构成《家务事五题》组诗)同样表达了诗人对于都市日常生活的思考,具有浓厚的生活气息和质朴的生活实感。谢馨、淡莹两位诗人以传统文化视野观照都市的日常生活和平常物事,追寻一种超越传统和现代的理想生活方式。这种生活方式既不脱离现代的方便、快捷、舒适,又不放弃传统的安宁、和谐、冲淡,对于东南亚华文诗歌而言,这正是世界性与民族性融合的表现。我们不敢说这种都市化写作就是东南亚华文诗歌现代化的最佳方式,但它至少代表了一种方向,一种现代化的方向。

第二,从东南亚华文诗歌的表现方式上来看。前面我们说过,东南亚华文诗歌具有"双重文学传统",其中之一便是中国诗学传统。由于东南亚华文诗歌的本土资源匮乏,因此中国诗学传统实际上是它的最主要传统。"传统与现代化都不是绝对对立的,一切民族与国家的现代化都不过是某种文化传统在现代条件下的存在,是创新了的、发展了的传统。"[①]从这个意义出发,东南亚华文诗歌的中国诗学传统当然也是"创新了的、发展了的传统"。它的创新、发展实际上就是它的某些表现方式和西方现代派的某些文学主张或表现方式存在交汇融合的现象,从而创造出新的特质。(这里为了清晰梳理中国诗学传统与西方现代派融汇的关系,我们暂时不考虑本土文学传统因素的介

---

①　庞朴:《中国走向近代的文化历程讨论会述要》,《武汉大学学报》1988年第1期。

入。)这也从另一个角度说明世界性与民族性存在融合的可能性。请看诗人白垚的《那夜,在水湄》:

> 那夜在弯弯水湄,/夜已经很深很深,/一切都没入那水波了,/枕着水流,忘了琴声,/忘了长街内的庭院深深,/忘了日子悠悠。//山高属你,水深属我,/弯弯的是一水月光,/翘听更鼓缓落,/闭睫的瞬间,/多少星辰旋散,/红尘涤尽,在这一夕的柔凉。//风来,风去,淡淡斜飞,/摇曳的不是水边的绿杨,/牵身在水流中,/凝思水外,/想那引路的小红灯笼,/思念是细又细长又长的了。

不难看出,这是一首颇具古典抒情意味的现代诗,"水流""琴声""庭院""更鼓""星辰""红尘""绿杨""灯笼"等中国古典诗歌中常见的意象出现在这首诗当中,传达的却是现代人的情感世界,并营造出淡淡的感伤情境。从手法上来看,诗人尝试着紧缩语意,用压缩性的叙述来安排这些古典意象,显然借鉴了西方现代派的表现手法。再如傅承得的《山雨欲来》:

> 山雨欲来,曲径风紧/古树洞空的枯干,指挥/四面楚歌急骤的撩拨/小心,月如,前头多难/我们得战战兢兢,留心/枝桠挡道,石走沙飞/所有伴奏的天籁,可能/尽是掩饰巧妙的咒语/或死神桀桀的冷笑/在阴霾的背后/在光线疾退的上空/他揶揄的睥睨/偶人自投/毁灭的怀抱……

这首诗写于 1987 年,正是马来西亚政府展开"茅草行动"①的时候,诗人面对

---

① "茅草行动"是指马来西亚政府于 1987 年 10 月 27 日,以"马来西亚内安法令"之名,搜捕反对党领袖、华教人士、社运分子、宗教人士,共 100 多人,并勒令关闭了三家报社,整个大马社会顿时陷入一片风声鹤唳、草木皆兵的紧张氛围当中。

政府的高压,只能巧妙地化用古典意象,采用隐喻、暗示、象征的表述方式渲染永不屈服的情怀。"尤其是几近陈腔的'山雨欲来',被'曲径风紧'的空间描述加以牵动,产生了立体感十足的空间想象,让紧接其后的景物和心境,在风雨的曲线流动中,随诗里暗押的音韵起伏。"①这是比较好地将古典意象融合到现代诗中的一种表达。

　　最能见出东南亚华文诗歌在表现方式上汇合中西艺术经验的,主要表现在对象征主义的"共鸣"上。西方象征主义作为一个诗歌流派,产生于19世纪80年代的法国。事实上,早在19世纪50年代,象征派先驱波德莱尔的《恶之花》就已经问世,但直到80年代,象征主义作为一个新起的诗派才正式形成。在这中间,经历了一个从浪漫主义、唯美主义、巴那斯派到象征主义的发展过程。60年代,法国诗坛出现了一个为艺术而艺术的巴那斯派(又称高蹈派,这是自然主义潮流在诗歌上的表现)。这个流派发展了戈蒂耶那种尽量不动感情,一味追求造型美的倾向。戈蒂耶开创形式主义诗风,对19世纪后半期的诗歌,有相当大的影响,他是一位标志着从浪漫主义向唯美主义过渡作家。他反对艺术服从于道德或功利的目的,主张艺术至上,为艺术而艺术,认为艺术美的关键在于形式,在于艺术形式上的难度,诗应当避免抒发个人感情。巴那斯派承继戈蒂耶诗风,单纯追求艺术形式的造型美,标榜诗歌"不动感情""取消人格"的"无我"的客观性质,很快引起诗人魏尔伦、马拉美等人的不满。于是,他们擎着象征主义的大旗,要求诗歌运用暗示、幻觉和联想的方法来表现自我微妙的内心世界。而在中国,象征既是植根于中国文化独特思维的认知方式,也是中国诗歌的一种重要表现方法。道家在阐释超验的"道"与具体的"物"的关系时,强调"道"存于"物",而"物"中可以见"道":"道之为物,惟恍惟惚,惚兮恍兮,其中有象,恍兮惚兮,其中有物。"(《老子·二十一章》)

---

　　①　钟怡雯、陈大为编:《马华新诗史读本(1957—2007)》,台北万卷楼图书股份有限公司2010年版,第156页。

抽象而玄妙的"道"借"物"而显其"象",这样,在迷离恍惚的"象"中,"物"就超越了当下的具体性而成为"道"的象征。《易》设八卦和六十四图以象征天地万物,于是,卦象的组合就具有了玄妙的象征意味,成为天人感应的中介,通过它可以达到对外界的某种认知。这种借"物"以显"象",因"象"而悟"道"的直觉性思维和认知方式,深刻影响着中国诗学。由此,身处特定地理环境和多重文化背景下的东南亚华文诗人一旦在西方象征主义诗歌作品中发现象征和暗示方法,就一定会向中国诗学传统回溯,从而架起了一座沟通中西诗学的桥梁。

当代学者张少康在探讨中国古代文学创作理论时,把古代浪漫主义文学思想和创作的发展,分为"比喻型"和"象征型"两种类型、两条线索,认为"屈原的浪漫主义以幻想奇特的比喻为主,而庄子的浪漫主义主要是运用象征的手法"[①]。意境正是以庄子为代表的象征型浪漫主义长蔓上结出的美学硕果。象征、暗示方法是意境与生俱来的孪生兄弟和亲密伴侣。西方象征主义,按照诗人穆木天在20世纪30年代的解释,不但是一种表现手法,更重要的是"暗示着一种境界",是对于另一个"神秘的世界彼岸世界的创造"。这样,意境论者与象征派在美学思想上就有了对话的可能。在艺术表现方式上,无论是意境的创造,还是西方象征派的创作,都可以最终归结于梁宗岱所概括的象征、暗示方法的一些典型特征:"借有形寓无形,借有限表无限,借刹那抓住永恒,使我们只在梦中或出神的瞬间瞥见的遥遥的宇宙变成近在咫尺的现实世界,正如一个蓓蕾蕴蓄着炫熳芳菲的春信,一张落叶预奏那弥天漫地的秋声一样。所以它所赋形的,蕴藏的,不是兴味索然的抽象观念,而是丰富、复杂、深邃、真实的灵境。"[②]于是,东南亚华文诗人通过对意境美感的追求,将西方象征主义的艺术营养摄取、消融于其中,从而反映出处在东西文化撞击中

[①] 张少康:《中国古代文学创作论》,北京大学出版社1983年版,第148页。
[②] 梁宗岱:《象征主义》,《诗与真·诗与真二集》,外国文学出版社1984年版,第66页。

的他们追求"中西艺术结婚后产生的宁馨儿"（闻一多语）的普遍心态。请看叶明的病中感怀之作——《轻舟已过》：

夜，荒芜得连一声叹息也没有
我是孤绝里唯一流动的水声

——流过成败，流过枯荣
流过莽莽的江河
流成野外宁静的湖泊
流成市衢滚滚的红尘……
——而今，唉，我已经疲倦了
去罢去罢——
昨日的镜花水月
明日的海市蜃楼
我真的是该休息一下了
纵有景致，我不想再以它入诗
纵有山水，我不想再将它入画
纵有情节，我不想再把它构成小说
一切一切
都交由岁月去收藏吧

轻舟已过
我不再是追着远方不放的水声
我是即将登岸而去的水纹……

诗人通过饱满动人的意象,运用灵巧的象征手法,将对于外在世界的体察和对于内心世界的探索交织在一起,融情于景,创造意境。这首诗开篇突显死亡庞然如暗夜的身影:"夜荒芜得连一声叹息也没有/我是孤绝里唯一流动的水声"。临着荒芜与深邃如墓穴的黑夜,"我"正襟危坐,与死亡做近距离的相对逼视。阴郁的空气沉闷得扬不起一丝微风,世界冷漠如水,不愿意为病危的"我"吐露一声叹息,一声最轻微的悲悯。夜空中不断眨眼的寒星,像死神阴险的眼瞳,虎视眈眈地窥视着一个虚弱的生命在病中垂危挣扎。"我"知道:"流过成败,流过枯荣",流过生命中的低潮期,并且在低洼之处形成"野外宁静的湖泊"的那条莽莽江河,经过疾病百般折腾,也已疲倦成一泓萎缩的瘦溪;而"昨日的镜花水月,明日的海市蜃楼",也很快在逐渐干涸的河面上变得轮廓模糊。当生命渐趋寂灭的那一刻,"我"追求永恒的夙愿仍然在心中炽燃,"一切一切/都交由岁月去收藏吧"。轻舟过后,诗人虽然已无法成为"追着远方不放的水声",无法再以夸父追日的步履,追逐生命中的理想和憧憬,但是他在诗中所展示的优美意境,却永远在读者心中荡漾着不息的涟漪。这里,诗人深悟象征、暗示手法可以强化诗的张力,达到了叶燮所说的"诗之至处,妙在含蓄无垠,思致微渺,其寄托在可言不可言之间,其指归在可解不可解之会"(《原诗·内篇下》)的境界。

西方象征主义由于对现实世界是凭直觉、超感去把握,许多体验只可意会而难以言明,因而其一般采用意象来传达这种情绪体验,不过它不是通过具体意象之间的比较来解释这些,而是强调用暗示。这样,同是在暗示这一契合点上,西方象征主义诗人就把意象与象征主义联系了起来。然而,我们知道,意象是中国传统诗歌的特有概念,唐代王昌龄在《诗格》中说:"一曰生思。久用精思,未契意象,力疲智竭,放安神思,心偶照镜,率然而生。二曰感思。寻味前言,吟讽古制,感而生思。三曰取思。搜求于象,心入于境,神会于物,因心而得。"他把"物象"与"心意"联系起来考察,明确提出了诗歌的意象论。意象与意境一样,是中国传统诗歌的生命元素。西方意象派的鼻祖庞德曾自述他所运用的意象艺术方法来源于中国古典诗歌,他说:"因为中国诗人从不直接谈出他的看法,而是通过意象表现一切,人们才不辞繁难地移译中国诗。"①他自己本人曾改作屈原的《山鬼》、汉武帝刘彻的《落叶哀蝉曲》以及汉代班婕妤的《怨诗》,并翻译了李白、王维的作品。所以,意象与象征主义联姻本身就是中西艺术融合的结果。

如果从意象层面分析象征主义,我们则可以把它分为两大类。一类是仅涉及人事、情感、物态的,如以花比喻美人,以红帆船比喻希望,以浮云比喻游子,以白色表纯洁,以黑色表悲哀,以金色表光荣及权力等。这些象征往往只停留于此岸世界,没有暗示出超验世界及其生存规律。另一类则涉及超验世界及其生存规律,一般称之为超验象征主义。这类象征主义强调既要抓住客观现实,更要突破事物的表象而表现内在的实质,突破对人的外在行为的描写而揭橥内在的灵魂,突破对暂时现象的抒写而展示永恒的品质或真理。那么,东南亚华文诗人是如何营构意象展示象征的呢?请看王润华的《影子的下场》:

　　戏演完之后/如果你走进舞台的后面/你会发现我们这些英雄美人/全是握在丑陋老人手中的傀儡//被玩弄过之后/我们的头一个个被摘下来/身体整齐的被叠在一起/放在盒里,而且用绳子扎紧/于是我们又像囚犯,耐心地等待/另一次的日出

诗人假借"影子"的自叙,塑造了一个"傀儡"的意象。这一意象蕴含着从现实生活中抽象出来的人生真谛:每个人都免不了要当傀儡。同时,该意象也象征了一个人无法掌握自己一生命运的悲哀。整首诗的象征手法与意象的结

---

① 转引自李元洛:《诗的意象美》,《李元洛文学评论选》,湖南人民出版社1984年版,第128页。

合显然属于所谓的"超验象征主义"。对于多数东南亚华文诗人来说,他们致力追求的正是这种象征的意象活动通向超体验的生命感悟,不过没有将其架空而使其神秘化,依然保留着中国古典诗歌的意象色彩。

德国哲学家卡西勒认为,象征就是在知觉符号和某种意义之间建立起隐秘的联系,并把这种联系显现于我们的意识当中。不过,按照卡西勒的理解,象征客体(即自然形态的感性材料)和象征意义(即主体意识和知性意蕴)的联系还是比较简单地粘贴、附加。在审美上,象征客体不仅缺乏独立自在的巨大价值,又未达到同象征主体造成完全和谐的隐秘联系,所以黑格尔说这种象征"与其说有真正的表现能力,还不如说只是图解的尝试"[①]。到了西方象征主义诗派兴起时,象征则具有了现代意识,被理解为主观与客观融合一体、知性意蕴超越客观物体的象征。于是,现代意义的象征就可以通过一种双向运动——客观物体的主观化与主体意识的客观化,使主体意识(象征意义)自然地渗透到客观形象(象征物)之中,从而达到含义大于其本身的境地。这就与中国传统诗学的艺术表现方法——"兴"有不少相似之处。"兴"借"他物"起情而"随物宛转",早在《诗经》中已有运用,为中国历代诗人所推崇并加以发扬光大。众多东南亚华文诗人以其自身的创作,在中西文化的结合点上对"兴"这一中国传统的诗歌艺术经验也进行了现代性发挥。请读和权《老丐》:

清晨/远天冷冷地/翻著(着)白眼//蹲在墙脚下/无人理睬的狗

尾草/叶上莹莹的露珠/凝聚著(着)/昨夜的冷冽

这首诗短小简练,题目是"老丐",通篇却没有一个字与老丐有关,正是传统的"起兴"而"先言他物"的承继,所不同的是,作者轻巧地发挥了诗的象征暗示

---

① [德]黑格尔:《美学》(第一卷),商务印书馆 1997 年版,第 95 页。

功能,将清晨的景象、狗尾草的命运拟人化,同步且准确地"移转"与"反射"到老丐的生命存在状态、命运与情境中来,充满了人性与人道主义精神,感人至深。还有云鹤的名篇《野生植物》:

有叶/却没有茎/有茎/却没有根/有根/却没有泥土/那是一种
野生植物/名字叫/华侨

很明显,诗人也是将中国传统的"兴"与现代意义的"象征"结合起来,通过"野生植物"诉说了千百万海外华侨华人所特有的那种浪迹天涯、寄人篱下的无所依凭的不安全感与身份危机感。

限于篇幅,我们不再赘述其他西方现代派的某些技法与中国传统诗学的交汇,但可以肯定的是,东南亚华文诗歌通过中西艺术经验的融合,扩大了艺术表现方式。这是其现代化的必经之途。可是,必须注意的是,在后现代语境下,随着现实社会节奏感的加快、机械复制时代的来临,以及物质主义、消费主义、拜金主义的盛行,"诗歌不再成为精神性永恒存在的证明,而成为语言性当下性生存场景的无意义拼凑"①,进入了"后抒情"时代。所谓"后抒情"实际上是诗人面对商品膨胀、一切以经济为中心的现实,为了保持住一点点自我的经验,不得不从"公共空间"退回到"内心世界",将诗歌变成了个人的内心独白甚至梦呓,即个人化写作(关于这一点我们在前面已经论述过了)。这种后现代趋向在东南亚华文诗坛泛化开来,我们总会读到一些形式技巧大于内容表达的作品,比如:

整座森林/可以有整个生命这么大/许多追求者都来不及等待/
所有他们追求的梦想天空/在那么一个时间的停驻以及空间/我坐

---

① 王岳川:《中国镜像:90 年代文化研究》,中央编译出版社 2001 年版,第 239 页。

下/然后喝茶　看报/读诗。/利用仅剩的茶叶泡出/可有浓郁的茶
香/你可知道一整个下午会很无聊/若不饲养一只猫/或是鹦鹉/没
有任何声音/会疯/会静得发狂

——赵少杰:《安静,之所以没有什么》

马华诗人赵少杰这首诗表达的是一种典型的后现代情绪,价值与目标的双重
缺失使得个体在现代生活中找不到栖息之所,因而,当"我"在一个暂时脱离
了纷乱的现代生活的时空中坐下喝茶时,会觉得"没有任何声音/会疯/会静
得发狂",堕入虚无。这是诗人在平淡的日常生活和大都会的骚乱里,伸出诗
的触觉捕捉奇特的、新颖的感觉和扑朔迷离、转瞬即逝的印象而已。再看周
锦聪的《绝响》:

雀鸟的独鸣自枯树被射落之后/炮声是大地独享的绝响//一枚
受伤的太阳/用子弹堵住伤口/鲜血依旧喷了一地//在鲜血渲染而
成的伟大中/一只被阉的老虎来回奔走

我们更是难以穿透诗人的隐秘内心去体味他的感觉,如果这里的"雀鸟""枯
树""太阳""老虎"等意象有象征意义的话,那么意象层与象征结合得并不完
美,甚至还显得晦涩难懂。

东南亚华文诗坛的后现代创作潮流表现出对西方现代主义的叛离,毫无疑
问也背离了民族性审美传统。后现代诗作从个人视角出发,解构宏大叙事,还
诗歌以平民化、大众化色彩,主动与现代传媒联姻,在意义上有其积极的一面。
可是,它们让诗歌日常化、庸俗化、平面化,甚至形式至上,并且把诗歌导入灾难
性绝境。这对于东南亚华文诗歌的现代化是极其不利的。在后现代语境下,如
何寻求"中西合璧"的临界点,如何坚守传统与现代的结合,创造出东南亚华文
诗歌自身真正的特质,才是诗歌现代化唯一正确的方向。

第六章
中国性诗歌典例分析

　　东南亚华文诗歌发展至今,虽然困境重重,但并未停滞不前,现代化是其前进的大方向。有些学者借后殖民论述寻求出路只是众多企图突破困境的思考之一,我们不可居此一隅而消解其他诠释的可能性,何况为中国文学/文化扣上"殖民"的帽子只是一个伪命题!既然如此,东南亚华文诗歌建构本土性困难的压力不是来自中国性,而是来自其本土社会文化政经结构自身。因此,我们认同东南亚华文诗歌继承"双重文学传统"这一说法。"双重文学传统"为东南亚华文诗歌的中国性与本土性相融合提供了可能性,也显示了东南亚华文诗歌与中国诗歌的差异性。所以,我们认为,东南亚华文诗歌挥之不去的中国性对其发展具有一定的促进作用。这里,我们选取几种具有中国性的诗歌典例予以分析,看看中国性如何拓展东南亚华文诗歌的表现领域。

一、乡 愁

乡愁是人类与生俱来的情感,背井离乡、漂泊无依(包括心理上的)最容易使人产生这种情感。乡愁诗在中国诗歌史上具有悠久的历史,从《诗经》开始,无数诗人骚客留下了诸如"举头望明月,低头思故乡""独在异乡为异客,每逢佳节倍思亲""露从今夜白,月是故乡明""何当共剪西窗烛,却话巴山夜雨时""春风又绿江南岸,明月何时照我还""明月高楼休独倚,酒入愁肠,化作相思泪"等脍炙人口的诗篇。到了中国现当代诗坛,抒发乡愁的诗歌作品也是层出不穷,成为一道亮丽的风景线。正如鲁迅所说:"凡在北京用笔写出他的胸臆来的人们,无论他自称为用主观或客观,其实往往都是乡土文学,从北京这方面说,则是侨寓文学的作者。但这又非如勃兰兑斯(G. Brandes)所说的'侨民文学',侨寓的只是作者自己,却不是这作者所写的文章,因此也只见隐现着乡愁。"①也就是说,乡愁是现代乡土文学的基本主题之一,在诗歌领域当然也不例外。许多流寓在外的诗人获得审美距离后反观自己的故乡或乡土,必然会写出"扯不断、理还乱"的乡情乡思作品,"在中国现代文学中,许多以乡土为题材的诗歌直接就以'乡愁'为题,如羲晨(李广田)、冯乃超、冰心、徐訏、杜运燮等人,都有这样的作品,表明了乡愁诗创作关注的重心所在"②。请看李广田的《乡愁》一诗:

---

① 鲁迅:《中国新文学大系·小说二集导言》,上海良友图书出版公司1936年版。
② 咸立强、白玉玲:《试论中国现代文学乡愁诗中的几个原型意象》,《克山师专学报》2002年第4期。

> 在这古城的静夜里，/ 听到了，在故乡曾经听到过的那明笛。/
> 虽说是千山万水地相隔罢，/ 却也同样使人忧愁的歌吹。

诗人没有直接表达如何思念故乡和建立关于故乡的什么意象，而是借助在异乡的夜晚听到明笛声表达对故乡的情感，幽怨的明笛声成为触发他乡愁的引擎。

在东南亚华文诗歌发展的第一个阶段，即"侨民文艺"时期，东南亚华文诗人身在海外，却心系中国，把自己当成中国人来看待，因而就与中国现当代诗人有着同样的"流寓在外"的感受。他们将东南亚地区看成是异乡，中国在他们心中则是故乡，因而他们对于当时中国的政治、社会和文化的发展格外关注。因为对于东南亚华文诗歌来说，"它不论怎样写，写什么，只要能够写出来，只要人们还愿意看，发生的就是中国人与中国人之间用中国的历史故事进行的情感交流，它在无言间强化的就是中国人对自己民族的意识，它使人们难以忘记中国曾经是一个独立的国家和独立的民族。从这个意义上，也只有从这个意义上，我们才能从总体上说，中国几千年的历史，中国几千年的文化，不论从具体分析的意义上有多少缺陷，多少不足，但都是一种强大的力量，是使中华民族不可能从根本上丧失自己的民族意识和独立意识的原因所在"①。这个时期的东南亚华文诗人非常关注故乡的情况，对故乡的一草一木都十分关心，他们人在东南亚，却大多希望将来能够荣归故里、衣锦还乡，鲜有愿意扎根当地、客死他乡的。所以，他们在异乡（东南亚地区）常常顾影自怜，比较容易产生强烈的思乡念亲之情，请看黄文宝的《苍冷》一诗：

> 苍冷的月亮，/照着荒凉的夜景，/苦煞了旅外诗人！//远远的

---

① 王富仁、柳凤儿：《中国现代历史小说论（四）》，《鲁迅研究月刊》1998年第7期。

琴音,/与潺潺的流声相接,/摇着我心弦震动;/使我牵绵的微波,/寄往何处?

"月亮"作为意象在中国诗歌史上似乎与"离愁别绪"结上不解之缘,在这首诗中也不例外,诗人以苍冷的月亮笼罩下的夜色来衬托游子的悲凉心绪,又将这种心绪与远处的琴声共鸣共振,更加形象地描绘出游子的满腔惆怅和失落之感。这种抒发游子思乡、自怜身世的创作在早期东南亚华文诗坛蔚然成风。再如王元良的《海边望瞭》:

我每天每天到海边瞭望,/每天每天的是云海茫然!/白鸥在碧空中上下飞翔,/波浪从滔滔岸际涌到天边。//波浪滔滔从岸际涌到天边,/在白云深处我想我的故乡。/我踅起脚跟儿极目的瞭望,/可是故乡哟!只是不见不见!//可是故乡哟!只是不见不见!/一轮明月从东天涌起,激滟,/明月呀!你可是故乡的明月?/哦!故乡呀!你此刻是在酣眠?//哦!故乡呀,你此刻是在酣眠?/你可知我站在这异乡海边?/你可知我此刻心中的悲伤?/我已离开了一切故乡的人!……

这首诗回旋往复,上节的末句和下节的首句基本重复,顶针手法的运用产生复沓强化之效果,诗人对于故乡的思念之情在这一唱三叹的歌咏中绵延开去,令人浮想联翩。整首诗的意境开阔,大海、波涛、云海、白鸥、明月、天际等颇为空灵的意象串在一起,比较好地表达了诗人的乡愁意识。

　　早期东南亚华文诗歌发展到20世纪30年代中期以后,受中国全面抗战爆发影响,关注中国战况和社会格局的乡愁诗陡然增多,这也说明当中国处于内忧外患之时,身在海外的华文诗人思乡之情更加强烈。正如杨松年所指出的那样:

> ……但是当中国时局动乱时,当中国政局出现危机时,他们的中国情怀又浓烈起来了。他们写下众多关怀中国的言论,进行众多关怀中国的行动,感情的钟摆遂向中国的一方移动。[①]

这个时期的东南亚华文诗人同仇敌忾,踊跃地融入抗战大潮,肩负起抗战救亡的伟大任务,即使思乡,也不是情怯,而是勇敢面对。请看静海的《怀乡草》:

> 你破落的家园呵!/你苦难的人们呵!/是战斗的,/是英勇的,/我怀念你,/我热爱你,/虽然,虽然我远离在这里。

从诗中抒发的情感来看,诗人当时写作这首诗的时候人在马来亚,可他的心思完全集中于关注中国的现实前途和命运,表达了即使远离破落的故土,仍然热爱和思念故土之情。梦影的《流亡者之歌》则进一步突出描写了日本侵略者烧杀抢掠的罪恶行径:

> 一阵刺骨的夜风袭来,/揭开我悲痛者底心:/幽雅的田园,/沦为凶恶的屠场;/净洁底房舍,/变成一遍灰烬;/数口儿之家,/逃亡各方流离失所!/这是谁之所赐?/非食敌人之血肉,/不足消恨!

不难看出,作为战争的受害者和流亡者,诗人除了谴责日本侵略者的暴行之外,还深深怀念昔日的故乡——"幽雅的田园"和"净洁底房舍"。再如黄大礼的《怀故国》:

---

① 杨松年:《战前新马文学本地意识的形成与发展》,新加坡国立大学中文系、八方文化企业公司 2001 年版,第 1—2 页。

202

我怀念黄色的家邦/我想念破碎的古城墙/芦(卢)沟桥上血迹
不曾干/黄河岸边又掀起滔天的浪//盼望塞北的寒风/吹送黄沙洒
落愤恨的心腔/盼南国的荔枝红/颗颗挂入乡思的梦网//十一月的
阴霾凝住八载的冬寒/四万万颗心但热望着和平的温暖

这首诗写于抗日战争胜利结束之后,还在海外漂泊的诗人对中国局势尤其关
注,认为抗日战争结束,好不容易盼来和平,却发现国内现状并不令人乐观。
"十一月的阴霾"喻指国共失和可能导致国内爆发新的战争,诗人心中充满焦
虑和忧患意识,希望当局能够给予四万万同胞以"热望着和平的温暖",表达
了自己对故国故乡的祝福和怀念之情。可以看出,第一阶段的东南亚华文诗
歌由于诗人在政治上大多认同中国,身份上定位为侨民,秉持着叶落归根的
思想,而且这些诗人大都是南来作者,具有在中国生活的经验,因而他们的乡
愁指向明确,遥指生养他们的故土——中国,我们不妨称之为地缘性乡愁。

"二战"结束以后,如前所述,东南亚华文诗歌发展进入了第二阶段"中国
情结"时期和第三阶段"中国经验"时期。这时的东南亚华文诗人出于安身立
命的需要,逐渐开始认同居住国,双重国籍政策取消之后,他们的身份也由
"侨民"向"国民"或"公民"开始转变。然而,居住国政府并没有完全信任他
们,在狭隘的民族主义情绪支配下,推行单一国家文化政策,迫使华人同化,
使东南亚华文诗人不可避免地出现本土性迷思与身份焦虑,只好向文化母体
寻求精神安慰和支撑点,对于中国古典文化与中国符码的孺慕情怀更加浓
厚,于是民族与文化成为他们心中与母体相牵相连的脐带。而且,到了这两
个阶段之后,华文诗歌写作也逐渐以本土出生的华文诗人即第二代、第三代
甚至第四代华文诗人为主,他们大多已经没有了中国生活的经历,即使随着
20世纪80年代中国实施改革开放政策,不少东南亚华文诗人得以游历中国,
但与第一代(老一辈)诗人比较起来,他们仍然缺乏感同身受的地缘意识,有
的只是一种记忆经验和走马观花的感受。正如钟怡雯所说:

　　相对于曾经在中国大陆生活过的祖父或父亲辈,马来西亚第二代、第三代华人最直接的中国经验,就是到中国大陆去旅行或探亲。那块土地是中国文学的发源地,他们曾经在古典文学里经验过那未被证实的风景和地理,从长辈的口耳相传之中对那块土地及亲人产生情感,或者经由文学催生想象,因此从这些旅游文学中,我们可以读到被风景召唤出来的文化乡愁,而最常见的符号是长城、黄河和海棠。这意味着中国的情感都是由书本、长辈以及民族之情所引发的,他们因为风景的召唤而产生激情式的认同。

　　这些游记呈现的特质,特别突出文化和历史的记忆,那是民族记忆最重要的部分,他们不像出生于中国的祖先想回到那块土地,这些第二代、第三代的华人,在生活习惯上已深深本土化,其实已具备多重认同的身份,他们所认同的中国,纯粹是以文化中国的形式而存在。①

确实,中国作为"故乡"的观念对于东南亚华文诗人来说,与其说是一个真实的地方,还不如说是文化想象中某一个具有特定意义的虚构空间和语码符号。因而,东南亚华文诗歌中的乡愁诗开始悄悄发生变化,由确有所指的地缘性乡愁转向抽象的文化性乡愁。

　　如果必须写一首诗/就写乡愁/且不要忘记/用羊毫大京水/用墨,研得浓浓的//因为/写不成诗时/也好举笔一挥/用比墨色浓的乡愁/写一个字——/家

　　　　　　　　　　　　　　　　　　　　——云鹤:《乡愁》

_____

　　① 钟怡雯:《从追寻到伪装——马华散文的中国图像》,陈大为、钟怡雯、胡金伦编:《赤道回声——马华文学读本Ⅱ》,台北万卷楼图书股份有限公司,2004 年版,第 267 页。

向后／我茫然地搜索／沉重的家谱上／什么也没有／除了边上标
着两个冷冷的印刷体：／乡愁

——林盛彬：《家谱》

挂一枚月亮在家中／好让输入电脑程序的思维／偶尔自修一些／
基本的外星文外／还会时时惦着唐诗／惦着宋词／以及缭绕着月亮
的／墨香

——华之风：《挂一枚月亮在家中》

可以看出,不管是云鹤要用"羊毫"书写"乡愁",林盛彬在沉重的"家谱"里搜索"乡愁",还是华之风在"唐诗宋词"中寻觅承载着"乡愁"的月亮,这些诗人已经超越了第一代华文诗人紧跟中国时代脉动而拟构出个人与中国"生死与共"的一体感这个层面,开始透过文化想象去感觉中国、认同中国,并运用中国性的文化象征符码来寄托乡愁。于是,中国在这里只是一个抽象遥远的文化符号,思乡的时空现实性质并不曾落实。

东南亚华文诗歌书写文化乡愁,乃是从情感上和理性反思的角度反映东南亚华人对文化母国的一种体认。在东南亚华文诗人笔下,不论中国形象怎样,是褒扬抑或批判,都源于对中国文化的认同,体现为一种民族记忆的方式。"中国"作为文化符号,具有强烈的象征意义和强大的民族文化内在凝聚力。请看贺兰宁的《雪晨》一诗：

是不是秋已尽而冬来早／茫茫雪浓雪深／白了山也白了树／袭人
的寒气配合疾喊的冷风切耳而过／雪片横飞纵舞里／思绪也纵横／横
的是故土的阳光／纵的是亲人的音容／再无心理会匀柔的雪地已成
诗句／再不知,不知／白地比灰天更亮的雪晨就是名画／／岂止是冒雪
掠风的鸥鸟／探问归程何向？家何处／当朝见风雪,暮见风雪／雪的

205

浪纹里映照几缕闪亮的相思/舔雪望乡,数春人哪/数春人盼谁来异
国一起踏雪/于是等几回风雪里传书的使者/于是数几次窗玻璃上
的朵朵雪花/于是想此去千里之外/应是别有一番城景/一番心头滋
味//雪浓雪深/浓了乡情/深入记忆数百尺之处/雪停时,扫雪人扫
不尽心阶上的积雪/呵,乡情是那白皑皑的积雪//雪霁天晴后/曾受
雪吻遍全身的人/必会漫步风中雪上/让肌肤再次触雪/让恋家的双
脚印出城镇的位置/也踏出,踏出家的轮廓/也学邻童堆起雪人/象
(像)你又象(像)我

诗人贺兰宁生活在四季如夏的新加坡,显然,这首"雪景"诗描绘的对象应该
是"中国"。在白雪的横飞纵舞中,诗人想到的是"故土的阳光"和"亲人的音
容",思乡之情愈加强烈:"雪浓雪深/浓了乡情"。诗人在此表现的"爱雪""在
雪中漫步""堆雪人",等等,实际上是对中华传统文化的一种认同和热爱。可
以看出,诗人将文化乡愁、原乡想象与中国情结融为一体,从更深层次来说表
现出对"中国"丝丝缕缕割切不断的情思。

诗人田思的《灯笼》一诗更加直白地叙说华人的文化乡愁:

用祖先的神秘/笼一盏旖旎的古典/让熠熠的烛火/点燃文化的
乡愁/乡愁,总是好的/每当月圆的时候/我们就多了一份/温馨的
期盼

是啊,富有中国古典气息的"灯笼"点燃的是"文化的乡愁",诗人"苦苦"地思
念文化故乡,即使为之"发愁",也觉得是"好的",是"温馨"的。在诗人辛吟松
的笔下,具有原乡特色的"飞檐"也成为"无尽的乡愁"的寄托:

飞起/一个荒凉的梦/在千声之上/在万籁之下/在暮色冷冷的

风里/而我在一些腐朽的苍凉后/化所有的守望/一角激越的飞翔/

且在灯火微亮时/把温柔的月色/轻轻,倒悬成/无尽的乡愁

诗人运用移情于物、借物咏怀的手法,将华人移民海外的痛苦和苍凉形容出来,确实,华人流离漂泊之后只能在故乡以外的另一个地方扎根,故乡成为"原乡想象",在诗人心中却还有一种挥之不去的情意。所以,我们可以看出,东南亚华文诗人精心塑造的"原乡中国"业已抽离了故乡情结的质感,和"中国"相关的这些意象群,比如雪花、灯笼、梅花、柳絮以及长江、黄河、长城,等等,都不再具有独立存的意义,而是东南亚华人对新的国民身份不被认同,从而产生信任危机的一种情感转换方式,这是借"中国"的酒杯浇自己困惑的"块垒"。

当然,我们可以看到,文化乡愁诗满足了东南亚华文诗人对于"中国"的情感、想象与向往,慰藉了他们漂泊无依的心灵,但这里还有一个重要的前提,那就是不能忽略本土乡思的历史具体存在意义。"因为中华文化是华族的精神之根,或者称为华族文化的'原根';本土文化及其本土生活,是华族文化的现实土壤,或者称为华族文化的'本土之根'。"[①]所以,长期生活在东南亚的华人,业已将居住地(本土)也作为乡思的对象,请看吴岸的《祖国》:

……你的祖国曾是我梦里的天堂,/你一次又一次地要我记住,/那里的泥土埋着祖宗的枯骨,/我永远记得——可是母亲,再见了!//我的祖国也在向我呼唤,/她在我脚下,不在彼岸,/这椰风蕉雨的炎热的土地呵!/这狂涛冲击着的阴暗的海岛呵!//我是个身心强健的青年,/准备为我的祖国献身;/祖宗的骨埋在他们

① 王列耀:《隔海之望——东南亚华人文学中的"望"与"乡"》,社会科学文献出版社2005年版,第227页。

的乡土里,/我的骨要埋在我的乡土里! //再见了,我的亲爱的母亲。/轮船消失在河流的远方,/拥挤的码头只剩下一个青年,/只有河水依然在激荡! //从此他告别了自己的欢笑,/从此他告别了自己的悲哀,/当他疾步走在赤道的街上,/他就想着祖国偏僻的村庄!

在诗人看来,老一辈华人心中的"祖国"已经不是新一代华人的"祖国"了,新一代华人的"祖国"乃是"这椰风蕉雨的炎热的土地呵! /这狂涛冲击着的阴暗的海岛呵!"落地生根的意识已经根深蒂固,因而,新一代华人打算效忠自己的"祖国"和埋骨于自己的乡土,本土情怀与文化乡愁发生了疏离和矛盾,却并不妨碍诗人对于民族文化的认同和热爱。在诗人看来,中国传统文化在东南亚只有与本土文化结合才有生命力,单纯的中国传统文化并非华人真正的"根"之所在。说明诗人吴岸已经看到仅仅将乡愁定位于中国传统文化是有局限性的,因为对于新一代来说,生于斯、长于斯的居住地(本土)更能牵动诗人的乡思,毕竟华人的身份已经不同,再也不是"中国人"了,反而成了中国人眼中的"外国人"。所以,一方面作为华人的族性不能失去,守护传统相当重要,但另一方面,更重要的却是身份定位也不能错置,必须要扎根现实生活的土地,不能将自己变成"无根"之人,不然,正应了诗人沈庆旺在《哭乡》一诗中所述:

不属于我的土地/不是我的故乡/(我家在遥远的河的上游的山林)/如果有人为失去故乡而哭泣/请看清楚那人/绝不是我/我没有故乡/想哭也不知该哭向/何方

这样的话,就只能剩下对自我身份的迷思和困惑了。

二、放　逐

　　所谓放逐,简单来讲就是被迫离开家园,四处漂泊。一般来说,"放逐母题牵系着是被迫远离乐土,远离一个情感上认同的家,因此它可能转化成对失乐园或乌托邦的寻求,人在这些未确定的空间里寻找归属感"①。放逐诗学源于中国传统,从屈原、曹植、韩愈、柳宗元、李白、杜甫、白居易,再到苏东坡,中国早有"放逐诗人"的记录,也屡有与之相随的"长风""飘蓬""鸿雁""柳絮"等诗性意象。广为传诵的诗句有"凄凉宝剑篇,羁泊欲穷年"(李商隐),"等是有家归不得,杜鹃休向耳边啼"(张泌),"乱山残雪夜,孤独异乡人"(崔涂),还有《诗经》中的《小雅·鸿雁》《卫风·河广》《曹风·浮游》,莫不浸透着放逐的漂泊感,表达了一种在未确定的空间里寻找归属的渴望。东南亚华人居留异域,感觉置身边缘,生活在漂移状态中,加上拒绝被同化的心理,常处于尴尬的境地。他们常会焦虑不安、孤独无助和无所置身,心理上形同放逐,即使没有外力的驱使,也产生了精神上、心理上的放逐感。东南亚华人的放逐往往和国家、民族、政治以及文化等种种问题交织在一起。这种放逐逼得他们即使身处炼狱,不得不徘徊在思乡病与漂泊感之中,也要一再肯定内心自我,企图认同于外在世界,寻找身心寄托。这种特殊且复杂的放逐现象,很自然地显映于东南亚华文诗歌文本中。

　　放逐意识交织着思乡、时空错失和自我身份的迷失。就东南亚华文诗歌而言,放逐感对于第一阶段即第一代东南亚华文诗人尤为强烈。他们或为躲

---

　　① 简政珍:《放逐诗学——台湾放逐文学初探(摘要)》,《台湾香港澳门暨海外华文文学论文选——第五届台湾香港澳门暨海外华文文学国际学术研讨会论文集》,海峡文艺出版社1993年版,第198页。

避战乱,或为谋求生活,或为政治迫害,或为发展革命来到南洋,只把南洋当作暂居地,但由于各种原因难以回归故土时,放逐感油然而生。我们看失钧的《旅客》：

> 苍茫茫秋色里,/一片愁惨底景致,/有个孤独底旅客,/在那边放歌吁气,/他唱着：/归兮归兮不得归；/风声的和着：/悲兮悲兮更可悲。

这首诗言浅意深,可谓是第一代华文诗人悲伤心境的投影：苍茫的秋色里,想归则"归兮不得归",于是心中"悲兮更可悲"。如果碰到友人要离开南洋回返中国时,这种放逐感将更加强烈：

> 回鸠江,我今留在海上,/君回故乡,只空余我在海上怅望！/故乡啊！鸠江啊！我今何以不能归？/鸠江啊！故乡啊！为何今朝只能容我怅望、想象？

(拓哥的《流波》)是啊,迷茫、怅惘的流浪生活何时才能结束？愁怨、孤寂的放逐生涯何处才是尽头？也许人的一生都在流浪：

> 光阴去若流水,/逝水不重来。/去年的我在缅甸。/今年的我在星洲。/明年之我,却不知在哪里？/嗳呀！/人生之旅路原来就是这样。

(铁夫的《人生旅路》)这也是当时华人漂泊生活的真实写照,诗人们心底产生放逐感不可避免。

东南亚华文诗人由于各种原因被迫离开家园,流浪在外,这种放逐既有来自政治层面的压迫,也有来自社会生活方面的压力,还有寻找人生出路的主动出击,不管怎样,总是伴随着被置身于主流社会之外的自怨自怜。请看冷夫的《萍影——给残痕兄等》:

> 我被迫抛弃了可爱的田园,/我孤身只影飘流到广漠的人间,/我历尽了狂涛怒浪颠簸浩荡的险艰,/我受尽风吹雨打冷侵热炙的苦难!//……我被迫牺牲了恋着的爱人,/我扭断情丝飘(漂)泊到无涯的海天,/我象(像)失去了群的一个蚂蚁爬在一叶浮萍,/我想问沧浪之水兮能否洒净我的尘心?//……呵!我是旧礼教的叛臣,/呵!我是旧社会的罪人,/呵!我触犯了他们的雷霆,威严,……/呵!他们发出可怕—震惊,蹂躏,/呵!我是弱者螳臂怎能当车?/呵!我卒被刺配在这遥远的南天。//呵!我的流浪的罪人!/呵!我身世寄托在飘(漂)泊的萍影!!/呵!我就这样流浪飘(漂)泊度过这惨淡的一生!!!

诗人在此敞开心扉,细致地叙述了自己被迫放逐的经历。诗人被迫离开了嫩绿的田园,被迫离开了可爱的慈颜(父母),被迫离开了可爱的乡间,被迫离开了恋着的爱人,"受尽风吹雨打冷侵热炙的苦难",这一切都是因为自己"离经叛道",追寻自由,不遵守封建旧礼教,被强大的社会旧势力压迫所致。可以看出,这种放逐感更多来自心理层面的压迫和流放,与其说是身在漂泊,还不如说是心在流浪。

放逐以及放逐撩动的乡愁情思困扰着东南亚华文诗人,也许非得等到他们在居住国扎根,感觉自己是这里的主人时,这种感觉才会消散。然而,事与愿违,"二战"结束后,东南亚各国相继摆脱殖民统治独立建国后,东南亚华文诗人发现自己并没有成为主人,而是处处受到压制,被迫接受同化政策,又陷入了另外一种尴尬的境地。土著政府的不理解甚至敌视,导致华人无所适从,即使他们已经有所宣示,也不能得到政府的充分信任。

我们是谁？

我们是

赤道底土地上

生长的孩子！

——铁戈:《我们是谁》

这首诗很明白地告诉世人"我们是谁","我们"是生活在这片土地上的"孩子",表明了华人扎根当地的决心。实际上,诗人铁戈的自我表白应该是绝大多数东南亚华文诗人的共同心声。如前所述,诗人蒲公英也在《我是蒲公英》一诗中,将海外华人比喻成"随风吹去/落土生根"的蒲公英:"打从千陶万瓷之乡/向南的风向/把我吹去/吹去/千岛之岛/扎根/生根"。是啊,华人已经扎根了,已经开始认同居住国为祖国了,然而,令他们无法想到的是,先前的殖民政府以及后来执政的土著政府并不信任他们,在狭隘的民族主义情绪面前,东南亚华人难以获得身份定位和身份认同。也就是说,相对于现在的居住国——"祖国",第二阶段、第三阶段的东南亚华人仍然感受到深深的被放逐感、被"祖国"遗弃之感:

像一片飞絮/漂泊到陌生的异乡/始终找不到歇脚的地方//像一片浮萍/流浪到生疏的海岸/始终找不到安定的栖止//这里的气候变幻无常/这里的天空太古典/这里的人情太冷峭/归去吧！/回到你植根的泥土/哪怕是一方寸的小角/亦是全世界最美好的地方

——吴天才:《回归》

这里的"飞絮""浮萍"仍然象征着漂泊不定的华人,但是诗人吴天才作为新一代华文诗人,所感受到的放逐显然不同于第一代华文诗人。第一代华文诗人

212

因离开中国而产生放逐感,但毕竟中国对于他们来说还是根系所在,而新一代的华文诗人却感受到双重放逐的悲哀——既有来自居住国本土的排斥,又有来自文化母体——中国的疏离。这也可以说是一种内在/内心的放逐。本来他们已从"根在中国"向"家在南洋"转变,可"这里的气候变幻无常",官方或统治者的压力经常袭来,使得他们赖以寄托情怀的"根"不知在何方,"家"也渐趋朦胧,所以,他们深切地感受到"飞絮"和"浮萍"才是东南亚华族的真实命运写照。这种没有栖止和归宿的生活,使他们奢望"哪怕是一方寸的小角/亦是全世界最美好的地方",所以"回归"到"植根的泥土"——"中国"是诗人的热切期盼,然而,这也许只是诗人的一厢情愿,因为现实的中国已经开始将他们看成是"外国人"了,华人与中国之间产生了一定的疏离感。当然,东南亚华文诗人由于现实的压迫而向文化母体回归,是一种正常的"回流"现象和孺慕心态,非常值得东南亚各国官方或统治者仔细考量,从而反思他们力图同化华人的政策。

菲律宾华文诗人云鹤的名诗《野生植物》更加形象地表现了华人无根漂泊、双重放逐的状态:

有叶

却没有茎

有茎

却没有根

有根

却没有泥土

那是一种野生植物

名字叫

华侨

这里,诗人仍然用"华侨"指称海外华人,以"野生植物"的生长喻指海外华人漂泊无定的血泪生活和无所凭依的放逐心理,这里的"没有茎""没有根""没有泥土"触及海外华人既不被居住国所认同,又不被文化母国所认可的状态。当然,在这样恶劣的环境下,海外华人还能像野生植物一样坚韧地活下来,这是令人佩服和赞美的。在这首诗里,诗人用语简洁明了,字数不多,但诗歌余韵悠长,思考深入,充满哲理性。诗人将海外华人的命运浓缩在这么短短几句诗当中,显示出其非凡的艺术功力。

在东南亚华文诗歌中,以屈原为原型来描写放逐心态的诗篇特别多。前面我们在谈到天狼星诗社的时候,列举了诗社掌舵人温任平的一些诗作,如《流放是一种伤》《水乡之外》《再写粽子》等,从中可以看出温任平的"屈原情结"十分浓厚,他经常以"屈原"的形象来自喻和隐射自身的境遇——被主流社会所放逐。他在诗集《水乡之外·后记》中对"屈原情意结"进行了说明,认为这一种相隔数千年的"孺慕之情",不仅超越了时空,同时也超越了对屈原个人的崇拜与爱慕,屈原在许多中国现代诗人的意识里已被提升到了一种"原型"的层次。东南亚华文诗人在经受"双重放逐"之后,也许能够在读写"屈原"时找到共鸣和象征意义,请看诗人蓝凌《发志——悼屈原》:

那年,水声拽着一把湿发
没入天边
江月是草色的,绿得
令人想起恸哭

风来也好,反正
波外是另一片流动的泪
某年某月
一棵大树沿岸岩劈碎自己

发的飘零

自从那年被放逐长沙

他下水去了

且已不想再回来

虽然

我们把他的鬓发读成了历史

我们知道,屈原是一位爱国诗人,也是一位典型的放逐诗人。他被朝廷放逐长沙,远离京城,在悲愤痛苦的心境下,完成了数篇旷世之作,尤以《离骚》最能代表他那时的心境。《离骚》顾名思义写的是离情别绪,写的是被放逐的心情,虽然诗中充满了悲恸、愤懑和批判的语言,但字里行间却也流露了屈原思想积极的一面,即不畏艰难困苦,一心为实现崇高的理想而奋斗之情。很明显,蓝凌的这首诗旨在感怀和追念屈原,诗中描写的是屈原投江自尽那短暂瞬间的情景,营造出江河失色、万人恸哭的悲剧气氛,但仔细体味,还是能够看出诗人以屈原明志的精神。

　　放逐与乡愁已成为东南亚华文诗歌一再重复的主题,东南亚华族集体放逐的命运悲剧在书写世界里被一再张扬、强化。原乡的寻觅和自我身份的迷惘,似乎无法穷尽。然而,在东南亚新生代华文诗人笔下,这一切已遭遇解构:

　　边陲的心/在核心爆裂/边界有浪/击碎荒地的边境/幻灭的海水,缱绻极了/缱绻于自由的天空/而体内的海水/都是故国的眼泪/远离中心的夜晚/边界发酵的乡愁,和老来的爱/在文化的追思中卷来卷来的潮水/倦去的躯体/只换来,淡化的灵魂

　　　　　　　　　　　　　　　　　　　　——林幸谦:《边界》

215

林幸谦打破中心和边缘的界限,对于东南亚华族向往文化母体——中国的心态予以解构,认为由于疏离中国而产生的放逐感只能导致疲倦和无奈,"倦去的躯体/只换来,淡化的灵魂",我们必须换一种方式来思考东南亚华族的放逐命运,对放逐的存在提出质疑。正如林幸谦在自己的散文《狂欢与破碎——原乡神话、我及其他》里所说:"在老去的海外人心中,人生大概别有自己的滋味;所谓故国,亦另有意义。对老去的人而言,祖国故乡仅可能是记忆中一个破碎的国度,就算完好如初,恐怕也已经失落;取代的,是一种理想化了的原乡神话。……年少时候的故国印象,直到今日方才看到了残缺的真相,那些被文化血脉所滋养的原乡神话,如今都已贫血而亡,才知道自己原来不曾有过故国,故国是夜里的一场大梦。"①林幸谦在此叙说了海外华人的彷徨、迷惘、孤寂、痛苦和哀伤,然而他终究发现海外华人向往文化中国乃是一个无法将之落实的破碎乡愁,故国作为原乡的母体,不过是"夜里的一场大梦",所以他说:"把我放逐的国度/在边界生吞我/阉割掉,我毫无悔意的灵魂"(《边界》)。在这种情况下,海外游子宁愿选择继续漂流在熟悉的中华文化圈,但不是"故国"——"中国";另外,祖先在南洋建立的家园也仿佛只是一个歇脚的旅店,难以成为安居之"家"。新生代诗人林惠洲曾写过这样的诗句:"你的追寻如一溪响亮/断续,飘渺"(《樵夫轶事》)。延伸过来,"樵夫""断续"而"飘渺"的"追寻",不正是东南亚华族集体放逐而产生的"生命中不可承受之轻"吗? 再看谢馨的《华侨义山》一诗:

　　　在海外 再没有比这块土地更能接近中国/在异域 再没有比这座墓园更能象征天堂/在这里 华裔子孙得以保留他们血缘的根/在今日 炎黄世胄得以维系他们亲族的情//这是一座城/一座比诸葛亮

---

① 林幸谦:《狂欢与破碎——原乡神话、我及其他》,钟怡雯主编:《马华当代散文选(1990—1995)》,文史哲出版社1996年版,第26—27页。

的空城/更空的城/这是一座山/一座比喜马拉雅山/还冷的山/城里住着常年流落异地的游魂/山上住着终老不得归乡的幽灵/他们曾经过着白手起家 胼手砥(胝)足的日子/他们曾经尝遍飘(漂)洋过海历尽风浪的辛酸/他们曾经忍受千辛万苦 创业维艰的磨难/现在总算有了一座/自己的城/如今终于造就一座/自己的山//清明时节/烈日炎炎/在他们的城里/锡箔冥纸飞扬着/万圣期间/哀思绵绵/在他们的山上/香烛烟火燃烧着/华裔子孙的汗如泪下……/炎黄世胄的泪如汗下……

显然,诗人的立意在于通过海外华人葬身之地——"义山"(墓地)来反思华人"放逐南洋"的经历。令人悲哀的是,诗人发现只有"义山"才"更能接近中国","更能象征天堂",只有"义山"才"得以保留他们血缘的根","得以维系他们亲族的情"。海外华人放逐流浪,终老不得归乡,历尽辛酸磨难,最后葬身于此,但这里除了能够安放他们流浪的灵魂之外,也许只是后来的华裔子孙凭吊之处,那么华人漂泊异域的意义又何在呢? 毫无疑问,放逐诗并不能解决放逐者被放逐的客观问题,但放逐诗人以书写"瞬间"超越了放逐而变成反放逐。

三、忧 患

"生于忧患,死于安乐""先天下之忧而忧,后天下之乐而乐"是中国传统知识分子的基本操守和人生品格。在中国诗歌长河中,"兼济天下"的忧患意识是诗人们反复吟咏的母题。从古代诗人屈原、李白、杜甫、范仲淹、王安石、李清照、苏轼、辛弃疾、陆游,一直到现代诗人郭沫若、闻一多、艾青、郭小川、公刘、流沙河、牛汉、昌耀、骆耕野等，无不在诗歌写作中融入忧患情怀，这是中国历代诗人积极入世的参政意识以及"修身齐家治国平天下"的人生理想的折射和显映。当然，西方诗坛也具有一种感时忧国的"忧患意识"，是建立在以个体感知为基础的罪感文化之上的，强调人与自然、灵与肉等二元对立冲突，因而西方诗歌的"忧患意识"一般从生存本质、生命本体、生命意义层面出发，注重个人与社会、个人与自然之间的悲剧冲突，偏重于个体、生命、存在等形而上的哲学命题。中国诗歌的"忧患意识"则不同，一般是把个人的不幸与国家、民族的不幸融合在一起，强调现实中的具体和实际问题，积极入世，更加关注现实。东南亚华文诗人虽然处于中西交汇处，但总体而言还是受中国诗歌影响较深，周遭种种不如意的现实和生活环境往往比较容易唤起他们的忧患意识和悲悯情怀。于是，大到国家、民族的前途命运，小到个体自我的生存状态，都成为东南亚华文诗人的忧患意识所观照的对象。

东南亚华文诗歌发展的第一阶段即"侨民文艺"时期，除了强烈的思乡情怀和放逐意识之外，忧患意识也时常出现在东南亚华文诗人的笔下。东南亚华文诗人继承了五四文学的现实主义传统，不但对中国当时的现实格外关注，而且对南洋的社会现实也十分关心。在当时，中国笼罩在强大的封建主义和殖民主义势力之下，政治上阴暗专制，社会上民不聊生。南洋地区实际上也差不多，人们在残酷的殖民统治下经常发出痛苦的呻吟。东南亚华文诗人迫于生活和人生的无奈才从中国漂洋过海来到南洋，到了这里，所看到的境况和亲身经历并不令他们乐观，甚至感觉更为糟糕，于是他们只好写道：

> 渺小的生命之舟挣扎在茫茫地人海中，/东漂西泊何处是我们归宿之地？/看不见慈航，但见惊鳄而惊慌，/唉！人生的旅途原是这般艰辛。/独不见荒冢白骨，青山幽灵。/我尝在人海中与群凶搏战，/我尝几番临了悬崖与深渊，/我有几度如壮士一样的高歌，/我有几度如诗人一样的痛哭，/但是，但是依旧是空虚……！/唉！明

朝呀明朝,我又将披上灰黑的征衣,/我此时心中的境地只是迷蒙与

怅惘。

——开武:《露台上》

诗人将海外华人漂泊不定的生活描绘出来,心中充满了忧虑和愁怨。人生旅途如此艰辛,流浪生活如此艰难,面对沉重黑暗的现实,诗人感觉到的只有彷徨、怅惘和迷茫。可以看出,对于个人前途,"我此时心中的境地只是迷蒙与怅惘",诗人除了满怀忧虑之外,不知道自己还能做些什么。再如曾圣提的《秋晚》:

落日模拟伊人的微笑,/红霞潮泛于苍穹。/林鸟模拟伊人的声音,/引动我的愁思无际。//秋叶纷纷划渡一泓之小湫了,/我的归驹在哪里?/秋风把夜间的旅梦撕破了,/幽灵啊!将向何处投落?

这是一首爱而不得、富有浪漫气息的愁怨诗,诗歌的上半节运用拟人化手法,渲染爱人不归的意境,下半节则谈个人的哀愁,不知"我的归驹在哪里",满怀愁怨。还有赤光的《海中即景》、少修的《飘流》、寒生的《流浪人的明月》、阳山的《母亲的话》,等等诗作,都是抒发个人情怀,忧虑个人的前途与命运之作。当然,我们还是能够看出这些情绪并不单纯是属于个人的,也掺杂了许多社会因素,正是因为社会的不公和黑暗、国家或民族的积贫积弱,才导致个人陷入忧虑和迷惘当中。

到了国家、民族生死存亡的危急关头,东南亚华文诗人的忧国忧民意识则更加突出。比如抗日战争全面爆发后,抗战烽火也从中国大地延伸至南洋,东南亚华文诗人也就积极投身到抗战救亡的运动中,保家卫国,为中华民族的自由解放而奋斗,体现了"先天下之忧而忧"的博大情怀。请看诗人青秧的《踏上征途》:

踏上去吧！/抱着钢铁的意志，/满腔的热情，/踏上那遥远的遥
远的，/征途上去！//愿你，/用热血来灌溉解放之花；/用勇敢来栽
培自由之果；/你虽忘记了异地的老友，/可别忘记了那些万恶的敌
人呵！/为着国家，/为着民族，/你应该以坚决的意志，/踏上征途。

诗人送别友人回国抗战，希望友人义无反顾，以"钢铁的意志"踏上抗日的"征
途"，忧国忧民的情怀可见一斑。再看胡冷的《挽歌》：

朋友：——
你虽是死了；
然而，你的血是不会白流的！
在不久的将来，
你的血将会灌溉出一朵朵光辉灿
烂之花！

朋友：——
你虽是死了；
我赠给你的不是清香扑鼻的鲜花：
我只有一颗沉痛的心，
愿继续你那未完的之源，
为国家民族而斗争。

诗人在此悼念抗战中壮烈牺牲的战友，没有沉浸于哀痛中，反而是化悲痛为
力量，表示自己要继承战友的"志愿"，继续踏上抗日的征程，为国家民族的未
来而斗争。诗人李蕴朗在《诗人回去了》一诗也强化了这样的意识：

　　　　他不再在/椰树下的海滨,/怅望着:/天边的云彩,/海水的碧
蓝。/……/民族的灾难在/向他招手。/他把棕色的皮肤的女人/从肩
膀里无情地推开了,/用声嘘叹,/他埋葬了/已往的/梦般的甜酸。/微
笑着,/他将/跨过南中国海的绿水,/在光荣的战场上/拾起刀枪。

可以看到,诗人已将忧患意识化成积极抗战的动力,充分显示了中华民族的
凝聚力和抗争精神。

　　东南亚华文诗歌发展到第二阶段和第三阶段以后,由于居住国政府推行
单一国家文化政策,迫使华人同化,使东南亚华文诗人出现了本土迷思和身
份焦虑。其中,忧虑华族传统的丢掉成为诗人们最为关切的命题。所谓"传
统的丢掉"是指居住国政治、教育等外力的压迫导致华族传统的毁灭①。对于
东南亚华族来说,文化传统的毁灭无疑代表整个族群的灭亡,因而,他们多方
努力,为保证华人的基本权益而斗争。如前所述马来西亚的华教运动,虽然
步步退缩,最终将争取权益的阵地缩小至保持华文小学教育永不变质,但他
们的苦心孤诣可见一斑。华文教育是华族传统传承下去的保障,许多华文诗
人因此对其格外关注:

　　　　……//老校长,/抬起你的头吧,/我知道你心中无限痛苦,/可
是,我心中也是一样忧伤。//十八年前,当贫困的村民把学校兴
建,/你就把我栽种在校前,/对我诉说了许多希望和理想。//
……//太阳已经下山,天色苍茫,/老校长终于走了,/剩下空挂着×
×学校的陋屋,/和那枝叶萧条的老松树,/他们像是无限惆怅、心
伤,/又像是默默地期待、幻想……

　　　　　　　　　　　　　　　　　　——李贩鱼:《一棵伤心的老松树》

---

　　① 　参见黄万华:《新马百年华文小说史》,山东文艺出版社1999年版,第7页。

马来亚联合邦通过 1961 年教育法令后,中止了华文中学的拨款(除非接受改制——改为国民型中学,以英文为教学媒介语,受政府支配),造成了当地华文教育的空前灾难,半数以上的华文中学被迫改制,还有另一部分华文中学拒不接受改制,在挣扎中求生存。这首写于 1962 年的《一棵伤心的老松树》,正是在上述背景之下完成的。诗人以拟人笔法,借一棵老松树之口,叙说一所已建校 18 年之久的华文学校濒临倒闭的事件,诗中满是忧伤和痛切,深切地表达了诗人的忧患意识和抗争精神。

　　华文教育的衰退,对于东南亚华族来说,容易产生一种文化边际人(marginal man)的意识。"施乔桂斯在其《边际人》一书中,对边际人有详尽的分析。他说:'这种人脚跨两个或多个社会,心理(内心)摇摆不定;在他的心灵深处,对这两个世界,同时怀有去留之念、爱憎之感,但分量不同,一强一弱。'……许多边际人在不知何去何从的困惑之下变成社会失调,小则懈怠失职,大则作奸犯科,为害社会。此种社会失调的形成,固然牵涉颇广,但因彷徨在文化边缘而产生之冲突,无疑是最大因素。"①到了 20 世纪 80 年代后,文化边际人所带来的负面影响已在东南亚华族社会漫溢开来,再加上东南亚各国由于社会转型和经济发展所出现的种种社会问题,华文诗人由忧虑"传统的丢掉"转向忧虑"传统的失落"。所谓"传统的失落"是指在政治压迫因素逐步化解、华语教育有所兴盛的情况下,由于华族自身素质而导致的中华人文传统的失落。② 应该说,"传统的失落"比"传统的丢掉"更可怕,因为后者是被迫而为之,而前者则为主动选择,且关涉自身素质和教养问题。请看梁钺的《小彼得的话》:

　　　　我真是不明白/公公怎么会生那么大的气?/我只不过说了一
　　句:/我不要读华文/他就重重地给了我/一巴掌/我抚着被打疼的

　　①　骆静山:《大马华裔文化基本问题》,戴小华总编辑、罗正文主编:《当代马华文存之5》(文化卷·80 年代),马来西亚华人文化协会 2001 年版,第 21 页。
　　②　参见黄万华:《新马百年华文小说史》,山东文艺出版社 1999 年版,第 7 页。

脸/哭喊爸爸/爸爸从海峡时报里抬起/头来,不以为然地看公公一眼/摇了摇头/又继续看他的报纸//妈妈把我抱在怀里/彼得彼得的怜惜我/我瞥见白发苍苍的公公/一个人,望着祖先的灵位发呆/他的眼神象(像)极了/我们那位不讨人喜欢的华文老师/同学们都说他怕没饭吃/公公难道也在担心/没饭吃么?

这里的"小彼得"怎么也想不通为什么自己不读华文就遭到公公的一巴掌?并且,"爸爸"和"妈妈"的形象塑造耐人寻味,甚至就连"彼得"这个西化的名字也充满含义。这虽只是一家三代的文化冲突场面的描述,但个中所蕴含的忧患意识不难体会。

诗人辛吟松曾在散文《江山有待》里描述过这样的故事:"住在野镇的那段日子,我在学校教五年级的历史和地理,当教到马来半岛的山脉和地势,以及英殖民的时代时,我指着挂在黑板上的地图,努力地讲解,努力去告诉下一代关于上一代所走过的路。从乘长风破巨浪到拨开暮草荒烟,从三年八个月的日据时代到独立后的自主。我指着地图,用粉笔狠狠地把中央山脉和大汉山脉连接起来,东西连贯,那就是一个家,那就是一个国。我将家国两个字在黑板上写得天大,而孩子们却好奇地听着,他们把历史当着故事来听,把地理当着一幅蓝图来看。"①这从另一个角度证明下一代华人对于传统的遗落和对于"家""国"的陌生。因而,就会出现如诗人子凡在《我们》一诗中所描绘的情形:

故国锦绣山河/只是几掠浮光几笔波墨/所谓国恨家仇/真不知恨些什么仇些什么/我们所读是人家的神话传奇/不是自己的历史辛酸悲怆/至于乡愁,我们土生土长/若有,也只不过是一丝/传统节

---

① 辛吟松:《江山有待》,马来西亚潮州公会联合会出版1998年版,第97页。

日的神伤/在粽子里。没有诗人忠魂话凄凉/切开月饼。没有杀鞑
子的悲壮……

"传统的失落"导致华族心安理得于被连根拔起的痛苦,越来越成为东南亚华
人社会的致命问题。这样下去,就可能如和权在《橘子的话》一诗里所描述的
那样:

咱们恒是一粒粒/酸酸的桔仔/分不清/生长的土地/是故乡/还
是异乡//想到祖先/移植海外以前/原是甜蜜的/而今已然一代酸过
一代//只不知/子孙们/将更酸涩/成啥味道

诗人以橘子的移植非常形象地说明了海外华人子弟"一代酸过一代"的蜕变
过程,心中充满忧虑。

诗人林也的《龙舟赛事》则从现代意义上对华族遗忘"屈原"表示了担忧,
这里的"屈原"在某种程度上也可以作为"中国传统文化"的象征,遗忘了"屈
原"也就是遗忘了"中国传统文化"。请看诗作《龙舟赛事》:

大夫/端午的鼓声/催动滔天/漫水的欢愉/龙舟上的健儿/为
锦标/奖杯的荣誉/挥汗成雨//屈子沉在/千寻万里外/并不国际/
只是/方块古文学史上/两字的陌生/即使粽子/也是食谱的/一章
而已//龙舟已很精确/制造冠军/自然该很科学/否则比个什么/
端午/该是逐渐老去的/读书人,或者诗人/按季节吟哦的/雅会
之一

在东南亚,华人经常在中华传统文化佳节举办各种节庆活动来强化民族意识
和认同感,正如钟怡雯所说:"对于生长在马来西亚的华人而言,他们和中国

的关系似乎是十分复杂的。在血缘、历史和文化上，华人与中国脐带相连。他们的生活习惯已深深本土化，是马来西亚华人（在马来西亚过生活的华人族群）；就文化而言，华人却与中国脱离不了关系，所谓文化乡愁即牵涉到对原生情感的追寻、对自身文化的孺慕和传承之情等。华人可从文字、语言、习惯、节庆等共同象征系统凝聚民族意识，并借此召唤出一种强烈的认同。"①然而，我们读林也的这首《龙舟赛事》却发现，华人的节庆活动往往变成一种仪式，人们可能过于关注仪式的进行过程，而逐渐淡忘仪式本身应有的本质和内涵，如诗里描述的端午赛龙舟，就成了一种仪式，健儿们"为锦标""奖杯的荣誉"而拼搏，却忘记了赛龙舟本身是为纪念屈原、缅怀"屈子"，要传承中华传统文化精神。当"屈原"只是"方块古文学史上"陌生的两个字时，"端午"只是老一辈读书人或诗人"按季节吟哦的"雅会之一时，赛龙舟还有什么意义呢？再看诗人游川的《粽子》：

> 妈妈是没读过书的农妇/不懂离骚不识三闾大夫/只一心一意将自己投入/用宽大的竹叶/将散疏疏的糯米收容包往/兰心细细地裹，巧手实实地缚/一投不投入江河/投入沸腾的大锅/在水深火热里/熬炼出成熟的我们/捆捆结结的粽子

"粽子"本来也是用来纪念"屈原"的，可是没读过书的"妈妈"根本不理解其中的含义，她只是把粽子当成一种食物，放进沸水中熬炼成熟，华人吃着喷香的粽子，早已遗忘粽子本来的意义。诗人在此表达了深深的忧患意识，忧虑越来越多的华人由于各种各样的原因忘记了自己的族裔身份和文化认同，忘记了"粽子"，忘记了"屈子"。还有陈大为的《会馆》一诗：

① 钟怡雯：《从追寻到伪装——马华散文的中国图像》，陈大为、钟怡雯、胡金伦编：《赤道回声——马华文学读本Ⅱ》，台北万卷楼图书股份有限公司，2004年版，第267页。

　　　　我把族谱重重阖上/仿佛诀别一群去夏的蟋蟀/青苔趴在瓦上

书写残余的馆史/相关的注释全交给花岗石阶/南洋已沦为两个十

五级仿宋铅字/会馆瘦成三行蟹行的马来文地址……

　　诗人在此非常形象地谈到华人会馆的现状:"族谱"已被华人后代所冷落、漠视甚至遗忘,馆史也成为古董如"青苔趴在瓦上",以中文汉字书写的会馆牌匾渐渐消失在眼前,取而代之的是那"三行蟹行的马来文"。这一切就发生在诗人身边,怎能不令诗人焦虑万分?

　　"传统的丢掉"到"传统的失落",是东南亚华文诗人忧患"失根"问题的深入思索。"失根"导致"寻根"思潮的兴起,对原乡母语文化(中华文化)和传统的追寻将成为一个时代的主题(后面详细论述)。可是,如果一味回归传统,抹去东南亚华人文化与原乡母语文化的差异,必然会使东南亚华人社会陷入困境,遭遇新的危机,从而给东南亚华文诗人带来新的忧患。

　　　　受牵受制/长年在家乡,操演/几出预先安排的戏//买棹南下以

后/在华人区/狭小的舞台上/咱们四肢兀系着/细线/即使充当孙悟

空/也要踏着,别人操纵的台步/唱着一样的台词/按照剧本,耍弄金

箍棒/虽则一身七十二变/犹不能一个筋斗/翻出控制者的掌心//毕

竟,咱们只是木偶/哪能越出常规/不受约束地/演泰山,演超人

　　　　　　　　　　　　　　　　　　　　　　　——和权:《木偶》

　　"木偶"的命运是天生注定的,被人操纵,僵化表演,即使华人移民也"买棹南下",仍然还是那样被人所操控。当然,诗人在此塑造"木偶"形象和列举"木偶"的种种表现,目的不是为了说明木偶的命运,而是以"木偶"来象征中华传统文化传到东南亚之后,落地生根为华人文化,但因为还是亦步亦趋地满足于追随遥远的中华传统文化,所以显得僵化刻板,从而不可逃避地走向

式微的命运。这是从忧虑"传统的失落"反过来质疑"传统",说明"传统"也无法安置漂泊的灵魂,反映出东南亚华文诗人忧患意识的深化。另外,进入后现代语境后,东南亚华文诗人的忧患又和现代人生存境遇的存在主义式的焦虑和荒谬体验融合起来,正如诗人沈庆旺所写:

> 我们将是谁/谁将是我们/而冰冷的时代/象(像)一只都市的性
> 感生物

诗人在哀叹和悲悯弱小族群的辛酸命运时,已将"中国"和"传统"变为一个破碎的概念,历史文化和华族意象失去了原来的模样,蕴含寓意和深刻哲理的东西被新生代华人渐渐淡忘,东南亚华裔关于原乡的神话、关于种族的想象也许还在继续,但"传统"和"历史"所象征的意义可能会变调,"精神家园"的光芒也会逐渐暗淡。然而,这也许也是一件好事情,因为多元社会文化结构里,东南亚华文诗人应该要走出"原乡神话"的迷思,转而探求生命哲学的感悟,在超越"乡愁"中寻求一种更为舒展的文化生命,忧患意识得到了新的提升。

四、寻　根

　　所谓寻根,乃是作家们在新旧文化观念冲突中寻求更新或重建"自我"的意识主体和表达主体的一种过程,通过对民族文化之源的探究,达到重铸民族灵魂的实践目的。我们知道,中国当代文坛在 20 世纪 80 年代中期曾经兴起轰轰烈烈的"文化寻根"文学运动,标志着中国当代文学开始向纵深发展。寻根文学的发生缘于1984 年 12 月在杭州召开的"新时期文学:回顾与预测"

研讨会,这次研讨会由《上海文学》和《西湖》杂志社共同发起,讨论的核心话题就是"文化与寻根"。研讨会结束后,关于寻根文学的文章开始陆续在各大杂志报纸上发表,为宣扬"寻根文学"的旗帜做了理论与思想的准备。1985年,作家韩少功在《作家》杂志上发表了《文学的"根"》一文,第一次较为系统而明确地阐释了"寻根文学",给"寻根文学"正名。他认为文学之根应该深植于民族文化的土壤里,这种文化寻根是审美意识中潜在历史因素的觉醒,也是以释放现代观念的能量来重铸和镀亮民族自我形象的努力。[①]后来,作家阿城、郑万隆、郑义、李杭育等也对寻根文学发表了各自的看法,由此拉开了"寻根文学"的大幕。[②]虽然这些作家的观点不完全一致,甚至出现相互冲突的现象,但总体而言,还是达成了一般的共识,有学者将之归纳为以下三个方面:"第一,从文学的美学意义上重新认识与阐释民族文化,发掘其积极向上的文化内核,如阿城的《棋王》等;第二,以现代人感受世界的方式去领略古代文化遗风,寻找激发生命能量的源泉,如张承志的《北方的河》等;第三,继续批判当代社会生活中所存在的丑陋的文化因素,深入挖掘民族文化心理的深层结构。这虽然还是启蒙主义的话题,但也渗透了现代意识的某些特征,如韩少功的《爸爸爸》等。当然,这三个方面也不是截然分开的,许多作品都综合地表达了寻根的意义。"[③]这里,陈思和等人对于"文化寻根"意识的归纳应该说较为全面,将"寻根文学"与之前的"伤痕文学""反思文学""改革文学"等区别开来,合理地归纳出作家挖掘文化根源、审视民族文化的动机。

借助中国当代文学的寻根思潮来观照东南亚华文诗歌的寻根现象,可以发现,东南亚华文诗歌的"寻根"本质上也是一种文化现象,虽然发生的时代、

---

① 参见韩少功:《文学的"根"》,《作家》1985年第4期。
② 可参见阿城:《文化制约着人类》,《文艺报》1985年7月6日;郑万隆:《不断开掘自己脚下的文化岩层》,《小说潮》1985年第7期;郑义:《跨越文化的断裂带》,《文艺报》1985年7月13日;李杭育:《理一理我们的"根"》,《作家》1985年第9期。
③ 陈思和、李平主编:《中国当代文学》,中央广播电视大学出版社2001年版,第402页。

环境以及过程都与中国当代文学不同,但华人移民海外的生存背景更易引发寻根情结。我们知道,早期华人在腐败的政治和困顿的经济条件下,被迫移民到东南亚地区,往往希望落叶可以归根。可是到了南洋以后,他们发现重返故乡成了梦想,漂泊似乎是宿命,于是只能在心底建构故乡的版图,甚至将故乡想象成完美理想的神州,乡愁意识浓厚,常怀寻根意识,正如诗人少修在《飘流》一诗中所形容的那样:

> 一阵风狂,/惊动了海上孤舟!/波涛万丈,/载沉载浮!/归路悠悠,/才知今日误飘流"。"误飘流"也许才是诗人背井离乡的真正心声。刘思也写了《游子吟》来表达这种情绪:"月光漂白温柔的记忆/ 我记起远方一个城市//母亲悄悄地来到灯里/ 伸手时她又随风而逝//既然忘记带一撮黄泥/ 何处许你挂一缕相思//天地从今逐日觉缩小/ 我爱小楼外那只燕子

可以看出,这个时期海外华人的"根"都还深深地扎在故国——"中国"的土地上。

到了后来,尤其是"二战"结束以后,东南亚华人的落地生根意识趋于强烈,开始逐渐认同自己居住的南洋土地,却始终未能全面融入这块土地,主要原因还是他们对于居住国土著政府的同化政策有所抵制,不愿意丧失民族文化传统和文化之根,"传统的失落"和"失根"之忧虑加剧,因而寻根变得更加迫切。"寻根,是一项壮举。它使海外华人在灵魂的故乡,建立起一个精神重镇。然而,在现实中,东南亚大多数华人是各个国家的公民,面对的是各自国家社会不同的文明制度、礼法、习俗,歧义的价值观和尖锐的生存竞争。"[①]对于东南亚华人来说,这个时候的寻根就是向自己的民族文化传统回归,这是

---

① 张香华:《玫瑰与坦克·序言》,林白出版社 1986 年版,第 7 页。

因为"在寻根中,传统被诗化为一种符合人性的自然存在,一种可以协调人与人关系、消除各种紧张、非理性的、非压抑的、能够丰富人的精神和心灵结构的文化时空,以对抗或修复现代的破碎的社会和迷失的人的心灵。"①这有点类似中国当代寻根文学的"以现代人感受世界的方式去领略古代文化遗风,寻找激发生命能量的源泉"的做法。菲华诗人一乐的《树朦胧》一诗就较为形象地勾勒出东南亚华人的寻根过程:

　　朦胧中,电闪劈出/山前曲折、歪斜的/小径,像辗转钻进的根//既然要接受/洗尘,频频敬来的/异乡雨,苦也好,辣/也罢。为枝叶们豪饮/即使醉/如脚下的烂泥,认了/根,已扎在这里//犹有风相逼,拉拉/扯扯挣扎得枝节横生/躯干,忠贞般固执/固执地把满头茂盛的/思恋,倾向源处/尽管/根,已扎在这里

这首诗以"树"来象征海外华人,第一节以电闪雷鸣来形容华人在海外谋生的艰难;第二节谈到华人开始接受本土文化,不管是"苦"还是"辣",都准备认了,因为"根,已扎在这里";第三节则形象地表明尽管华人已准备扎根于此,但"犹有风相逼",统治者采取各种措施企图同化和压迫华人,"拉拉扯扯挣扎得枝节横生",逼得华人只好"倾向源处",向中华传统文化寻觅可供依靠的资源,寻求精神上的慰藉。再看诗人林涂的《絮语告北风》一诗:

　　母亲死去过了十年,/十年了,家乡断绝音讯。/但我对家乡的印象,/不会消泯,总耿耿在心。/我时常惦念我的母亲,/她俭朴勤劳忘己而好助人,/深爱生长她的美丽土地,/和那土地上的勤勉人民……

———————

　　①　许志英、丁帆主编:《中国新时期小说主潮》(上卷),人民文学出版社 2002 年版,第 311 页。

诗人在诗中表达了深切的怀念母亲之情,事实上也是借助怀念母亲来传达对故土的思念,母亲与故土合二为一,具有浓厚的象征、隐喻意义。这是诗人通过将"怀念母亲"这一满载家族记忆的故乡情结化为对故土即"唐山"的热爱来表达寻根意识,也就是说,诗歌不但揭示了漂泊异乡的游子在寻根过程中对故乡亲人的思念,而且诗人自身也通过这首诗创造了自己所依恃的精神家园,为千千万万流落异乡的漂泊者宣泄了那绵缈悠长的乡愁。

进入 20 世纪 80 年代之后,随着东南亚各国社会经济的高速发展,东南亚华人又面临着社会急速现代化(西化)所带来的负面效应,这是另外一种"文化失根"的表现。双重"失根"的困惑,使得东南亚华文诗人更加忧心忡忡,正如以下诗人所写的那样:

谁说我们的青年没有根/他们的根全长在头上/长长的,曲曲的,蓬蓬松松的/滋养着根的/是头脑里的那些西方虫蛆

——小凡:《根》

河未清时/驳船已拖着童年/远去//依旧沉默是你/瞪两窗风霜/伛偻着,柱柱墙墙/面向对岸/多少楼新贵/争相耸入云霄/某种睥睨下/生存,便沦落为/瓦缝间/一芽绿苗

——蔡欣:《返河畔故居》

前一首小凡的《根》,对青年一代抛弃传统,"滋养着根的/是头脑里的那些西方虫蛆",将自己彻头彻尾地变成一个"香蕉人",发出警醒的呼喊;后一首蔡欣的《返河畔故居》则表现了乡土温情的消失以及现代都市生活对于人类生存空间的挤压,到处是高楼大厦,大自然被破坏得体无完肤,所以"生存,便沦落为/瓦缝间/一芽绿苗"。这些都是西方文明带来的文化痼疾,为了克服它们,东南亚华文诗人再一次掀起"文化寻根"热潮,开始思考如何将中华文

化传统发扬光大,以抵制日益西化的现实,用"拿来主义"的方式来实现中西文化互补,以突出文化传统和文化血脉对于现代人生存的重要意义。

　　对于东南亚华文诗人来说,"文化寻根"集中表现为对传统文化内在精神与生命活力的追绎和张扬,以达到对母体文化的理性认同。如前所述的马来西亚文坛的"天狼星诗社"诗人和新加坡文坛的"五月诗社"诗人所表现出的"文化寻根"最具代表性。请看五月诗人潘正镭的《烧砖煮酒》:

　　　　烧现代的火哟煮传统的酒

　　　　煮现代的酒哟烧传统的火

　　　　杯樽一碰

　　　　天地无疆

　　　　鼓,节令 四

　　　　浩浩呼唤自黄河

　　　　　　饮

　　　　　　　　斜

　　　　　　　　　　大

　　　　　　　　　　　　海

在传统与现代的价值冲突中,诗人生发了一种追寻自身文化传统之根性的豪情,以传统的"火""酒""黄河"等意象来象征对整个母体/母族文化的深深系念。还有同是五月诗人的贺兰宁的《城上怀古》:

　　　　客在长城/千万岁的层峦面城而立/……/一换季/一换季就换走
　　　　了秦汉晋隋唐宋/没了烽火封侯/没了战骨缠草根/……另一座长城/
　　　　终在心头筑起

这是诗人作为海外华裔站在万里长城上的思古感受。"诗人借助于对古代遥远往事的追索,表达的却是一种海外华族后裔心头永远挥之不去的故土依恋和情感深处根深蒂固的文化情结,而其'寻根'的姿态中更是蕴含了对五千年文化传统的回归与超越的现实情怀。"[①]

与潘正镭、贺兰宁的文化寻根意识稍有不同的是另一位五月诗人郭永秀,他善于通过传统文化中那些极富象征意蕴和悠长文化情致的意象,来表达对一种正在消失的传统文化精神的依恋和对传统内在文化价值的发掘。如"筷子""毛笔""茶""竹""剑""龙"等充满文化情致意象的塑造,积淀着诗人对东南亚华族命运的历史性思考。请读郭永秀的《筷子的故事》:

> ……//多少辛苦、多少努力/一代又一代/生命延续,以两支竹筷/祖先在历史中告诉我们:/一支易折,两支/才有御敌的力量/合起来便可——/顶天立地威武不惧/不能分,一分/根须腐烂,枝桠(丫)断裂/子孙也找不到族谱//如今,当我们丰衣足食/爱好时髦的下一代/争着拿刀叉的时候/谁去告诉他们:/这平凡而真实的——/筷子的故事?

诗人郭永秀通过对负载悠长中华历史文化内涵的"筷子"精神的讴歌,表达了一种对蕴含于其中的中华文化精神的强烈认同,告诫"爱好时髦的下一代",祖先的历史千万不可忘却,即传统不可丢弃。这既是诗人自身对于传统断裂的忧患,同时又是东南亚华族成员共同焦虑于"无根"的书写。再看艾文的《感觉》一诗:

[①] 陈贤茂主编:《海外华文文学史》(第一卷),鹭江出版社1999年版,第644页。

　　　　一种感觉/像一则在人们齿间/流传了千百年的故事/这么重复
重复重复/花朵谢了/我们再栽培一株/某种机能的休止/我们把他
的名字/从族谱中除去/从记忆中除去/或以挽联挥别/我们就是这
样活着

　　诗人在此也表达了一种无奈之感,"无根"和"走不出的困境"似乎成为东南亚
华人共同的感受,所以"我们就是这样活着"。东南亚华人面临着认同的危机
与身份的流离,不管是漂泊还是不漂泊,不管是跨国还是处于边陲,最终却都
要面对在家国之内而形同在家国之外的茫然。正如詹明信(Fredric Jameson)
所言:"第三世界的文本,甚至那些看起来关于个人(private)的文本,也总是以
民族寓言(national allegory)的形式来投射一种政治维度。关于个体命运的
故事,往往是公共的第三世界文化与社会困境的寓言。"①艾文等东南亚华文
诗人的写作有这样高层次的动机,但他却将个人记忆和感觉融入社会政治的
辛酸和沉痛,发出了一种见证时代和社会民间的非主流声音。

　　当然,东南亚华文诗人的"文化寻根"并非简单地表现为对中华母体文化
的回归,还表达了一种对自我存在状况的清醒意识,是一种面对异在的文化
情境而生发的对中华母体文化的重新确认与反思。例如,王彬街是菲律宾一
条著名的唐人街,许多菲华诗人将它视为中华母语文化的代名词,在诗中反
复书写,以达到寻觅民族文化认同与族裔之根的目的,但在女诗人谢馨的眼
中,王彬街则是用来反思的对象。

　　　　王彬街在中国城/我每次想中国/就去王彬街/去王彬街买一
帖祖传/标本兼治的中药/医治我根深蒂固的怀乡病/去王彬街购

_____

　　①　詹明信:《晚期资本主义的文化逻辑:詹明信批评理论文选》(张旭东编、陈清侨等
译),香港牛津大学出版社1997年版,第523页。

一盒广告/清新降火的柠檬露/消除我国仇家恨的愤怒……去王彬街读杂乱的中国字招牌/去王彬街看陌生的中国人脸孔/去王彬街听靡靡的中国流行歌/去王彬街踏肮脏的中国式街道/我每次想中国/就去王彬街/王彬街在中国城/中国城不在中国/中国城不是中国

——谢馨：《王彬街》

诗人刻意描述的中国城景观处处使人想起遥远的故国，但它所处的多元文化环境又时时提醒诗人它并不等于中国，"中国城不在中国/中国城不是中国"，它只是中国在异域的一个变体。这就昭示着文化寻根不是简单地回到过去，回归中华文化的正统，它有在地化情境，即它所回归的文化传统应该是在特定的历史空间和地理环境、语言环境以及社会、经济、家庭生活等环境中形成的系统。谢馨带有现代意识的寻根书写无疑具有文化人类学方面的意义，突破了狭隘的民族主义思想。再如赖瑞和的《渡河的人》：

他是一个食月光的人/子夜里还划着一艘船/叩访并投宿于：河流的家//沿岸的苔藓和水草，已为他织就/一袭岁月的缕衣，披在他童年种在/心中的一座果园，一排排/秃老的树干//等到河流都涨满了/他从果园里砍下一排/可以飘泊的树干/编成一个木筏//他终于遗忘了一条/古老的河/试探另一条河道的冷暖/他已在暗礁重叠的阴影中/熟悉了：河流的身世和年代

如果把"渡河"看作是东南亚华人向中华母体文化回归的一种象征，那么"他""终于遗忘了一条古老的河"，从"古老的河"过渡到"另一条河道的冷暖"，并且"在暗礁重叠的阴影中"，"熟悉了河流的身世和年代"，这喻示着诗人想要回归的文化母体超越了一般层面的中华文化，那是本土文化传统和多元文

235

因素介入的产物,显然是一种更为复杂的文化结构。所以,有些东南亚华文诗人选取诸如诗经、楚辞、汉赋、唐诗、宋词、元曲以及《红楼梦》《水浒传》等特具中华文化因素的成分入诗,不仅是一种文化寻根的表达,还面临着一个"在地化"的问题,要考虑中国性与本土性融合的问题。东南亚华文诗人对文化寻根的反思无疑拓展了其书写领域,这是处于后现代文化语境中的他们的必然表现。

第七章
结　语

　　一只飞蛾/扑向灯心(芯)/幻灭了/希望//一只飞蛾/飞离灯心
(芯)/迷惘在/失望中

——晓阳：《希望与失望》

　　菲华诗人晓阳的诗作短小精悍，富有哲理。这首《希望与失望》与绪论中
我们引用的《历史》一样，虽然只有二十七个字，却揭示了一个两难命题。如
果我们把这里的"飞蛾"意象视为东南亚华文诗歌，"灯芯"意象视为中国性，
那么对于这首诗的理解就会别有洞天，因为它刚好吻合了东南亚华文诗歌与
中国性的宿命关系。也就是说，东南亚华文诗歌若像"飞蛾"那样"扑向灯

芯"，即向中国性回归，等待它的将是希望的幻灭；它若像"飞蛾"那样"飞离灯芯"，即脱去中国性，又要迷惘于失望之中，焦虑于身份危机与发展困境。从以上连篇累牍的梳理中我们已经看到，东南亚华文诗歌与中国性的关系非同一般，任何简单粗暴的行为和独断专制的作风以及喃喃自语的"后殖民论述"到头来都只会扼杀东南亚华文诗歌的生命。

　　第一阶段的东南亚华文诗歌是受中国五四新文学运动影响而诞生的，因而东南亚华文诗歌发轫期的作品跟中国现代诗歌区别不大，被称为"侨民文艺"/"华侨文学"，中国意识非常浓厚，第一阶段也称为"中国意识阶段"。而且，一些中国作家不断南来从事革命、教育、文化宣传工作，更强化了东南亚华文诗人的中国意识，使他们只关心中国事务，身处的"南洋"社会不过是"中国"这个想象共同体的延伸。这时期中国发生的重大政治事件比如济南惨案、九一八事变、抗日战争等对于唤醒东南亚华人的民族意识和民族主义情感起了很大的作用，表现在诗歌上，他们便以遥远的东方大国作为自己的"祖国"，作为他们日夜所思之地。"二战"后，中国意识开始从东南亚华人思想深处淡出，表现本土生活经验以及风土人情的诗篇日渐增多。但是东南亚华文诗歌的中国性并未因此减弱，其表现形式、创作手法并未发生质的改变。中国性的张扬并不代表本土意识趋于消泯，这个时期东南亚华文诗歌的本土化运动一直处于潜流暗涌的状态。20 世纪 20 年代始，谭云山、张金燕等人开始提倡"南洋色彩"和"新兴文艺"，1947 年至 1948 年马来亚文坛发生关于"马华文艺独特性"与"侨民文艺"的论争，标志着东南亚华文诗歌尝试着建构自身的主体性和独立性。虽然中国性的光芒掩盖了本土性的滋长，但"文艺独特性"的论争终于使越来越多的华文诗人认识到本土性的重要。不过，由于其在运作过程中还是不得不借助五四新诗的现实主义传统，因而难以摆脱中国性的符咒。

　　东南亚华文诗歌在第二阶段——"中国情结阶段"，因为受制于现实情况，发展历经曲折，迫不得已向文化母体寻求动力支撑和力量源泉。20 世纪

50年代以后,东南亚地区兴起了民族解放运动,在西方殖民者相继撤出的情况下,各国纷纷宣布脱离殖民统治,独立建制,成为新兴的民族国家。政局的变化,促使那些南来作家纷纷回归中国,与此同时,中国也基本上停止向东南亚移民的势头,本土出生的诗人逐渐占据华文诗坛主流地位。华人作为当地的一个民族而存在,思想观念发生很大变化,已由原来的"叶落归根"转变为现在的"落地生根"。但东南亚各国政府并不信任华人,不同程度实施同化政策,掀起了一波又一波排华浪潮,使得东南亚华文诗人只好向母体文化找寻动力,为日趋边缘的漂泊心灵寻求精神上的慰藉,很多诗篇既表现出对居住国的热爱之情,又具有浓厚的中国性。尽管这个时期东南亚华文诗人在意识上都认识到自己的身份不属于中国,力求诗歌本土化,但由于抵抗的需要,在情感上、文化倾向上还是造成华文诗歌的中国性四处漫溢。当然,政治高压使得东南亚华文诗人把诸如政治、宗教、种族、教育等敏感问题视为表现禁区。受台湾20世纪50—60年代兴起的"现代派"诗歌运动影响,东南亚华文诗人开始借助"现代派"委婉含蓄的表现方式来隐约呈现高度压抑的社会现实,由此引发"现实主义与现代主义"之争。论争的结果是中国性与现代主义联姻,形成独具特色的中国性——现代主义诗歌,马来西亚的天狼星诗社和新加坡的五月诗社是其典型代表,天狼星诗人和五月诗人或以中国伟大爱国诗人屈原的流放来隐喻自己的处境,或以屈原为楷模、承继屈原精神,来寄托他们对社会现实的不满和批判。

20世纪80年代以后,东南亚华文诗歌进入第三阶段——"中国经验阶段"。这个时期,东南亚各国将重心转移到经济建设方面,狭隘的民族主义情绪有所收敛,中国也实行了改革开放政策,综合国力有了显著提升,重新与东南亚国家恢复了邦交,东南亚华人开始有机会接触到现实的中国,获得中国经验。每个东南亚华文诗人的中国经验都烙上了自身印记,东南亚华文诗歌文本中的"中国"形象因之丰富起来。然而,文学日趋沉沦与边缘化的世界性潮流以及后现代主义的写作方式又导致东南亚华文诗歌陷入了语言、文化、政治、经济、传统、乡土等多重困境。以旅居中国台湾地区的马来西亚华人学者黄锦树、林建国、张锦忠以及王润华等人的观点为代表的后殖民论述认为东南亚华文诗歌面临多重困境，发展停滞不前，是由于强大的中国文学/文化殖民了东南亚华文诗歌，把中国性视为东南亚华文诗歌发展的障碍，因而提出较为武断的"断奶"论。可是，他们的论述又是自相矛盾的，以王润华为例，他一方面赞同东南亚华文文学/诗歌受中国文学文化殖民的观点，另一方面又认为东南亚华文诗歌拥有"双重文学传统"，即中国文学传统和本土文学传统，中国文学传统便是其中之一，实际上指涉了中国性与本土性相融合的问题。具有双重文学传统的东南亚华文诗歌自然与中国现当代诗歌不一样，并和它构成对话与多元并存的关系，反驳了后殖民论述的"去中国性"的论调。

东南亚华文诗歌走向现代化是必然的，但全球化、后现代主义的不利因素又深深地影响着它的现代化进程。全球化是指第一世界（西方）以自己发达的经济和文化作为世界性的普遍客观知识体系向第三世界（东方，相对不发达地区）扩展与渗透的过程。全球化必然带来世界性（西方）与民族性（东方）相冲突的问题。在全球化背景下考察东南亚华文诗歌的发展，我们发现，东南亚华文诗歌现代化的结果就是迈向全球化。东南亚华文诗歌在现代化途中遭遇世界性与民族性的冲突，必然衍化成世界性与中国性的冲突以及世界性与本土性的冲突。同时，还包括了相互融合。东南亚华文诗歌在现代化途中，接受西方中心话语的影响，实际上是要获得一种世界性与民族性、中国性相融合的特质，这突出表现在都市题材的书写和"中西合璧"的表现方式两个方面。因此，现代与传统、世界性与民族性相融合将是东南亚华文诗歌现代化的成功标志。东南亚华文诗歌的民族性基石是中国性，因此，其现代化说到底还是脱离不了中国性在现代的表现，任何企图抛弃民族性认同的审美艺术感受都会有悖于其现代化的初衷。另外，我们还选取了"乡愁""放逐""忧患""寻根"等特具中国性的诗歌典例来分析东南亚华文诗歌与中国性的关系，从这四个方面把握中国性在东南亚华文诗歌中的具体呈现，认为东南亚华文诗歌挥之不去的中国性对其发展具有相当大的促进作用。

　　东南亚华文诗歌的发展不论出于何种需要,都不可能脱离中国性,其与中国性的关系绝不仅限于影响层面这么简单,因为中国性本身凝结了丰富的内涵,而且与时俱变。不论是现实的中国,还是作为"共同体"的文化想象,投射到不同地区和时空下的东南亚华文诗歌文本中,反映出的中国性都或多或少表现了相当的差异性。黄锦树等人眼中的中国性虽然也呈现出了阶段性的差异,但他们对此往往忽略/不见,而站在事先设定好的立场上,一厢情愿地把中国性视为压迫者,对东南亚华文诗歌构成文化殖民/后殖民,似乎中国性只有这一种功能。这是一种典型的本质论思维方式。黄锦树他们的"去中国性"甚至"反中国性"的想法的确有其深层吊诡之处,前面已做分析,这里不再赘述。"去中国性"不管是有心还是无心,都牵涉到政治范畴,联系"去中国化"和"文学台独"思潮,再加上黄锦树等人旅居中国台湾地区的身份,我们不能不怀疑他们的政治企图。很明显,中国台湾地区和中国大陆的关系跟马来西亚和中国的关系是两码事,可惜黄锦树等人没有考虑这种历史情境的相异性,而是直接拿"文学台独"言论为其所用,来反思马华文学与中国文学的关系,出现偏颇在所难免,甚至不自觉中成为马来西亚统治者的共谋。我们知道,东南亚各国的统治者一直希望华人同化于当地土著,每一个国家几乎都在不同时段采取过限制华社、华校、华报发展的措施,并且造成了种族大冲突的流血事件,妄图扼杀华族的族裔性。黄锦树等人强调"去中国性",以"华马文学"代替"马华文学",扩大之,就是"华人文学"代替"华文文学",刚好吻合了统治者希望年青一代华人远离中华传统、不讲华文的目的,间接地帮助统治者实施同化华人的政策。

　　"华人文学"概念的提出,的确可以涵盖华人运用英文、马来文、印尼文、泰文等语言创作的文学作品,打破了从语种意义上定义"华文文学"的狭隘性,但是,不讲华文、不识汉字还算不算华人呢? 黄锦树为此特意做了如下辨析:"这里头存在着两个极端:最严格的定义与最宽松的要求。晚期移民(华教运动的倡导者及支持者)以文化来定义种族,而土生华人(较早移民的华人)则以最宽泛的标准来定义华人(如肤色、生活习惯等)。前者对于华人的要求非常强调文化(中华文化):讲华语、写华文、读中文书、了解中国历史。可以发现,假使扣除了对中国政治实体的忠诚,那也就是对'中国人'的要求。而后者的自我认定比较上是'人类学似的',不涉及道德的强制性。比较之下,后者或许可以称之为最低限度的中国性,其限度在中华文化的边界(华/番之间)。对后者而言,生存得更好优先于文化血缘的坚持。对前者而言,那却是一个民族道德的问题。"①不难看出,黄锦树对华人的"严格定义上的"和"宽泛概念上的"两种分类大体上和王赓武的"乙类"和"丙类"华人分类一致。然而,王赓武已经指出,丙类华人在海外华人中所占的比例非常小,也就是说黄锦树所讲的"生存得更好优先于文化血缘的坚持"的华人并不是很多。而且,随着中国综合国力日益增强,在世界上的影响力越来越大,全世界正掀起学汉语的热潮。东南亚地区毗邻中国,它们的发展更离不开中国,其国内不但众多华裔纷纷学习华文,还有一些外族人也开始学习华文,各国的政治环境也开始相对宽松起来。既然如此,我们认为黄锦树他们以"华人文学"取代"华文文学"有所偏颇,而且为了"去中国性"的目的更不应该,因为至少目前为止我们还没有足够的证据证明"华人文学"就没有中国性特征。很多华人作家的非华文创作中不难见到中华文化传统的影响。我们只能说"华人文学"与"华文文学"是两个相互关联的概念,它们既相异又重叠,只是定义的依据不一样而已,它们不可能相互代替或一方取代另一方。

有了以上比较、分析和论证,我们现在可以毫不犹豫地说:对东南亚华文诗歌"去中国性"完全没有必要。中国性好比东南亚华文诗歌流动的血液,抽离出来之后,东南亚华文诗歌也就丧失了生命。

---

① 黄锦树:《马华文学与中国性》,台北元尊文化企业有限公司1998年版,第112页。

参考文献

一、 理论史料部分

1.［美］阿诺德·汤因比.人类与大地母亲［M］.徐波,等,译.上海：上海人民出版社,1993.

2.［英］安东尼·吉登斯.现代性的后果［M］.田禾,译.南京：译林出版社,2000.

3.［英］安东尼·D.史密斯.全球化时代的民族与民族主义［M］.龚维斌,良警宇,译.北京：中央编译出版社,2002.

4.［美］爱德华·W.萨义德.东方学［M］.王宇根,译.北京：生活·读书·新知三联书店,2000.

5. [美]爱德华·W. 萨义德.知识分子论[M].单德兴,译.北京:生活·读书·新知三联书店,2002.

6. [英]埃里克·霍布斯鲍姆.民族与民族主义[M].李金梅,译.上海:上海人民出版社,2000.

7. [美]艾凯.世界范围内的反现代化思潮——论文化守成主义[M].贵阳:贵州人民出版社,1991.

8. [德]本·雅明.发达资本主义时代的抒情诗人[M].张旭东,魏文生,译.北京:生活·读书·新知三联书店,1992.

9. [德]本·雅明.经验与贫乏[M].王炳钧,杨劲,译.百花文艺出版社,2002.

10. [美]本尼迪克特·安德森.想象的共同体——民族主义的起源与散布[M].吴叡人,译.上海:上海人民出版社,2003.

11. [德]彼德·科斯洛夫斯基.后现代文化[M].北京:中央编译出版社,1999.

12. 曹云华.从文化适应的角度看东南亚华人与当地民族的关系[D].广州:暨南大学,2001.

13. 长谣.长谣论诗[M].新加坡:健龙科技传播贸易公司,2000.

14. 陈大为,钟怡雯,胡金伦.赤道形声:马华文学读本 II[M].台北:万卷楼图书股份有限公司,2004.

15. 陈辽.世纪之交的世界华文文学——第八届世界华文文学国际研讨会论文选[G].台港与海外华文文学评论和研究增刊,1996—9.

16. 陈烈甫.菲律宾历史与中菲关系的过去与现在[M].台北:中正书局,1968.

17. 陈实.新加坡华文作家作品论[M]. 北京:光明日报出版社;桂林:广西师范大学出版社,1991.

18. 陈贤茂,等.海外华文文学史初编[M].厦门:鹭江出版社,1993.

19. 陈贤茂.海外华文文学史(共四卷)[M].厦门:鹭江出版社,1999.

20. 陈旭光.中西诗学的会通——20 世纪中国现代主义诗学研究[M].北京:北京大学出版社,2002.

21. [美]道格拉斯·凯尔纳,斯蒂文·贝斯特.后现代理论:批判性的质疑[M].张志斌,译.北京:中央编译出版社,1999.

22. 方桂香.巨匠陈瑞献[M].新加坡:创意圈工作室,2002.

23. 方汉文.后现代主义文化心理:拉康研究[M].上海:上海三联书店,1999.

24. 方修,编.马华新文学大系[M].新加坡:新加坡世界书局,1972.

25. 费勇.言无言:空白的诗学[M].广东:广东人民出版社,1999.

26. 福建省台湾香港澳门暨海外文学研究会.传承与拓展——菲律宾华文文学国际学术研讨会论文集[G].福州:海峡文艺出版社,2002.

27. 福建师范大学文学院.学术史视野中的华文文学——第十七届世界华文文学国际学术研讨会论文集[G].福州:海峡文艺出版社,2014.

28. 公仲,江冰.走向新世纪——第六届世界华文文学国际研讨会论文集[G].北京:人民文学出版社,1994.

29. 公仲.世界华文文学概要[M].北京:人民文学出版社,2000.

30. 郭惠芬.战前马华新诗的承传与流变[M].昆明:云南人民出版社,2004.

31. 郭惠芬.中国南来作者与新马华文文学[M].厦门:厦门大学出版社,1999.

32. [德]黑格尔.美学(三卷本)[M].北京:商务印书馆,1997.

33. 韩振华.中国与东南亚关系史研究[M].南宁:广西人民出版社,1992.

34. 何炳彪.《槟城新报》文艺副刊与早期马华文学(杨松年卷)[M].新加坡:新加坡青年书局出版,2010.

35. 何国忠.马来西亚华人:身份认同、文化与族群政治[M].吉隆坡:马来西亚华社研究中心,2002.

36. 何国忠.全球化话语下的中国及马来西亚[M].吉隆坡:马来亚大学中国研究所,2007.

37. 何国忠.文化记忆与华人社会[M].吉隆坡:马来亚大学中国研究所,2008.

38. 何锐,翟大炳.现代诗技巧与传达[M].天津:百花文艺出版社,2002.

39. 胡月霞.漂泊与离散——东南亚华文文学的精神投向与艺术呈现[D].杭

州：浙江大学,2005.

40. 黄锦树.马华文学：内在中国、语言与文学史[M].马来西亚：华社资料研究中心,1996.

41. 黄锦树.马华文学与中国性[M].台北：台北元尊文化企业股份有限公司,1998.

42. 黄万华.多元文化语境中的华文文学——第十三届世界华文文学国际学术研讨会论文集[G].济南：山东文艺出版社,2004.

43. 黄万华.文化转换中的世界华文文学[M].北京：中国社会科学出版社,1999.

44. 黄万华.新马百年华文小说史[M].济南：山东文艺出版社,1999.

45. 姜飞.跨文化传播的后殖民语境[M].北京：中国人民大学出版社,2005.

46. [美]克利福德·吉尔兹.地方性知识——阐释人类学论文集[G].王海龙,等,译.北京：中央编译出版社,2000.

47. 赖伯疆,等.海外华文文学概观[M].广州：花城出版社,1991.

48. 李志.飘泊的家园——新马战前华文小说研究(1919—1924 年)[M].北京：中国文联出版社,2001.

49. 林开忠.建构中的"华人文化"：族群属性、国家与华教运动[M].吉隆坡：马来西亚华社研究中心,1999.

50. 林水檺,何国忠.马来西亚华人史新编(全三册)[M].马来西亚：马来西亚中华大会堂总会,1998.

51. 刘登阁.全球文化风暴[M].北京：中国社会科学出版社,2000.

52. 刘绍铭.认同与执着[M].香港：三联书店香港分店,1987.

53. 刘小枫.现代性社会理论绪论[M].上海：上海三联书店,1998.

54. 刘小新.华文文学与文化政治[M].镇江：江苏大学出版社,2011.

55. 陆士清.新视野、新开拓——第十二届世界华文文学国际学术研讨会论文集[G].上海：复旦大学出版社,2002.

56. 陆卓宁.和而不同——第十五届世界华文文学国际学术研讨会论文集[G].南宁：广西人民出版社,2008.

57. [法]罗杰·加洛蒂.论无边的现实主义[M].吴岳添,译.百花文艺出版社,2002.

58. 罗钢,刘象愚.后殖民主义文化理论[M].北京：中国社会科学出版社,1999.

59. 罗门.罗门论文集[M].北京：中国社会科学出版社,1995.

60. 罗振亚.中国现代主义诗歌史论[M].北京：社会科学文献出版社,2002.

61. 罗正文.当代马华文存之5(文化卷·80年代)[M].马来西亚：马来西亚华人文化协会,2001.

62. 马仑.新马华文作者风采1875—2000[M].吉隆坡：马来西亚彩虹出版集团,2000.

63. 潘亚暾.海外华文文学现状[M].北京：人民文学出版社,1996.

64. 潘亚暾,汪义生.海外华文文学名家[M].广州：暨南大学出版社,1993.

65. 钱超英."诗人"之"死"——一个时代的隐喻[M].北京：中国社会科学出版社,2000.

66. 钦鸿.遥望集——东南亚华文文学漫评[M].北京：中国三峡出版社,2002.

67. 饶芃子,费勇.本土以外——论边缘的现代汉语文学[M].北京：中国社科出版社,1998.

68. 饶芃子.中国文学在东南亚[M].广州：暨南大学出版社,1999.

69. 汕头大学台港及海外华文文学研究中心,亚洲华文作家文艺基金会.期望超越——第十一届世界华文文学国际学术研讨会暨第二届海内外潮人作家作品国际研讨会论文集[G].广州：花城出版社,2000.

70. 盛宁.二十世纪美国文论[M].北京：北京大学出版社,1994.

71. 盛宁.人文困惑与反思——西方后现代主义思潮批判[M].北京：生活·读书·新知三联书店,1999.

72. [法]托多罗夫.巴赫金对话理论及其他[M].蒋子华,张平,译.百花文艺出版社,2001.

73. 汪民安.后现代性的哲学话语——从福柯到赛义德[M].杭州:浙江人民出版社,2000.

74. 王德威.想象中国的方法[M].北京:生活·读书·新知三联书店,1998.

75. 王赓武.王赓武自选集[M].上海:上海教育出版社,2002.

76. 王赓武.中国与海外华人[M].香港:商务印书馆,1994.

77. 王国璋.马来西亚族群政党政治(1955—1995)[M].吉隆坡:马来西亚东方企业有限公司,1998.

78. 王列耀.隔海之望——东南亚华人文学中的"望"与"乡"[M].北京:中国社会科学出版社,2005.

79. 王铭铭.漂泊的洞察[M].上海:上海三联书店,2003.

80. 王润华.华文后殖民文学——中国、东南亚的个案研究[M].上海:学林出版社,2001.

81. 王岳川.后殖民主义与新历史主义文论[M].济南:山东教育出版社,2002.

82. 王岳川.中国镜像——90年代文化研究[M].北京:中央编译出版社,2001.

83. 韦红.新加坡精神[M].武汉:长江文艺出版社,2000.

84. 温任平.愤怒的回顾——马华现代文学[M].吉隆坡:马来西亚天狼星出版社,1980.

85. 吴岸.到生活中寻找缪斯[M].吉隆坡:大马福联会暨雪兰莪福建会馆,1987.

86. 吴凤斌.东南亚华侨通史[M].福州:福建人民出版社,1994.

87. 吴冠军.多元的现代性[M].上海:上海三联书店,2002.

88. 厦门市东南亚华文文学研究会,厦门大学东南亚华文文学研究中心.新世纪初的东南亚华文文学(下)——回顾与展望:东南亚华文文学研究20周年[G].厦门:厦门大学出版社,2007.

89. 新社,编.新马华文文学大系[M].新加坡:新加坡教育出版社,1971.

90. 徐贲.走向后现代与后殖民[M].北京：中国社会科学出版社,1996.

91. 徐迅.民族主义[M].北京：中国社会科学出版社,1998.

92. 许文荣.南方喧哗：马华文学的政治抵抗诗学[M].新山：马来西亚南方大学学院出版社,2004.

93. 许文通,编.回首八十载,走向新世纪——九九马华文学国际学术研讨会论文集[G].吉隆坡：南方大学学院出版社,2001.

94. [英]约翰·汤姆林森.全球化与文化[M].郭英剑,译.南京：南京大学出版社,2002.

95. [法]雅克·马利坦.艺术与诗中的创造性直觉[M].刘有元,罗选民,等,译.北京：生活·读书·新知三联书店,1992.

96. 杨乃乔.悖立与整合——东方儒道诗学与西方诗学的本体论、语言论比较[M].北京：文化艺术出版社,1998.

97. 杨松年.新马华文现代文学史初编[M].新加坡：新加坡 BPL 教育出版社,2000.

98. 杨振昆,等.东南亚华文文学论[M].重庆：重庆大学出版社,1994.

99. 余建华.民族主义：历史遗产与时代风云的交汇[M].上海：学林出版社,1999.

100. 原甸.马华新诗史初稿[M].香港：三联书店香港分店/新加坡文学书屋,1987.

101. 张长虹.曾心作品评论集[M].泰国：留中大学出版社,2009.

102. 张国清.中心与边缘[M].北京：中国社会科学出版社,1998.

103. 张锦忠.南洋论述：马华文学与文化属性[M].台北：麦田出版社,2003.

104. 张京媛.后殖民理论与文化批评[M].北京：北京大学出版社,1999.

105. 张晶.东南亚华文诗歌的中国想象[D].武汉：武汉大学,2010.

106. 张少康.中国历代文论精品[M].长春：时代文艺出版社,2001.

107. 赵稀方.小说香港[M].北京：生活·读书·新知三联书店,2003.

108. 赵毅衡.诗神远游——中国如何改变了美国现代诗[M].上海：上海译文出版社,2003.

109. 中国社会科学院历史研究所.古代中越关系史资料选编[M].北京：中国社会科学出版社,1982.

110. 中国社会科学院文学研究所.走向 21 世纪的世界华文文学——第九届世界华文文学国际研讨会文选[G].北京：中国社会科学出版社,1999.

111. 钟怡雯.亚洲华文散文的中国图像 1949—1999[M].台北：万卷楼图书股份有限公司,2001.

112. 周一良.中外文化交流史[M].郑州：河南人民出版社,1987.

113. 朱崇科.本土性的纠葛——边缘放逐"南洋"虚构·本土迷思[M].台北：台北唐山出版社,2004.

114. 朱大可.逃亡者档案[M].上海：学林出版社,1999.

115. 朱光灿.中国现代诗歌史[M].山东：山东大学出版社,1997.

116. 朱文斌.跨国界的追寻——世界华文文学诠释与批评[M].北京：新星出版社,2006.

117. 朱耀伟.当代西方批评论述的中国图像[M].北京：中国人民大学出版社,2006.

118. 庄钟庆.东南亚华文文学研究[M].新加坡：新加坡文艺协会出版,2012.

二、 作家作品部分

1. 柏杨.新加坡共和国华文文学选集·诗歌卷[M].台北：台北时报文化出版社,1982.

2. 冰谷.沙巴传奇[M].吉隆坡：马来西亚彩虹出版集团,1998.

3. 长谣,喀秋莎,古琴,刘可喜.琵琶弦上[M].新加坡：新华文化事业有限公司,1990.

4. 陈大为.方圆五里的听觉[M].济南：山东文艺出版社,2007.

5. 陈大为.马华当代诗选(1990—1994)[M].台北：文史哲出版社,1995.

6. 陈大为.巫术掌纹——陈大为诗选(1992—2013)[M].台北：联经出版事业股份有限公司,2014.

7. 陈大为.再鸿门[M].台北：文史哲出版社,1997.

8. 陈大为,钟怡雯.马华文学读本Ⅰ：赤道形声[M].台北：万卷楼图书股份有限公司,2000.

9. 陈蝶.蝶之集[M].沙捞越：马来西亚沙捞越华文作家协会,1989.

10. 陈扶助.陈扶助诗文选集[M].香港：香港拓文出版社,2003.

11. 陈瑞献.陈瑞献选集[M].武汉：长江文艺出版社,1993.

12. 陈雪风.东南亚文学朗诵诗选[M].吉隆坡：马来西亚雪兰莪中华大会堂,2004.

13. 淡莹.太极诗谱[M].新加坡：新加坡教育出版社,1979.

14. 方昂.檐滴[M].吉隆坡：马来西亚华文作家协会,1993.

15. 方明.生命是悲欢相连的铁轨[M].台北：创世纪诗杂志社,2003.

16. 菲华新潮文艺社.菲华新诗选[M].福州：福建人民出版社,1983.

17. 傅承得.赶在风雨之前[M].吉隆坡：马来西亚十方出版社,1988.

18. 傅承得.哭城传奇[M].吉隆坡：马来西亚大马新闻杂志,1984.

19. 傅承得.哭城传奇[M].吉隆坡：马来西亚大马新闻杂志社,1984.

20. 傅承得,田思.吻印与刀痕[M].吉隆坡：马来西亚千秋事业社,1999.

21. 傅承得.有梦如刀[M].吉隆坡：马来西亚千秋事业社,1995.

22. 郭永秀.月光小夜曲[M].新加坡：新加坡七洋出版社,1992.

23. 寒川.寒川诗选1965—2000[M].新加坡：新加坡岛屿文化社,2000.

24. 何乃健,沈钧庭.马华文学大系·诗歌卷(二),1981—1996[M].吉隆坡：马来西亚彩虹出版集团,2004.

25. 何乃健,沈钧庭.马华文学大系·诗歌卷(一)1965—1980[M].吉隆坡:马来西亚彩虹出版集团,2004.

26. 何启良.刻背[M].吉隆坡:马来西亚鼓手文艺出版社,1977.

27. 何启良.刻背[M].吉隆坡:马来西亚鼓手文艺出版社,1977.

28. 何暐义,马盛辉,释继程.三人行[M].吉隆坡:马来西亚十方出版社,1990.

29. 华之风.月是一盏传统的灯[M].新加坡:新加坡七洋出版社,1992.

30. 黄建华.甘之若饴[M].吉隆坡:马来西亚千秋事业社,1999.

31. 黄建华.花·时间[M].吉隆坡:马来西亚大将事业社,2004.

32. 黄孟文.新加坡当代诗歌精选[M].沈阳:沈阳出版社,1998.

33. 蓝波.变蝶[M].诗巫:马来西亚诗巫中华文艺社,1992.

34. 犁青,编.泰华文学[M].香港:香港汇信出版社,1991.

35. 犁青.印度尼西亚的笑声和泪影(1957—1959)[M].香港:香港汇信出版社,2004.

36. 李少儒.五月总是诗[M].泰国:泰国华文作家协会,1989.

37. 李拾荒.当代新加坡诗歌选2006[M].新加坡:新加坡风云出版社,2007.

38. 林健文.猫住在一座热带原始森林[M].马来西亚:有人出版社,2009.

39. 林金城.假寐持续着[M].吉隆坡:马来西亚千秋事业社,1999.

40. 林泉.视野[M].马尼拉:菲华现代诗研究会,1997.

41. 林泉.树的信仰[M].马尼拉:菲华文化事业出版公司,1989.

42. 林幸谦.狂欢与破碎[M].台北:三民书局,1995.

43. 林幸谦.叛徒的亡灵——我的五四诗刻[M].台北:尔雅出版社,2007.

44. 林野夫.1997,那一年的风花雪月[M].沙巴:马来西亚沙巴梦天诗社,1999.

45. 刘恺.草的行色:刘恺诗集[M].新加坡:新加坡泛亚文化,1980.

46. 刘育龙.哪吒[M].吉隆坡:马来西亚彩虹出版集团,1999.

47. 陆进义.越华现代诗抄[M].河内：越南河内民族文化出版社,1993.

48. 罗正文.临流的再生[M].吉隆坡：马来西亚大马新闻杂志社,1984.

49. 湄江文艺.春的漫笔[M].泰国：泰国华文作家协会,1996.

50. 湄江文艺.还愿[M].泰国：泰国华文作家协会,1997.

51. 湄江文艺.流失的思念[M].泰国：泰国华文作家协会,1996.

52. 梦扬.星恋[M].沙捞越：马来西亚沙捞越文化协会,1997.

53. 南子.五月现代诗选[M].新加坡：五月诗社,1989.

54. 潘受.潘受诗集[M].新加坡：新加坡文化艺术协会,1997.

55. 潘正镭.再生树[M].新加坡：大家出版社,1998.

56. 千岛诗选编辑委员会.《千岛诗选》[M].马尼拉：菲律宾千岛诗社,1991.

57. 秦林.秦林诗1965—2005[M].吉隆坡：马来西亚大将出版社,2005.

58. 柔密欧·郑编选.新荷[M].新加坡：新加坡岛屿文化出版社,1984.

59. 沙河.鱼的变奏曲[M].吉隆坡：马来西亚大将出版社,2007.

60. 沈穿心.天狼星诗选[M].吉隆坡：马来西亚天狼星诗社,1979.

61. 司马攻.明月水中来[M].曼古：泰国八音出版社,1989.

62. 司马攻.泰华文学漫谈[M].泰国：泰国八音出版社,1994.

63. 田思.给我一片天空[M].吉隆坡：马来西亚千秋事业社,1995.

64. 田思.田思诗歌自选集[M].吉隆坡：马来西亚大将事业社,2002.

65. 万川.鱼在言外[M].诗巫：马来西亚诗巫中华文艺社,1997.

66. 王润华.热带雨林与殖民地[M].新加坡：新加坡作家协会,1999.

67. 王润华.人文山水诗集[M].台北：万卷楼图书股份有限公司,2005.

68. 王渝.海外华人作家诗选[M].香港：三联书店,1983.

69. 王昭英.东南亚华文文学选集·汉莱卷(1945—1999)[M].新加坡：新加坡南洋理工大学中华语言文化中心,2001.

70. 温任平.大马诗选[M].吉隆坡：马来西亚天狼星诗社,1974.

71. 温任平,等.马华文学[M].香港：文星书屋,1974.

72. 温任平.扇形地带[M].吉隆坡：马来西亚千秋事业社,2000.

73. 温瑞安.楚汉[M].台北：尚书文化出版社,1990.

74. 吴岸.生命的存档[M].吉隆坡：马来西亚沙捞越华文作家协会,1988.

75. 吴岸.吴岸诗选[M].吉隆坡：马来西亚华艺出版社,1996.。

76. 伍木.等待西安[M].新加坡：新加坡七洋出版社,2000.

77. 伍木.伍木短诗选[M].新加坡：新加坡七洋出版社,2003.

78. 谢馨.波斯猫[M].台北：台北殿堂出版社,1990.

79. 辛金顺.风起的时候[M].吉隆坡：马来西亚雨林小站,1992.

80. 辛吟松.风起的时候[M].吉隆坡：马来西亚雨林小站,1992.

81. 新加坡文艺协会.新加坡当代华文文学大系·诗歌集[M].北京：中国华侨
出版社,1991.

82. 杨川.未竟之行[M].吉隆坡：马来西亚彩虹出版集团,1999.

83. 姚宗伟,等.泰华诗集[M].泰国：泰国华文作家协会,1993.

84. 印华十六位作者合著.沙漠上的绿洲[M].新加坡：新加坡岛屿文化
社,1995.

85. 游川.美国可乐中国佛[M].吉隆坡：马来西亚千秋事业社,1998.

86. 游川.千年莲子[M].吉隆坡：马来西亚千秋事业社,1999.

87. 郁人.我吟我吼[M].吉隆坡：马来西亚彩虹出版集团,1996.

88. 云鹤,潘亚墩,贺兰宁.菲律宾、泰国、新加坡华文诗选[M].北京：中国文联
出版社,1989.

89. 云鹤,潘亚墩,贺兰宁.菲律宾、泰国、新加坡华文诗选[M].北京：中国文联
出版社,1989.

90. 曾翎龙.有本诗集(22诗人自选)[M].马来西亚：有人出版社,2003.

91. 曾翎龙.有人以北[M].吉隆坡：马来西亚有人出版社,2007.

92. 曾天.微笑国度[M].泰国：泰国黄金地出版社,1989.

93. 曾心.曾心短诗选[M].香港：香港银河出版社,2003.

94. 张树林.大马新锐诗选[M].吉隆坡：马来西亚天狼星诗社,1978.

95. 张香华.玫瑰与坦克[M].台北：林白出版社,1986.

96. 钟怡雯,陈大为.马华新诗史读本(1957—2007)[M].台北：万卷楼图书股份有限公司,2010.

97. 周天晓.泰华新诗(第一辑)[M].泰国：泰国京华中原联合时报,1999.

98. 朱光树,饶庆年.新加坡当代华文诗选[M].文化艺术出版社,1988.

99. 朱先树、饶庆年.新加坡当代华文诗选[M].北京：文化艺术出版社,1988.

100. 子帆,琴思钢,张望,张燕,李少儒.桥[M].泰国：泰华现代诗社,1988.

三、 报纸杂志部分

1.《东南亚诗刊》(泰国)

2.《华文文学》(中国汕头)

3.《蕉风》(马来西亚)

4.《人文杂志》(马来西亚)

5.《世界华文文学论坛》(中国南京)

6.《泰华文学》(泰国)

7.《五月诗刊》(新加坡)

8.《新加坡文艺》(新加坡)

9.《新世纪学刊》(新加坡)

10.《中外文学》(中国台湾)

索 引

B

本土性　14,15,17,54,78,93,152－155,
157,159,162,165,166,169,173,
177,179,182,183,198,203,236,
238,240,250,257

D

东南亚　1－21,23,25－35,37－39,41,43,
45,47－49,51－65,67,69－75,
77－97,99,101,103,105,107,
109－111,113,115,117,119,
121－169,171－177,179,181－
191,193－205,207－216,218,
219,221,222,224,226－242,244,
245,247－251,253,255－257

多元化　8,12,15,93,123,124,133,135,152

F

放逐　112,113,115,131,153,176,209－

218,240,250

H

后现代主义　12,15,123,124,133,145,
150,151,239,240,245,247

后殖民　12,15－17,121,124,150－155,
158,159,161,162,168,171,183,
198,238,240,241,246－249,257

华文诗歌　1－21,23,25,27－31,33,35,
37－39,41,43,45,47－49,51,
53－59,61,63－65,67,69－
73,75,77－81,83,85,87－89,
91,93,95－97,99,101,103,
105,107,109,111,113,115,
117,119,121,123－127,129,
131,133,135－139,141,143,
145,147,149－151,153,155－
159,161－169,171－175,177,
179,181－185,187－191,193,
195－201,203－205,209,214,

215，218，221，228，237－242，
249，256，257

华文文学　3，4，8，10，13，16，31，37，38，56，
57，65，72，75，76，100，101，125，
126，132－134，151－155，157，
158，160－162，164－168，182，
209，233，240－242，244－250，
253－257

M

民族性　83，84，169－173，182－186，188，
189，197，240

N

南洋认同　81，93

S

世界性　70，96，135，151，152，169－175，
177－179，182－185，188，189，
239，240，257

双重文学传统　124，161，162，166，167，169，
172，173，188，198，240

T

天狼星诗社　15，110，111，115，117，122，
138，214，232，239，253，255

W

五月诗社　15，110，118，119，122，232，

239，253

X

现代化　1，13，20，24，39，46，61，81，95，96，
99，101，123，124，136，169，171－
173，176－178，181－184，186－
188，196－198，231，240，244，257

乡愁　117，147，157，199－201，203－208，
211，215，216，223，225，227，229，
231，240

寻根　13，116，120，128，129，132，175，176，
226－236，240

Y

忧患　40，48，64，133，175，203，217，218，
221－223，225－227，233，240

Z

中国经验　18，123－127，129，131－133，
135，137，139，141，143，145，
147，149，151，153，155，157，
159，161，163，165，167，203，
204，239，257

中国情结　18，80－83，85，87，89－91，93，
95，97，99，101，103，105，107，
109－111，113，115，117，119，
121，126，203，206，238，257

中国性　1，2，12－20，37，63，64，79，81，93，

109,110,122,124,150,151,156—159，162，164 — 166，169，170，173—175,182,183,186,198,199,201,203,205,207,209,211,213,215,217,219,221,223,225,227,229，231，233，235 — 242，246，

256,257

中国意识　9,10,18—21,23,25,27—29,31,33—35,37—39,41,43,45,47,49,51,53,55,57,59,61,63—65,67,69,71—75,77,79,81,126,238,257

后　记

　　研究东南亚华文诗歌与中国性的关系是我由来已久的想法,原因是当年在汕头大学攻读硕士研究生期间与导师陈贤茂教授多次谈及旅居中国台湾地区的马来西亚华人学者黄锦树等人观点所致。硕士毕业后,我考入南京大学攻读中国现当代文学博士学位,与导师朱寿桐教授、王继志教授谈及博士论文选题时,他们建议我发挥自己所长;陈贤茂教授更是支持我继续海外华文文学研究,于是我就选择了"东南亚华文诗歌与中国性"为论文选题,博士论文答辩时得到与会专家的充分肯定。之所以选择东南亚华文诗歌为研究对象,乃是因为诗歌是文学的晴雨表,东南亚华文诗歌可以折射东南亚华文文学的发展。

　　博士论文完成后,我并未就此停步,也未着急将其出版。大家都知道,研究海外华文文学最大的瓶颈就是获取资料不易,因为这些资料大量散佚在民间,又无法在中国大陆流通,基本上都是靠赠送和去当地搜集才能得到。博士论文撰写时,我就深深感觉到资料的不足,因而我参加工作后,一方面继续收集相关资料以求进一步深化和完善这部博士论文,另一方面尝试着以此为基础申报省部级以上项目。幸运的是,这部书稿于2009年获批为浙江省哲社规划后期资助项目,2010年又顺利获批为国家社科基金青年项目。经过三年多的打磨和补充完善,2014年我将此作提交给全国哲社规划办结题,2015年顺利结题,结题等级为优秀。

在这部书里,针对旅居中国台湾地区的马来西亚华人学者黄锦树、张锦忠、林建国等人借鉴西方后殖民理论,认为东南亚华文文学/诗歌发展陷入困境或者说建构主体性出现困难原因在于无法摆脱中国性的阴影这一观点,我尝试着围绕核心概念"中国性"做文章,从诗歌史的视野出发,将东南亚华文诗歌发展分成三个阶段展开论述,即中国意识阶段(侨民文艺时期,20世纪20年代至50年代初)、中国情结阶段(挣扎求存时期,20世纪50年代至80年代初)、中国经验阶段(新时期,20世纪80年代至今),从而观察不同时期"中国性"的呈现方式,并结合全球化的大背景,论述东南亚华文诗歌只有中国性、本土性、世界性三位一体后才能走向现代化的必然性,最终认为东南亚华文诗歌的发展不论出于何种需要,都不可能脱离中国性,中国性乃是东南亚华文诗歌内在属性之一。

我认为本书具有以下几点重要的学术价值:1.结合前人对"中国性"的阐释,对"中国性"这一概念做了较为全面的梳理与内涵拓展;2.围绕"中国性"的流变,构建了一部简明扼要的东南亚华文诗歌发展史;3.批判了"后殖民"论调的偏颇性,重新审视东南华文诗歌/文学与中国文学/文化的关系,结合全球化的大背景,为东南华文诗歌/文学的进一步发展指明了方向。

自1997年考入汕头大学师从陈贤茂教授攻读硕士研究生以来,我投身海外华文文学研究已20年了。20年来,我坚守在海外华文文学研究阵地上,写文章、编教材、出专著、主编刊物,以及举办与参加相关学术会议等,做了不少工作,也取得了一些成绩,今年还成功获批国家社科基金重点项目"中国海外华文文学学术史研究",试图为华文文学学科建设贡献一点绵薄之力。《东南亚华文诗歌及其中国性研究》是我的第四本小书,也是我20年来从事海外华文文学研究的一次小结,里面的相关章节陆续在《中国现代文学研究丛刊》《暨南学报》《世界华文文学论坛》《文学评论》(中国香港)、《南洋学报》(新加坡)等刊物上发表过,有些篇章还被中国人民大学复印报刊资料库《中国现代·当代文学研究》全文复印和《高等学校文科学术文摘》转载过。但是,由于受到自身学养的限制,我深知本书不成熟之处甚多,敬请读者诸君不吝指教。

当然,本书能够顺利完成得到了很多人的帮助。我衷心感谢多年来一直关心和支持我成长的师长、亲人和朋友们,在此就不一一列举名字了。特别需要致谢的是浙江大学出版社宋旭华主任以及本书的责任编辑包灵灵女士,没有他们的辛勤付出,就没有本书的面世。

朱文斌

2017 年 10 月 10 日于浙江越秀外国语学院

图书在版编目(CIP)数据

东南亚华文诗歌及其中国性研究/朱文斌著. —杭
州:浙江大学出版社,2017.12

ISBN 978-7-308-17667-5

Ⅰ.①东… Ⅱ.①朱… Ⅲ.①华人文学—诗歌研究—
东南亚 Ⅳ.①I330.072

中国版本图书馆 CIP 数据核字(2017)第 283666 号

东南亚华文诗歌及其中国性研究

朱文斌　著

责任编辑	包灵灵	
责任校对	杨利军　陈思佳	
封面设计	杭州林智广告有限公司	
出版发行	浙江大学出版社	
	(杭州市天目山路 148 号　邮政编码 310007)	
	(网址:http://www.zjupress.com)	
排　　版	杭州林智广告有限公司	
印　　刷	绍兴市越生彩印有限公司	
开　　本	710mm×1000mm　1/16	
印　　张	17	
字　　数	230 千	
版 印 次	2017 年 12 月第 1 版　2017 年 12 月第 1 次印刷	
书　　号	ISBN 978-7-308-17667-5	
定　　价	42.00 元	